中國現當代文學文本細讀與作家批評論集

論集。

文學。

評論。

閱讀。

認識大陸作家系列

高玉 著

目　次

論都市「病相」對沈從文
「湘西世界」的建構意義

　　在沈從文研究中，「湘西世界」是人們談論最多的一個問題。的確，「湘西世界」對於沈從文小說來說具有根本性，這一問題研究清楚了，沈從文小說的很多問題包括思想上的問題、藝術上的問題都可以迎刃而解。我認為，對於「湘西世界」，學術界還存在著很多誤解。

　　本文將從都市的角度來研究沈從文的「湘西世界」，主要是研究現代都市的負面性或者說病相、病態對於沈從文小說中「湘西世界」的建構意義。通過這一研究，本文希望澄清沈從文研究中的一些問題，包括：沈從文對都市文明的態度以及這種態度對他文學創作的影響；在沈從文那裏，小說「湘西世界」與現實都市世界以及現實湘西之間究竟是一種什麼關係，進而把沈從文和中國現代文學史上的「鄉土小說」以及「海派小說」進行比較，從而對他的特殊性進行定位。

一

　　沈從文對現代都市文明是一種什麼態度？這對於我們理解他的「湘西世界」非常關鍵。我認為，總體來說，沈從文對現代都市

持一種批判的態度，但他不是籠統地批判現代都市文明，而是批判現代都市文明的「病相」或病態，主要限制在精神的層面。

　　沈從文在文學中對現代都市文明「病相」的反感、厭惡溢於言表，既表現在他的小說、散文作品中，也表露在他的「創作談」中。比如他說：「人固然產生了近代文明，然而近代文明也就大規模毀滅人的生命（戰勝者同樣毀滅）。」[1]對於都市文明的現實弊端，他的批判非常尖刻、激烈：「生命中儲下的決堤潰防潛力太大太猛，對一切當前存在的『事實』、『綱要』、『設計』、『理想』，都找尋不出一點證據，可證明它是出於這個民族最優秀頭腦與真實情感的產物。只看到它完全建築在少數人的霸道無知和多數人的遷就虛偽上面。政治、哲學、文學、美術，背面都給一個『市儈』人生觀在推行。」[2]他不僅批判現代體制，而且還把批判泛化，進一步對現代都市文明弊端進行追根溯源的批判，甚至於連我們所說的傳統文明也被他批判了，比如他批評文字（即語言）：「文字雖增進人類理性，解除傳統的束縛，可是它本身事實上也就是個可以妨礙理性，增加束縛的東西……人類固因文字而進步，然文字卻為各民族保留一個野蠻殘忍、偏持、愚蠢的對立局面——人與人的對立局面。」[3]在這裏，沈從文的確表現出一種原始主義的傾向。

　　在小說創作中，沈從文對現代都市文明「病相」的批判主要是通過兩種方式完成的，一是直接以都市生活為題材，通過刻畫都市

---

[1]　沈從文：《燭虛·燭虛》，《沈從文全集》第 12 卷，北嶽文藝出版社，2002年版，第 17 頁。（按：以下所引《沈從文全集》皆此版本，不再一一注明。）

[2]　沈從文：《燭虛·長庚》，《沈從文全集》第 12 卷，第 39 頁。

[3]　沈從文：《術藝芻言·談進步》，《沈從文全集》第 16 卷，第 482 頁。

眾生的病相來批判都市文明，其筆鋒多諷刺、調侃乃至尖酸，其中以《八駿圖》為代表。這類小說約佔沈從文全部小說的三分之一。「幾乎所有沈從文以都市為題材的作品，都強烈表現出對都市上流社會的厭憎。」[4]二是以湘西生活為題材，通過湘西的美麗、質樸、人性等反襯現代都市的病態，其中以《邊城》為代表，這類小說約佔沈從文全部小說的一半。

　　沈從文並不是籠統地批判現代都市文明，他的批判實際上具有很強的針對性，主要是批判都市病態，具體地說，主要是批判城市道德、城市倫理，批判現代商業化社會以及金錢關係對人精神的腐蝕，特別是對鄉村淳樸民風人情的破壞、對自然社會結構的摧毀。沈從文深深地感到，現代所謂「文明」不僅毀壞了城市，也毀壞了鄉村。十八年之後重回湘西，他感覺到：「表面上看來，事事物物自然都有了極大進步，試仔細注意注意，便見出在變化中那點墮落趨勢。最明顯的事，即農村社會所保有那點正直素樸人情美，幾幾乎快要消失無餘，代替而來的卻是近二十年實際社會培養成功的一種唯實唯利庸俗人生觀。敬鬼神畏天命的迷信固然已經被常識所摧毀，然而做人時的義利取捨是非辨別也隨同泯沒了。『現代』二字已到了湘西，可是具體的東西，不過是點綴都市文明的奢侈品，大量輸入，上等紙煙和各樣罐頭，在各階層間作廣泛的消費。」[5]隨後他用雜文的筆調描述了湘西種種所謂「現代」的淺薄，既形象生動，又尖銳深刻。

---

[4]　凌宇：〈沈從文創作的思想價值論〉，《文學評論》2003 年第 1 期。
[5]　沈從文：《長河‧題記》，《沈從文全集》第 10 卷，第 3 頁。

　　沈從文的這種批判甚至指向自我。在〈龍朱‧寫在「龍朱」一文之前〉一文中，沈從文反省自己：「血管裏流著你們民族健康的血液的我，二十七年的生命，有一半為都市生活所吞噬，中著在道德下所變成的虛偽庸懦的大毒，所有值得稱為高貴的性格，如像那熱情、與勇敢、與誠實，早已完全消失殆盡，再也不配說是出自你們一族了。」[6]城市文明對鄉村的破壞不只是環境上的、生活方式上的、社會結構上的，更重要的是心靈上的、精神上的，其影響之深，甚至連沈從文本人也不能倖免。

　　沈從文對現代都市文明批判的限定性，還可以從他批判的對象上看得清楚。縱觀沈從文的小說，我們發現，沈從文對現代都市文明「病相」的批判主要是通過批判「都市人」來完成的，也就是說，在對象上，他批判的主要是都市人，特別是城市知識份子。在小說〈如蕤〉中，他藉人物的口批判城裏人：「的的確確，都市中人是全為一個都市教育與都市趣味所同化，一切女子的靈魂，皆從一個模子裏印就，一切男子的靈魂，又皆從另一模子中印出，個性特徵是不易存在，領袖標準是在共通所理解的榜樣中產生的。」[7]他認為，城市人都是一些庸眾，沒有個性，從身體到精神都不健全，「這種『城裏人』彷彿細膩，其實庸俗。彷彿和平，其實陰險。彷彿清高，其實鬼祟，……老實說，我討厭這種城裏人」[8]。在《八駿圖‧題記》中，沈從文直接開罵城市知識份子：「大多數人都十分懶惰，

6　沈從文：〈龍朱‧寫在『龍朱』一文之前〉，《沈從文全集》第 5 卷，第 323 頁。
7　沈從文：《如蕤集‧如蕤》，《沈從文全集》第 7 卷，第 337 頁。
8　沈從文：《序跋集‧蕭乾作品集題記》，《沈從文全集》第 16 卷，第 324-325 頁。

拘謹，小氣，又全都是營養不足，睡眠不足，生殖力不足。」[9]沈從文認為，城市知識份子的種種弱點，與城市的社會體制有很大的關係，與城市精神有很大的關係。在這一意義上，沈從文對城市知識份子病態的批判，某種意義上就是對城市文明病態的批判。

有一種很流行的觀點認為，沈從文是反城市文明的，我認為這個觀點很不準確。從沈從文的作品來看，對於海派所著重表現的大樓、馬路、汽車、電影院、舞廳、咖啡廳、霓虹燈、廣告等城市景象，包括當代人所特別關注的比如城市噪音、擁擠、污染等問題，他並沒有批判。在現實的層面上，沈從文實際上是認同都市生活的，特別是都市的物質生活。也許正是城市物質生活上的繁華與優越吸引了他，他苦苦掙扎，硬撐著，堅強地在城市生活下來，並且發誓躋身於上流社會。初到北京的沈從文並沒有什麼文化，但他卻夢想享受文化人的生活，這其實是希望走捷徑，直接從社會底層跳到社會上層。沈從文太想過一種知識份子的生活了，所以他考不取大學便轉而想直接當大學老師，其途徑就是寫作，通過寫作一舉成名，從而可以棲身大學。

沈從文「走捷徑」的思路太奇特了，也太冒險了，在現在看來簡直匪夷所思，完全是非分之想。當然，沈從文最後成功了，他不僅成為了作家，而且是大師級的作家；不僅當上了教授，而且是當時中國最高學府——北京大學的教授。但是，這成功的難度之大、之艱辛，我們可以想見。一般地來說，政治上可以冒險，也容易成功，古今中外一步登天的政客大有人在，而文化上這種「冒險」在

---

[9]　沈從文：《八駿圖・題記》，《沈從文全集》第 8 卷，第 195 頁。

理論上缺乏依據。但沈從文偏偏是一個倔強的人，他的北京之行是從考大學開始的，也即從文化開始的，他就是不服輸，一條筋地在「文化」這條路上走下去。自然，在沈從文通向作家、教授的「文化之旅」中，他接觸最多的是文化人，對他傷害最深的也是文化人，這就是他後來為什麼把批判的筆觸主要放在知識份子上的原因。

都市的確對年輕的沈從文造成了傷害，考燕京大學受挫，為了生活而寫作，稿子投出去石沉大海，這對於夢想在城市生活下來的沈從文來說是沉重的打擊，因此他對都市社會可以說是充滿了憤激和怨恨。但沈從文對都市的憤激和怨恨絕沒有學術界所說的那麼誇張，他並不是整體性地否定城市文明以及城市生活。如果都市真的那麼一無是處，不適宜居住；如果湘西真是那麼美好，像「世外桃源」一樣是生活的天堂，那沈從文為什麼不放棄城市而回到湘西去呢？特別是初到北京時，生活上走投無路，幾近於絕望，他也不返回湘西。走出湘西，沈從文就發現，都市才是他生活的歸屬，才是他真正的棲居地。事實上，正是現代都市成就了沈從文，沒有現代都市文明，沒有自身的啟蒙過程，沒有現代文化制度，比如沒有現代化的文學生產方式、現代傳播媒體和印刷業等，就沒有現代意義上的沈從文。沈從文作為一個知識份子，從根本上是現代都市文明的產兒。

在這一意義上，我們不能把沈從文對城市「病相」的批判看作是對整個都市文明的批判，也不能把他想像的「湘西世界」理解為現實的鄉村，「湘西世界」不是鄉村的符號和代名詞。沈從文的批判實際上是泛化的，他所批判的城裏人的弱點，比如虛偽、庸俗、道德墮落、倫理淪喪、缺乏個性、小氣、懦弱、懶惰、冷酷、勢利等，鄉下人同樣也有，這是人的弱點，而不僅僅只是城裏人的弱點。

不同處在於，魯迅以及其他鄉土作家對社會的批判、對國民性的批判主要是以農民以及下層人為對象，而沈從文則主要以城裏人，特別是文化人為對象。

　　楊聯芬認為沈從文具有「反現代性」[10]，我覺得這只說對了一半。沈從文不僅「反現代」，也「反傳統」，但不論是「反現代」還是「反傳統」，他都是有限定的。對於城市的物質生活方式和生活條件，他未必是「反」的，反而是非常迷戀的。他並不是籠統地批判現代都市文明，而只是批判現代都市文明中的負面性因素，批判現代都市的病相或病態，他的批判集中在道德上、倫理上，是精神層面的。事實上，真正對沈從文的「湘西世界」起建構作用的正是現代都市「病態」。在這一意義上，我認為，正是現代都市文明的「病相」成就了沈從文的「湘西世界」，也就是說，沈從文的「湘西世界」在思維的意義上，從根本上是沈從文現代都市「病相」批判的附屬物。

二

　　那麼，在沈從文那裏，對現代都市「病相」的批判是如何轉換成對「湘西世界」建構的呢？湘西與都市在沈從文的作品中究竟是一種什麼樣的邏輯關係？這是我們緊接著應該追問的問題。

---

[10]　楊聯芬：〈沈從文的「反現代性」〉，《孫犁：革命文學中的多餘人——20世紀中國文學論》，中國文聯出版公司，2004年版，第36頁。

　　沈從文從鄉下闖入城市，不顧一切地在城市生活下來，並事實上過上了上等人的生活。但「路途」的磨難以及傷痛的記憶，再加上在鄉下所接受的傳統文化的教育所養成的自由散漫的性格，使他很難在精神上融入城市，對現代都市的一些價值觀比如道德、人情，他很難認同，也不接受，他說：「在都市住上十年，我還是個鄉下人。第一件事，我就永遠不習慣城裏人所習慣的道德的愉快，倫理的愉快。」[11]又說：「我發現在城市中活下來的我，生命儼然只淘剩一個空殼。譬喻說，正如一個荒涼的原野，一切在社會上具有商業價值的知識種子，或道德意義上的觀念種子，都不能生根發芽。個人的努力或他人的關心，都無結果。」[12]他雖然就居住在城市，享受著現代都市的物質成果，但在觀念上、在價值尺度上、在思想意識上，他不能或不願意適應城市，他感覺他始終不是一個城市人。

　　但是，他又不能退回去，湘西也不是一片樂土。湘西給沈從文留下的恰恰是痛苦，這種痛苦不僅是生存上的，也是精神上的，這可以從《從文自傳》中看得很清楚。實際上，從沈從文的所見所聞、親身感受來看，湘西一點也不美好：貧困、落後、愚昧、腐敗、生存環境險惡……只不過這一切都比城市來得直接，不虛偽、不矯飾。特別是殺人，充滿了人性的野蠻，殘忍與獸行，是邪惡與恐怖。在這裏，殺人如麻，殺人如兒戲，士兵竟然通過殺人取樂。對於殺人，大家已經沒有任何感覺，劊子手沒有感覺，看的人沒有感覺，被殺的人也沒有感覺，生命在這裏完全是麻木的。沈從文描寫殺人

---

[11] 沈從文：《序跋集・蕭乾作品集題記》，《沈從文全集》第 16 卷，第 324 頁。
[12] 沈從文：《燭虛・燭虛》，《沈從文全集》第 12 卷，第 23 頁。

的情形：「當初每天必殺一百左右，每次殺五十個人時，行刑士兵還只是二十，看熱鬧的也不過三十左右。有時衣也不剝，繩子也不捆縛。就那麼跟著趕去的。常常聽說有被殺的站得稍遠一點，兵士以為是看熱鬧的人就忘掉走去。被殺的差不多全從鄉下捉來，糊糊塗塗不知道是些什麼事。因此還有一直到了河灘被人吼著跪下時，方明白行將有什麼新事，方大聲哭喊驚惶亂跑，劊子手隨即趕上前去那麼一陣亂刀砍翻的。」[13]在不動聲色的描寫中，沈從文明顯是批判和反思的。生命在這裏是如此之輕賤，比動物還輕賤，能說這地方是美好的嗎？這樣的地方還能回去生活嗎？

趙園說：「沈從文以輕鬆的筆調寫在小說散文中的『殺人的遊戲』。」又說：「由於有意以一種超然的立場看人間的善惡、義與不義，他甚至既寫被殺者的優美，復又寫殺人者的糊塗可愛。」[14]其實這是誤讀。丁玲說沈從文「用『有趣的』眼光看世界」[15]。和周作人非常相似，沈從文的寫作的確有一種「趣味」的情調，但這種趣味不是對現實的、不是對世界的，而是對表達和寫作本身的。有的作家，總有些話題不願觸及，對於敏感的話題和記憶中的傷痛往往迴避，下筆沉重，但沈從文不是這樣。沈從文對任何事情，哪怕是痛苦的經歷，他都寫得津津有味，這是寫作的快樂，而不是生活本身的趣味。湘西的殺人，留給沈從文的是徹底的灰心、恐懼與失

[13] 沈從文：《從文自傳·辛亥革命的一課》，《沈從文全集》第 13 卷，第 270 頁。
[14] 趙園：〈沈從文構築的「湘西世界」〉，《趙園自選集》，廣西師範大學出版社，1999 年版，第 78、74 頁。
[15] 丁玲：〈致徐霞村〉，《丁玲全集》第 12 卷，河北人民出版社，2001 年版，第 228 頁。

望，是對湘西的失望，也是對人性的失望。當他還在湘西時，還處於蒙昧狀態、還缺乏反思能力時，身處其中，對於殺人，他也是麻木的，他並沒有深切地感受到這種恐懼，但事過境遷，回首往事時，他感到害怕，以致他後來接受記者採訪時說「他一生最怕聽打殺之類的事」，他願意「牢守一個讀書人最基本的本分」[16]，他最願意生活在城裏，過一種城市文化人的生活。

　　事實上，正是因為苦難、兇險、恐怖、罪惡、生存的艱難，沈從文才逃出湘西的。根據「自傳」，我們知道，沈從文離開湘西最直接的原因有二：一是大病一場，二是一位老同學的淹死。他說：「我去收拾他的屍骸掩埋，看見那個臃腫樣子時，我發生了對自己的疑問。我病死或淹死或到外邊去餓死，有什麼不同？若前些日子病死了，連許多沒有看過的東西都不能見到，許多不曾到過的地方也無從走去，真無意思。」怎麼辦？於是：「我想我得進一個學校，去學些我不明白的問題，得向些新地方，去看些聽些使我耳目一新的世界。」[17]湘西的閉塞、落後、貧窮、殘暴，以及它給沈從文精神上所造成的傷痛，這才是沈從文離開湘西的真正原因，所以，並不是湘西的「生氣與活力」推動他走出湘西，而恰恰是湘西的生存困境把他逼出來的。比較起來，還是都市好，所以，即使在生存的最艱難時期，沈從文也不願意回到湘西，而是選擇了在城市漂泊。

　　現在的問題是，沈從文身居城市，對城市的物質生活感到滿足，但對於都市文明的精神價值，他並不認同，始終沒有歸屬感，

---

[16]　子岡：〈沈從文在北平〉，王珞編《沈從文評說八十年》，中國華僑出版社，2004 年版，第 222 頁。

[17]　沈從文：《從文自傳‧一個轉機》，《沈從文全集》第 13 卷，第 364 頁。

而現實的湘西不論是物質上還是精神上都非安身立命之地,但人又不能懸浮於空中,置身世外。於是他便做了一種尷尬的選擇,在物質生活的層面上享受都市,而在精神上想像一個「湘西世界」以寄託,這便是「湘西世界」的由來。在這一意義上,「湘西世界」從根本上是一個想像的、充滿了理想色彩的、陶淵明「桃花源」式的世界。這個「湘西世界」已經不是現實的湘西,即沈從文生活過的湘西,而是彌補城市文明缺陷的、與城市病態相反的、對城市病態構成批判的、理想化的湘西。它既是現實都市的反動,也是現實湘西的反動。它是批判的工具,更是逃避的居所。蘇雪林說:「本來大自然雄偉美麗的風景,和原始民族自由放縱的生活,原帶著無窮神祕的美,無窮抒情詩的風味,可以使人們這些久困文明重壓之下疲乏麻木的靈魂,暫時得到一種解放的快樂。」[18]對於讀者來說,「湘西世界」是「一種解放的快樂」,對於沈從文本人來說,何嘗不也是這樣?沈從文寫美麗的湘西,於社會來說,是希望把人從現代都市文化的精神頹廢中解救出來,對於自己來說則是一種逃避,一種在精神上對於現實的逃避。

我們應該把現實中的湘西和沈從文文學中的「湘西世界」區分開來,這是兩個完全不同的湘西。現實中的湘西雖然不乏原始的質樸,特別是自然環境上的優美,但總體來說是閉塞、貧窮、荒涼與落後的,甚至於野蠻與殘暴,缺乏人性。沈從文曾談到他的寫作理想:「我只想造希臘小廟。選山地作基礎,用堅硬石頭堆砌它。精緻,結實,勻稱,形體雖小而不纖巧,是我理想的建築。這種神廟

---

[18] 蘇雪林:〈沈從文論〉,王珞編《沈從文評說八十年》,中國華僑出版社,2004年版,第186頁。

供奉的是『人性』。」[19]沈從文這段話經常被人引用。實際上,「湘西世界」就是沈從文造的「小廟」。在這個「小廟」裏,沈從文特別強調的是「人性」。

與現實的湘西不同,沈從文作品中的「湘西世界」可以說是完美的:純潔、明淨、靜謐、溫暖、自由、個性、淳厚、質樸、詩意、畫景、放縱、情調,勇敢、活力、和諧、真實、健全、恬然、怡然,人情,人性、豪爽、血性、樂觀、誠實⋯⋯當然也有各種問題,包括殺戮、賣淫等,但都合於自然、合於道德。沈從文曾以極度詩意的筆觸描寫湘西:「那裏土匪的名稱不習慣於一般人耳朵。兵卒純善如平民,與人無侮無擾。農民勇敢而安分,且莫不敬神守法。商人各負擔了花紗同貨物,灑脫單獨向深山中村莊走去,與平民作有無交易,謀取什一之利。地方統治者分數種⋯⋯人人潔身信神,守法愛官。⋯⋯人人皆很高興擔負官府所分派的捐款,又自動的捐錢與廟祝或單獨執行巫術者。一切事保持一種淳樸習慣,遵從古禮。」[20]儘管沈從文是在非虛構的意義上抒寫的,但我認為它仍然是虛構的,是沈從文對逝去的湘西的想像,具有「兒童視角」性。而沈從文小說中的「湘西世界」就是這樣建構起來的。

「湘西世界」,這是沈從文對中國現代文學的貢獻,也是他對整個世界文學的貢獻,可以說是沈從文整個文學活動的最大成就。這是一個完整的世界,一個獨立自足的世界,可以和陶淵明「桃花園」、柏拉圖的「理想國」、莫爾的「烏托邦」相提並論。無數人被這個世界感染,從這裏得到享受和慰藉。

---

[19] 沈從文:〈習作選集代序〉,《沈從文全集》第 9 卷,第 2 頁。

[20] 沈從文:《從文自傳·我所生長的地方》,《沈從文全集》第 13 卷,第 244-245 頁。

　　沈從文小說中的湘西當然與現實中的湘西有聯繫，但二者有天壤之別。小說的湘西只是借用了現實湘西的人情、風情、自然、故事等，但現實生活的本質卻被理想化了、人性化了、美化了。現實中的湘西在沈從文小說那裏其實只有外殼，只有自然和抽象的精神。並且，沈從文筆下美好的湘西並不是淵源於現實湘西的美好，而是恰恰相反，它淵源於現實湘西的不美好，而更深層的原因則是現代都市病態。從根本上，「湘西世界」不過是沈從文對都市病相的一種批判，當然也是對現實湘西病態的批判。在沈從文的作品中，「湘西小說」和「都市小說」具有「互文性」，可以進行對讀。

　　所以，「湘西世界」固然是沈從文小說的主體或精髓，具有自足性，但城市則是它的「根源」，沒有對都市病相的發現和反思，以及現代知識份子的批判意識，沈從文難以如此想像湘西，對湘西的描寫包括美化也不能達到這樣一種深度。趙園說：「沈從文在其所置身的城市文化環境中，在其所置身的知識者中，到處發現著因緣於『文明』、『知識』的病態，種種『城市病』，可以歸結為『閹寺性』的種種人性的病象。正是對病態、閹寺性的發現，使沈從文終於發現了他獨有的那個世界，屬於沈從文的『湘西』。」[21]這是非常精湛的概括。在沈從文的寫作邏輯上，從「城市病相」到「湘西世界」，是單向度的，是先看到城市的病態，然後構築、想像一個健美的「湘西世界」來批判和醫治城市病態，而不是先有一個健美的「湘西世界」，而後因此發現城市具有病

---

[21]　趙園：〈沈從文構築的「湘西世界」〉，《趙園自選集》，廣西師範大學出版社，1999 年版，第 61 頁。

態。可以說,「湘西世界」不是在現實湘西中自然生長出來的,而是被城市病態激發出來的。從閱讀的角度來說,我們當然可以說沈從文的「湘西小說」是在歌頌湘西、讚美鄉村和田園,但他的本意並不是這樣。

　　沈從文一直以「鄉下人」自居:「我實在是個鄉下人,說鄉下人我毫無驕傲,也不在自貶,鄉下人照例有根深蒂固永遠是鄉巴老的性情,愛憎和哀樂自有它獨特的式樣,與城市中人截然不同!他保守,頑固,愛土地,也不缺少機警卻不甚懂詭詐。他對一切事照例十分認真,似乎太認真了,這認真處某一時就不免成為『傻頭傻腦』。」[22]但我們絕不能從字面上來理解「鄉下人」,凌宇的話是對的:「沈從文絕非一般意義上的鄉下人。因而,他的『鄉下人』自況,除了情感層面對鄉村的認同,也許更多的是一種反諷,一種有意為之的對都市人生、知識階級的疏離姿態。」[23]我們可以說他是「鄉下人」,但這是一個高高在上的「鄉下人」,一個超越了城市和鄉村精神侷限的高級「鄉下人」。當沈從文自稱「鄉下人」時,他其實是無比傲氣的。「湘西世界」就是這個高高在上的「鄉下人」想像的世界,一個具有反思性、批判性和審美性的世界;一個具有濃鬱的理想主義色彩的世界;一個具有豐富思想內涵的世界。它是沈從文的精神家園,也是大多數現代中國人的精神家園。正是在這一意義上,我們不能說沈從文是「向後看」,也不能說他是原始主義的、悲觀主義的,懷舊主義的。

---

[22]　沈從文:〈習作選集代序〉,《沈從文全集》第 9 卷,第 3 頁。
[23]　凌宇:〈沈從文創作的思想價值論〉,《文學評論》2003 年第 1 期。

三

從一定的意義上說，沈從文的小說既屬於都市小說，又屬於鄉土小說。所以，把沈從文的小說和中國現代文學史上的鄉土小說及海派小說進行比較是非常有意思的。通過比較，我們可以更清楚地看出沈從文小說在思想和藝術上的獨特風格。

我們看到，王魯彥等「鄉土小說派」作家包括魯迅，他們都是城市寄居者，他們多來自鄉村，甚至於是很偏遠、很落後的鄉村。面對現代都市文明，他們痛感鄉村的貧窮與苦難，同時也深深地認識到鄉村的愚昧、無知與落後，所以，他們一方面書寫鄉村的衰敗、蕭條和種種慘狀，對農民的苦難表示深深的同情，另一方面，他們又對鄉村的陋俗、麻木以及種種黑暗和罪惡給予了深刻的批判。正是城市文明成就了鄉土小說，正如有學者所說：「可以毫不誇張地說，沒有城市，也便沒有了他們的鄉土小說。」[24]

對於沈從文來說，其實也是這樣，不同處在於，「鄉土小說派」認同現代都市文明，他們是站在現代啟蒙的角度，對鄉村是一種居高臨下的同情與批判，這和 40 年代的「工農兵文學」作家站在工農兵本位立場來寫作是完全不同的。而沈從文既不認同現代都市文明，也不認同現代鄉村文明，既不站在鄉村本位立場上，也不站在都市本位立場上，而是以想像為本位立場，以想像的「湘西世界」來對抗現代鄉村，來批判現代城市文明的病態。所以，「鄉土小說派」是在現實的層面上書寫鄉村，他們所呈現的是 20 世紀 20 年代

---

[24] 許道明：〈「鄉」與「市」和中國現代文學〉，《南京師範大學文學院學報》2002 年第 1 期。

中國鄉村的真實圖景，正如許道明對魯迅鄉土小說的定位：「說到底，他的鄉土小說，是一種由現代人思想燭照的農村寫真。」[25]而沈從文則是在理想的層面上來書寫鄉村：「沈從文筆下的湘西，也只能是現代知識者沈從文眼中的、審美想像中的湘西，作為這一個現代人的審美理想的感性顯現的湘西。」[26]沈從文的「湘西世界」完全是一個文學的世界，現實生活中找不到這樣的世界。

沈從文的小說也不同於海派文學。海派作家本身就是都市文化的產物，他們浸潤在都市文化之中，鄉村對於他們來說非常遙遠，所以，他們的小說缺乏鄉村的背景和參照。「新感覺派」作家可以說是全身心地擁抱現代都市的一切，汽車、霓紅燈等都市景象是「新感覺派」所極力描寫的，對於都市文明，特別是都市的現代品格，「新感覺派」可以說傾盡了熱情予以頌揚。他們盡情地享受大都市的文明，包括「享受」城市的孤獨感、寂寞、空虛、不安等，這種「享受」在具體形態上就表現為「頹廢」——一種「憂傷的美」。如果說沈從文的「湘西小說」是「鄉村牧歌」，那麼「新感覺派」小說則可以說是「城市牧歌」。「新感覺派」也寫精神，也表現現代都市人的情感、慾望比如恐懼、疑慮、躁動、變態，孤獨等，但他們顯然缺乏批判性，他們僅只是把它們作為都市現象來書寫。

而張愛玲與都市可以說完全是融為一體的，不論是在她的生活中，還是在她的文學中，都沒有鄉村的參照系，她沒有鄉村的經驗，

---

[25] 許道明：〈「鄉」與「市」和中國現代文學〉，《南京師範大學文學院學報》2002 年第 1 期。

[26] 趙園：〈沈從文構築的「湘西世界」〉，《趙園自選集》，廣西師範大學出版社，1999 年版，第 62 頁。

在她的筆下，即使有些鄉村人、鄉村生活的描寫，也是極其表象的，對於鄉村的精神以及文化積澱，她不能理解。對於城市生活，特別是城市世俗生活，張愛玲是認同的，並且沉迷其中。張愛玲的小說以寫小市民著稱，其實她本人就是一個小市民，她的生活情趣、愛好等都具有普通的市民性。當然，她看到了都市的弊端和給社會帶來的問題，以及一些根深蒂固的病疾，對於這些，她明顯是批判的，但這種批判是現象批判，不具有理論上的「反思」色彩，不能進一步延伸。她的小說寫出了現代人的沉落，寫出了現代人生存狀態的蒼涼，寫出了現代人的孤獨以及精神上的恐慌，但沉落也好，蒼涼也好，孤獨與恐慌也好，這些都不是城市文明的過錯，恰恰相反，它們是傳統封建思想和封建文化的罪惡。張愛玲出生於名門貴族，在北京、天津長大，成人後穿梭於上海與香港，一生浪跡於都市，她本身就是都市的產物，本身就是都市的精靈，所以不論是在生活上還是文學創作上，她都不能脫離都市。她不能站在都市之外來看都市，她與都市之間缺乏必要的距離，因而即使是對都市病相的批判，她的批判和沈從文的批判也絕然不同。

本文原載《文學評論》2007 年第 2 期。

論魯迅的「二重性」及其表現

　　為什麼我們總是能在魯迅那裏有新的發現？為什麼魯迅的作品總是能進行新的解讀？我認為這與魯迅的複雜性有關，而魯迅複雜性的一個重要方面就是「二重性」。所謂「二重性」，主要是指「兩極性」，即兩種相反或對立的內容、精神或因素複雜地隱匿在他的性格之中，並有機地表現在他的創作上。

　　魯迅的性格是非常複雜的，在他的身上，匯集了太多的人類的情感體驗，兩種相反甚至極端的品性往往複雜地糾葛在他身上，從而使他的性格具有「二重」組合性。對社會、對中國、對未來，他一方面是樂觀的，相信進化論，總是抱著希望；另一方面又是悲觀的，現實中的種種黑暗和腐敗讓他悲憤，他感到中國像被關在黑屋子裏一樣，找不到出路。對生活、對人生，一方面他是積極的，所以他「吶喊」，把思想形諸筆墨，希望以此來療治社會；但另一方面，他又是消極的、絕望的，所以他「彷徨」，甚至對寫作本身表示懷疑，「一首詩嚇不走孫傳芳，一炮就把孫傳芳轟走」[1]。這句話

---

[1] 魯迅：〈革命時代的文學〉，《魯迅全集》第 3 卷，人民文學出版社，1981年版，第 423 頁。在另一個地方，魯迅說過大致相同的話：「孫傳芳所以趕走，是革命家用炮轟掉的，決不是革命文藝家做了幾句『孫傳芳呀，我們要趕掉你呀』的文章趕掉的。」〈文藝與政治的歧途〉，《魯迅全集》第 7 卷，

透露出了魯迅對於文藝無用的無盡悲涼。對死亡，他一方面是無神論的、大無畏的，另一方面，又充滿了恐懼，這一點，我們把〈死〉（寫於 1936 年 9 月 5 日）和〈女吊〉（寫於 1936 年 9 月 19～20日）進行對讀就可以體味。

在思想上，魯迅一方面是激進的，特別是對中國傳統文化的批判，對封建倫理道德的批判，對於「國粹」的批判，魯迅表現出少有的決絕。對於中國古代典籍，魯迅的態度是：「我以為要少──或者竟不──看中國書，多看外國書。」[2]又說：「中國古書，葉葉害人。」[3]「中國國粹」，「等於放屁」。[4]這與他年輕時接受新式教育，特別是留學日本時接受西方思想有很大的關係。但另一方面，魯迅從小就接受良好的國學教育，飽讀經、史等正統書籍以及筆記、小說、雜說等。他叫青年人不要讀中國古書，他自己卻熟讀要籍，還抄古書，現在出版的四卷《魯迅輯錄古籍叢編》計約一百五十萬字。在思想上，魯迅深受中國傳統文化的影響和制約，表現出相當的傳統性，在這一意義上，他又是保守的。

魯迅在性格上的「二重性」是多方面的：在人際關係上，一方面他很敏感甚至於多疑，行事老到，有「世故老人」之稱；另一方面，他有時又很遲鈍，不通人情世故。一方面，他很瞧不起人，看人看事多冷眼，並且明顯流出不屑；但另一方面，他對於年輕人的

第 119 頁。按：以下凡引《魯迅全集》，均為人民文學出版社 1981 年版，不再一一注明。

2　魯迅：〈青年必讀書──應《京報副刊》的徵求〉，《魯迅全集》第 3 卷，第 12 頁。又見〈「碰壁」之餘〉，《魯迅全集》第 3 卷，第 118 頁。

3　魯迅：〈致許壽裳〉，編號 190116，《魯迅全集》第 11 卷，第 357 頁。

4　魯迅：〈致錢玄同〉，編號 180705，《魯迅全集》第 11 卷，第 351 頁。

幼稚又特別寬容，並加以鼓勵，對下層人，特別是那些沒有知識沒有文化的人，又同情他們，歌頌他們的優秀品質。對於人和事，他既有冷漠甚至冷酷的一面，又有溫情和熱愛的一面。他既有孤獨、冷靜的一面，又有不甘寂寞、急躁的一面，「時而很隨便，時而很峻急」[5]。曹聚仁說：「他自幼歷經事變，懂得人世辛酸以及炎涼的世態，由自卑與自尊兩種心理所凝集，變得十分敏感，所以他雖不十分歡喜『世故老人』的稱謂。卻也只能自己承認的。」[6]其實，魯迅豈只是「由自卑與自尊兩種心理所凝集」，它是由所有諸如「自卑」與「自尊」、「樂觀」與「悲觀」、「激進」與「保守」、「隨便」與「峻急」等兩種心理結構、知識結構、情感結構等凝結而成，並且兩種特徵有機地融合在一起，我們很難把它們區分開來。

　　魯迅的這種「二重」性格特徵深刻地影響他了的創作，使他的創作也具有「二重性」，並且是構成魯迅創作獨特性的一個重要方面，表現為：其一，對立的事物、品性、情感等在他的作品得到同樣的尊重；其二，對立的兩極複雜地融合在一起，從而使魯迅的作品在人物形象、意象、情感、思想等方面具有豐富的內涵，具有多重意義。在「二重性」的意義上，魯迅的創作具有巨大的包容性，完全相反的兩種思想、精神、觀念、創作方法、表現方式等，統一地並存於他的作品之中，這些內容，單獨來看是矛盾的，但整體來看，卻是有機地融合在一起的，因而魯迅的作品不是充滿了混亂，而是充滿了張力。

---

[5]　魯迅：〈寫在《墳》後面〉，《魯迅全集》第 1 卷，第 285 頁。

[6]　曹聚仁：《魯迅評傳》，東方出版中心，2006 年版，第 159 頁。

　　嚴家炎先生認為魯迅的小說具有「複調」的特徵：「魯迅小說裏常常回響著兩種或兩種以上不同的聲音。而且這兩種不同的聲音，並非來自兩個不同的對立著的人物（如果是這樣，那就不稀奇了，因為小說人物總有各自不同的性格和行動的邏輯），竟是包含在作品的基調或總體傾向之中的。」[7]他認為，「複調小說」是魯迅對中國現代小說的「突出貢獻」。我的理解，所謂「複調」，主要指其複雜性，其中「二重性」是其內容因素之一。具體地，「二重性」既可以是思想內容諸如情感上的，也可以是結構、創作方法、體裁，甚至於語句上的。

　　多少年前，林興宅先生提出著名的「阿Q性格系統說」，他認為，阿Q性格具有「二重組合」性：一方面質樸愚昧，另一方面狡黠圓滑；一方面率真任性，另一方面正統衛道；一方面自尊自大，另一方面自輕自賤；一方面爭強好勝，另一方面忍辱屈從；一方面狹隘保守，另一方面盲目趨時；一方面排斥異端，另一方面嚮往革命；一方面憎惡權勢，另一方面趨炎附勢；一方面蠻橫霸道，另一方面懦弱卑怯；一方面敏感禁忌，另一方面麻木健忘；一方面不滿現狀，另一方面安於現狀。[8]其實，不只是阿Q的性格具有「二重性」，魯迅小說包括散文中的很多人物在精神和品格上都具有這種「二重性」，只不過沒有阿Q那樣典型、集中罷了。

　　在〈頹敗線的顫動〉中，魯迅描寫「出走」的老婦人的情感：「又於一剎那間將一切併合：眷念與決絕，愛撫與復仇，養育與殲

7　嚴家炎：〈複調小說：魯迅的突出貢獻〉，《論魯迅的複調小說》，上海教育出版社，2002年版，第131頁。

8　見林興宅：〈論阿Q性格系統〉，《魯迅研究》1984年第1期。

除，祝福與咒詛……。她於是舉兩手盡量向天，口唇間漏出人與獸的，非人間所有，所以無詞的言語。」[9]「眷念」與「決絕」、「愛撫」與「復仇」、「養育」與「殲除」、「祝福」與「咒詛」屬於「二項對立」，在情感的線條上，它們處於兩極，是矛盾的、衝突的、勢不兩立的，但在老婦人這裏，它們卻合理地統一在一起，並且構成一種複雜的整體，從而作為一種文學意象，它具有無限的意味。

《野草》的〈題辭〉第一句話就是：「當我沉默的時候，我覺得充實；我將開口，同時感到空虛。」「充實」與「空虛」，這是二項對立，魯迅把它們並行書寫，其實是對它們作為精神狀態的同等尊重，這和一般的重「充實」排斥「空虛」在思維上有很大的不同。更重要的是，在魯迅這裏，「充實」和「空虛」實難區別開來，仔細分辨，我們看到，魯迅所說的「充實」含有我們一般人所理解的「空虛」的成分，反過來，魯迅所說的「空虛」含有我們一般人所理解的「充實」。對一般人來說，「死亡」且「朽腐」，這是絕對的「空虛」，「空虛」得等於「無」，但在魯迅那裏，卻有「大歡喜」：「死亡的生命已經朽腐。我對於這朽腐有大歡喜，因為我借此知道它還非空虛。」正是在對「充實」與「空虛」新的感受與詮釋中，魯迅表現出對生命本質的獨特理解，也使他的作品具有一般人不易理解的深度。

在魯迅那裏，「二元對立」常常被消解了。比如奴才與主人（或奴隸和奴隸主），這本來是社會分層中的兩極，但魯迅認為他們之間差距極小，最容易轉化，奴才極容易轉化為主人，反過來，做慣

9　魯迅：〈頹敗線的顫動〉，《魯迅全集》第 2 卷，第 206 頁。

了主人的人很容易就能做奴才,比如三國時吳國末代皇帝孫皓,「治吳時候,如此驕縱酷虐的暴主,一降晉,卻是如此卑劣無恥的奴才」。魯迅並引德國哲學家李普斯的觀點,說:「凡是人主,也容易變成奴隸,因為他一面既承認可做主人,一面就當然承認可做奴隸,所以威力一墜,就死心塌地,俯首貼耳於新主人之前了。」[10]再比如,「希望」的相反是「絕望」,但在魯迅那裏,「絕望之為虛妄,正與希望相同」[11]。「人」與「獸」本來是不同的品性,但在上述〈頹敗線的顫動〉的老婦人中,卻被融為一體,無法區分。言語是有「詞」的,它的反面是「無詞」,但老婦人口齒間漏出的卻是「無詞的言語」。「無詞的言語」在日常表述中是「悖論」,但在魯迅這裏,卻是身體和情感狀況的一種極致的表現,它大大延伸了語言的表達範圍和思維的想像空間,因而具有無限的藝術魅力。

　　兩極的事物或品性在魯迅的作品中,經常被融為一體,從而構成一種特殊的意象。比如「死火」,這是魯迅獨創的意象,它的獨特主要不是形象上的,而是思維上的,它遵循的不是常規的邏輯。「這是死火。有炎的形,但毫不動搖,全體結冰,像珊瑚枝;尖端還有凝固的黑煙,疑這才從火宅中出,所以枯焦。」[12]「火」必須是燃燒的,否則就不是「火」,因為燃燒,所以,火又是運動的,活的;而「死」則是熄滅,則是寂靜。前者「動」,後者「靜」,二者絕對不相融,但魯迅卻把它們組合在一起。「死火」既具有火的特點,即「活」的特點,同時又具有火的「對立面」的特徵,即「死」

---

[10] 魯迅:〈論照相之類〉,《魯迅全集》第 1 卷,第 184 頁。

[11] 魯迅:〈《自選集》自序〉,《魯迅全集》第 4 卷,第 458 頁。

[12] 魯迅:〈死火〉,《魯迅全集》第 2 卷,第 195 頁。

的特點,並且「死」、「活」作為品性,在「火」作為一個整體中具有統一性,我們無法把它們分隔開來。魯迅還用現實主義的技法描寫它的形狀,形象生動、逼真,這真是奇特的意象、奇特的想像,給人以無限的意味。關於「死火」,還不只是這些:「上下四旁無不冰冷,青白。而一切青白冰上,卻有紅影無數,糾結如珊瑚網。我俯看腳下,有火焰在。」火因為燃燒,所以是熾熱的;冰是由水構成的,且是冷的。「冷熱兩重天」、「水火不相融」,但魯迅卻用「死火」這一意象把它們統一起來,融合成一個整體。「冷」與「熱」、「水」與「火」這本來是「二項對立」的屬性,但在「死火」中,它們卻是融洽、和諧地相處,這是典型的後現代主義思維方式。在這裏,「死火」作為意象就是「二重性」的,而且是雙重的「二重性」。

　　魯迅創作的「二重性」審美特徵,還表現在它非常重視「兩極」,特別是在某種極致中探索與發現生活的意義與價值。比如,在〈復仇〉中,魯迅描寫了兩種生命的「大歡喜」:一種是「生命的沉酣的大歡喜」,表現為鮮紅的熱血在「血管裏奔流,散出溫熱。於是各以這溫熱互相蠱惑,煽動,牽引,拼命地希求偎依,接吻,擁抱」。另一種是「生命的飛揚的極致的大歡喜」,表現為「用一柄尖銳的利刃,只一擊,穿透這桃紅色的,菲薄的皮膚,將見那鮮紅的熱血激箭似的以所有溫熱直接灌溉殺戮者」,然後,「給以冰冷的呼吸,示以淡白的嘴唇,使之人性茫然」。[13]和諧、溫情的生活,即正常的生存,當然是生命的「大歡喜」,但殺戮、殘忍、瀕臨死亡、生

---

[13]　魯迅:〈復仇〉,《魯迅全集》第 2 卷,第 172 頁。

命的茫然，即反生命，也是生命的「大歡喜」，並且「極致」地表現了人的生命本質。從這裏，我們可以看到，魯迅對生命的理解不同於一般人，他既與一般人有相同的地方，同時又與一般具有不同的地方，他不僅重視生命的常態，同時也重視生命的異態。所以，在魯迅那裏，生命是複雜的，既包含著普遍或普通，又包含著極端或異端，因而具有「二重性」。

　　這種「兩極化」從而表現出「兩極」對立的「二重性」在創作方法上尤其明顯，尤其有特色。在創作方法上，傳統的現實主義、浪漫主義包括古典主義，與表現主義、象徵主義等現代主義是對立的，它們在思維方式、思想觀念、文學觀念、寫作手法等方面都存在著巨大的差異，對於一般大作家來說，要麼是傳統的，要麼是現代的，或者以傳統為主，適當吸收現代主義的表現手法，或者以現代主義為主，適當吸收傳統的表現手法，而很難兩種類型的創作方法並行不悖，既用傳統的現實主義等創作方法進行創作，又用象徵主義等現代主義創作方法進行創作。在 20 世紀世界文學史上，只有極少數的作家前期是傳統主義的，後來發生轉變，變得具有現代性，或者前期是現代主義的，後來一定程度上向傳統回歸。

　　但魯迅是一個例外，在創作方法上，他不僅屬於傳統的現實主義、浪漫主義，而且屬於現代的意象主義、象徵主義乃至後現代主義。並且，對於中國現代文學來說，他不僅在傳統的現實主義創作方法上具有開創性、奠基性，而且在意象主義、象徵主義乃至後現代主義上同樣也具有開創性、奠基性。他不僅是中國現代現實主義文學的楷模，同時也對中國現代主義文學發生了深刻的影響，當代著名先鋒小說家殘雪就深受魯迅的影響。

　　在小說上，《吶喊》和《彷徨》具有一體性，在創作方法上主體上是現實主義的，主要表現為刻畫典型環境中的典型人物，比如阿Q、祥林嫂、孔乙己等，都是典範性的典型人物，他們既有鮮明獨特的個性，又具有廣泛的代表性，是「個性」與「共性」的統一。通過這些典型人物形象的刻畫，魯迅深刻地揭示了生活的本質和規律。〈祝福〉對中國封建社會對婦女的壓迫和戕害的揭露，可以拿來和毛澤東的〈湖南農民運動考察報告〉對讀，〈狂人日記〉關於「人」的問題的思考可以和周作人〈人的文學〉對讀，這都充分說明瞭《吶喊》和《彷徨》的深刻性。1926 年，高一涵寫了一篇文章，據稱：「當《阿Q正傳》一段一段陸續發表的時候，有許多人都栗栗危懼，恐怕以後要罵到他的頭上。並且有一位朋友，當我面說，昨日《阿 Q 正傳》上某一段彷彿就是罵他自己。因此便猜疑《阿 Q 正傳》是某人作的，何以呢？因為只有某人知道他這一段私事。……從此疑神疑鬼，凡是《阿 Q 正傳》中所罵的，都以為就是他的陰私；凡是與登載《阿 Q 正傳》的報紙有關係的投稿人，都不免做了他所認為《阿 Q 正傳》的作者的嫌疑犯了！等到他打聽出來《阿 Q 正傳》的作者名姓的時候，他才知道他和作者素不相識，因此，才恍然自悟，又逢人聲明說不是罵他。」[14]魯迅在〈《阿 Q 正傳》的成因〉中特別引了這段文字。這說明，阿 Q 作為文學形象，具有典型性，它深刻地觸及到某些人的靈魂。我們每個人都似乎能從《阿 Q 正傳》中照出自己的影子來。當然，它還涉及到另外一個現實主義的根本性問題：真實性。

---

[14] 涵廬（即高一涵）：〈閒話〉，《現代評論》第 4 卷第 89 期（1926 年 8 月 21 日出版）。

　　在真實性上，《吶喊》和《彷徨》也是非常典型的現實主義。小說採取忠於現實生活的原則，非常重視環境的描寫、非常注重細節的真實，不論是環境，還是人物、事件，都非常貼近生活。小說中的人物和故事情節包括環境，當然都是魯迅虛構的，但我們閱讀，卻感受到它是活生生的，和現實生活沒有什麼差別。現實中當然沒有祥林嫂這個人物，但讀小說，我們卻感到祥林嫂就像我們身邊的人物。正如張定璜說：「那裏面有的只是些極其普通平凡的人，你天天在屋子裏在街上遇見的人，你的親戚，你的朋友，你自己。」[15]

　　與《吶喊》和《彷徨》不同，《故事新編》則主體上是現代主義的，甚至於有後現代主義的特徵，比如〈鑄劍〉，我們可以說它是準後現代主義的。我認為，《故事新編》在創作方法上的現代主義特徵主要表現在這些方面：

　　首先，不嚴格遵守生活的邏輯來寫作，比如荒誕、誇張、變形、情節怪異等，在小說中隨處可見。小說多以古代神話、傳說以及故事為題材，但中國遠古的社會裏卻發生了大量的現代事情。〈理水〉寫大禹治水的故事，但故事裏卻有「大學」、「維他命」、「文化山」、「時裝表演」等現代事物，人物的對話也是現代的，還有英語「古貌林」、「好杜有圖」、「O.K.」等。這在「按照生活本來的樣子描寫生活」的現實主義創作方法中和「按照生活應該有的樣子來描寫生活」的浪漫主義創作方法中根本就是不可能的。

　　其次，意義不明確，人物性格不鮮明，故事情節、人物言行比較主觀，有時甚至不統一、不協調。結構、行文等有時很鬆散。在

---

[15] 張定璜：〈魯迅先生（下）〉，《現代評論》第 1 卷第 8 期（1925 年 1 月 30 日）。

談到〈不周山〉的創作時，魯迅曾說：「倘有什麼分心的事情一來打岔，放下許久之後再來寫，性格也許就變了樣，情景也會和先前所預想的不同起來。」[16]魯迅把這種「興之所致」的筆墨稱之為「油滑」，並說「油滑是創作的大敵」。其實，「油滑」並非創作的大敵，只是現實主義的大敵。而在現代主義特別是後現代主義中，「油滑」具有「解構」性，它是顛覆傳統思想的一個基本手段。在〈鑄劍〉中，眉間尺和宴之敖所唱的歌，根本就不可理解，這在現實主義文學中也是不可能的。

　　第三，時空倒錯。「時間倒錯」最明顯的是〈理水〉。在〈理水〉中，傳統中的舜、鯀、大禹、皋陶等歷史人物和現代人物顧頡剛、潘光旦、林語堂等生活在一起，古代情事和現代情事混在一起，古代語言和現代語言混在一起。在小說中，禹和「鳥頭先生」明明生活在同樣的時空中，但「鳥頭先生」卻說「禹是一條蟲」，它實際上表明，時間的差距所造成的隔閡仍然橫亙在古代人與現代人中間。這完全是「關公戰秦瓊」，完全是後現代主義的時間觀，一種非理性的時間觀。談到〈不周山〉時，魯迅說「是想從古代和現代都採取題材」[17]，這種思維其實是很後現代的，「古代」和「現代」是兩種不同的時間序列，是「二元」的，即對立、矛盾的，觀念上打破它們之間的分隔就會造成日常時間的混亂，進一步延伸就是精神錯亂。但在後現代藝術中，這卻是被允許的，魯迅打破「古代」與「現代」「二元」時間觀，「從古代和現代都採取題材」，這是典型的現代主義創作方法，也顯示了他藝術思維上的「二重性」。

---

[16]　魯迅：〈我怎麼做起小說來〉，《魯迅全集》第 4 卷，第 513 頁。
[17]　魯迅：《故事新編・序言》，《魯迅全集》第 2 卷，第 341 頁。

　　「空間倒錯」最明顯的是〈補天〉（即〈不周山〉）。〈補天〉究竟是一種什麼樣的空間狀況，我們一直理不清。小說開頭的空間是，太陽、月亮和大地，女媧走在海邊，浪花還濺在她的身上，這應該是在地上。但隨後她似乎又是在空中，空中的女媧經常坐在山上，「山」難道不是地球上的「山」嗎？我們不得而知。第二節寫「天崩地裂」，但實質不過是想像的地震的描寫，主要是地裂而引發的洪水滔天。至於「天」是什麼樣的？是如何「崩」的？「裂口」在什麼地方？我們看不出，也理不清。「補天」用蘆柴，青石、白石等材料，這又是從何而來？究竟是天大還是地大？用這些材料補天能「濟事」嗎？在〈補天〉中，整個空間完全是混亂的，我們無法根據小說想像出一個有序的空間來。

　　第四，戲擬、反諷等。與《吶喊》和《彷徨》的深沉、嚴肅乃至沉重不同，《故事新編》充滿了調侃、嬉笑、諧謔、滑稽、幽默、諷刺，還有魯迅自己所說的「油滑」。與《吶喊》、《彷徨》不同，對於《故事新編》，魯迅寫得比較隨意、放鬆甚至於「草率」，似乎並沒有周密和精心的構思和安排。不過是藉此消遣、娛樂和排泄個人的情緒，也是表演天才、溢瀉天才，未必有什麼深意。在〈鑄劍〉中，作者用一種「猥褻小調」[18]來寫歌詞，而且難以理解，這實際上是遊戲自己，也是遊戲讀者。事實上，魯迅自己也承認，《故事新編》中「遊戲之作居多」[19]。而「遊戲」正是後現代主義藝術精神之一。當然，我們這樣說，並不是否定《故事新編》的嚴肅性，

---

[18]　魯迅：〈致增田涉〉，《魯迅全集》第 13 卷，第 659 頁。
[19]　魯迅：〈致楊霽雲〉，《魯迅全集》第 13 卷，第 322 頁。

也不是否定它的思想意義和價值。《故事新編》也有它的嚴肅性，也有它的思想意義和價值，但是另外一種方式的。

與小說在創作方法上的「二重性」一樣，魯迅的散文在創作方法上也是兩種極端，《朝花夕拾》是傳統的現實主義，《野草》大多數篇章則是現代主義的。前者敘事，多是敘兒時之事，雖或有奇異，但總體上都是平凡瑣事，脈絡清楚，語言平實，描寫真切，道理通達，多人之常情，娓娓道來，如拉家常。而後者則主要是表達思想、表現情感，特別是表達非常人的思想和情感，複雜深奧。作者多用意象和象徵的表現手法，意思表達不直接，再加上作為詩體，有太多的省略，更增加了意義上的模糊。語言上，用詞生澀，語句佶聱、詩化，因而晦澀難懂。

說魯迅在思想、性格以及藝術上具有「二重性」，兩極性，這絲毫不具有貶意，恰恰相反，它充分說明瞭魯迅的複雜性。魯迅對生活是敏感的，對藝術是敏感的，對於生活與藝術，他不僅具有常人的感受和體驗，還有非常人的感受和體驗。對生活與藝術的理解，魯迅既同於常人，又異於常人。在思想上，他既有理性的一面，又具有非理性的一面。魯迅的性格、知識結構、藝術感受力，都不是單面的，或者說「單向度」的，而是複調的，雙重的，兩極的，他不是那種把握了一極就忽視、否定和放棄另一極的人，他總是極力探索那些隱在的、邊緣的、非理性的、非正常的、被世界否定和拋棄的、常人不能言說的生活現象，並通過特殊的藝術手段把它表現出來。在這些方面，魯迅的作品常常超越語言，超越邏輯。

問題是，我們不能達到魯迅思維的高度、思想的高度、知識的高度，我們沒有魯迅的那種敏感，我們的感受能力和體驗能力也沒

有魯迅複雜，所以，我們只懂得魯迅的一半，另一半我們則不能理
解。每當哲學思想、思維方式、學術觀念有重大突破時，我們總能
從魯迅那裏發現一些新的東西，從而對魯迅有了進一步的理解，這
實際上說明，對於魯迅及其作品，還有很多內容我們並沒有真正理
解。在這一意義上，我認為，重新認識魯迅的「二重性」以及在文
學上的表現，將有助於我們更深入地認識魯迅並拓展魯迅研究。

本文原載《文藝爭鳴》2007 年第 5 期。

魯迅「現代中國的聖人」解

    1937 年 10 月 19 日，毛澤東在延安陝北公學紀念魯迅逝世週年大會上做了題為〈論魯迅〉的演講。在這個演講中，毛澤東說：「魯迅在中國的價值，據我看要算是中國的第一等聖人。孔夫子是封建社會的聖人，魯迅則是現代中國的聖人。」[1]對於魯迅作為「聖人」的基本定性，這是毛澤東的一貫的思想，1966 年 7 月 8 日給江青的信中說：「我跟魯迅的心是相通的。」1971 年 11 月在武漢的一次談話中他又說：「魯迅是中國的第一等聖人，中國的第一等聖人不是孔夫子，也不是我，我是聖人的學生。」但「意識形態」和文藝界、學術界對這一提法卻並不重視，而更為通行的說法則是：「魯迅是中國文化革命的主將，他不但是偉大的文學家，而且是偉大的思想家和偉大的革命家。」[2]還有「旗手」、「民族英雄」等等說法。但現在看來，還是「聖人」的概括最為準確，這是對魯迅作為文學巨匠但更是作為思想巨人和文化巨人，在中國現代文化史上的地位和影響的最恰當的定位。魯迅是中國現代文學和文化的

---

[1] 毛澤東：〈論魯迅〉，《毛澤東文集》第二卷，人民出版社，1991 年版，第 43 頁。

[2] 毛澤東：〈新民主主義論〉，《毛澤東選集》第二卷，人民出版社，1993 年版，第 698 頁。

最為偉大的開創者，是中國現代文化的「精神之父」，是現代思想不竭的源泉，他的貢獻、地位和影響是其他人無與倫比的，也是後人所無法企及的。「魯迅的方向，就是中華民族新文化的方向」，我們不過是沿著魯迅的方向向前走。因此，站在中國現代文學和文化的體制內來看，魯迅對中國現代文化的作用和意義，是無論怎樣高地評價都不為過的，我們現在的評價不是高了，而是低了。實在找不出一個比「聖」更為恰當的詞來表達魯迅了。作為聖人，魯迅具有不可超越性。

一

　　魯迅作為聖人首先是在歷史的層面上而言的。魯迅正是首先在卓越的成就、巨大的創制性、深刻而深遠的影響的意義上開啟了中國現代文學和文化的新方向、建構了中國現代文化的基本精神，從而可以和孔子相提並論，是中國現代聖人。

　　中國的歷史和文化源遠流長，但直到商之後才有比較詳細的文字記載，因而我們才能知道得比較清楚。約三千年的中國文化其實是兩種文化類型，即中國古代文化和中國現代文化。中國古代文化在「殷周之際」開始啟動，中間經過春秋戰國時代激烈的衝突、會通與融合，最後在秦漢時作為一種類型而確立下來，之後兩千多年雖經印度佛教文化的衝擊，但基本類型沒有變更。清末至「五四」時期，在西方從政治到經濟到文化的全面衝擊下，中國尋求變革，

社會和文化發生轉型，從而建立了中國現代文化類型。在中國古代文化的創制過程中，孔子是最為傑出的創造者。從文化和思想的創造性來說，老子、莊子、墨子、荀子等並不在孔子之下，他們對社會的模型設計也許同樣具有可行性，但歷史選擇了孔子。中國古代社會的類型實際上是以孔子所設計的模式為基本模型而以其他文化設計為輔助功能建構起來的，孔子的思想實際上構成了中國古代政治、倫理、道德的核心和靈魂或者支柱，他一直是中國古代思想和文化的思想資源，是封建社會得以存在和維繫的精神源泉和武庫。孔子的思想為中國古代社會奠定了最為堅實的基礎，是維持王朝統治的強大精神力量。孔子的方向代表了中國古代文化的方向，中國近兩千年的文化實際上就是沿著孔子的方向向前發展的。無論朝代怎樣變化，孔子始終是精神的領袖，是文化思想的資源，是文化價值的標準，不因王朝的變更而變更，具有體制內的終極性，因而是聖人。所以在中國古代，孔子是不可超越的，是必須面對的現實，是不能跨過的。

　　孔子是中國古代文化的象徵和標識，對他的否定和批判也即對中國古代文化基本價值的否定和批判。作為中華民族最寶貴的精神財富之一，孔子本人並沒有結束也不可能結束，他將不斷地被言說，不斷地被闡釋並賦予新的意義和價值。孔子作為思想資源的結束、作為價值標準的結束，標誌著孔子作為聖人的結束。而孔子作為聖人的結束，則標誌著中國古代文化作為類型的結束，標誌著中國古代社會作為類型失去了精神的依託和基礎。孔子的終結意味著中國文化從此走上了現代類型的不歸路。

中國文化是一種聖人的文化，沒有聖人往往意味著文化的混亂與失範，也同時意味著政治、經濟和社會的劇烈動盪與失序。所謂聖人出，天下太平，文化在總體上尤其如此。孔子作為偶像被打倒所造成的聖人位置的缺失，其結果是中國社會文化價值規範的喪失，所以中國歷史在「五四」時期出現了文化上的第二次百家爭鳴、百花齊放的時代。這是一個充滿了生機與活力的時代，是一個洋溢著創造的時代，種種學說和派別應運而生，大師級文化大師競相產生，文學上就有魯迅、郭沫若、茅盾、巴金、老舍、曹禺等大師猶如一座座山峰巍然聳立，還有思想史上的胡適、陳獨秀等巨人，群星燦爛，似乎再次應驗了這樣一個真理：偉人往往是以群體方式出現，而不是以個體方式出現的。正是這些思想和文化的巨人以他們的思想和文化成就改變了中國文化的發展方向，建構了中國現代文化的基本類型。而這些巨人中，魯迅是最為特立獨行的，可以說是巨人中的巨人，即毛澤東所說的「第一等聖人」。作為「第一等聖人」，和孔子一樣，魯迅是現代中國人必須面對的現實，是不能跨過去的，是無法超越的。

在文學和思想的絕對性成就上，無論是與同時代人相比，還是與後人相比，魯迅都是高高在上的。他以他傑出的小說創作和雜文創作開創了中國現代文學的基本體制。他在思想上的遠見卓識、深邃和博大精深，是極為罕見的。在他身上，承載了中華民族太多的痛苦，他忍受了常人無法忍受的苦難與寂寞，他是知識份子作為社會良知的代表，是中華民族真正的精神脊樑。從語言上來說，魯迅是現代漢語最偉大的開創者，正是在深層的語言體系最偉大的開創者的意義上他是現代思想最偉大的奠基者。他確立了現代漢語在思

想上的基本原則，因而也確立了中國現代文學的基本類型。在思想方式上，今天，我們仍然沿用魯迅的術語、概念、範疇和話語方式，魯迅的言說仍然是我們今天的基本言說，魯迅的思考我們今天繼續在思考，魯迅的問題今天仍然是問題，魯迅的難題今天同樣是難題，魯迅的批判在今天仍然具有強烈的現實針對性。我們今天實際上並沒有從根本上超出魯迅所言說的範圍。魯迅的創作至今仍然是最典範的現代漢語作品。我們事實上是在魯迅的哺育下長大的，魯迅作為一種文化財富和文化精神，對我們具有先在性，它在深層上制約和規定著我們的思想和思維方式，不管我們意識到這一點還是沒有意識到這一點，以及承認這一點還是不承認這一點。中國現代文化實際上是沿著魯迅的方向在前進，也許在某些具體的觀點和方法上，我們已經超過了魯迅，但那不過是站在巨人的肩膀上，在奠基上、在創制上、在精神上，我們永遠無法超過魯迅，魯迅在所有的人面前都是一個龐大的身軀，是一座無法繞道而行的高峰。現代文學正在發展，會有更多的大師出現，也會有越來越多的精品和名著，但這是在體制內的創造，這和魯迅的創造體制是沒法相提並論的，也是不可同日而語的。

二

　　魯迅與中國現代文學和文化之間是一種雙向互動關係，一方面，魯迅選擇了歷史，另一方面，歷史也選擇了魯迅。就是說，一

方面，魯迅順應了歷史的潮流，得風氣之先，以他卓越的建樹確立了中國現代文學和文化的基本原則，是締造中國現代文化作為一種新類型的最偉大的先驅者，他以他的成就和貢獻而成為聖人。另一方面，歷史又選擇他作為聖人。魯迅無疑是一個天才，但同時，歷史也給了他施展才華的機會，並且認可了他的天才及其創造。所以，魯迅作為聖人，具有偶合性，是各種偶然和必然的因素以及種種契機促成的。魯迅的天才、魯迅的成就、魯迅的影響、魯迅在精神上的強力意志，一句話，魯迅作為尼采所說的「超人」使他成為中國現代文學和文化的聖人具有必然性，但同時也必須承認，魯迅是幸運的。魯迅的每次人生和文學以及學術道路的選擇都是恰到好處的。在通往聖人的道路上，他的早逝都有深長的歷史意味。不斷有人設問魯迅如果還活著，解放後會不會劃為右派的問題，這當然是一種虛妄，歷史是不能假設的，但它卻表達了一種對於魯迅的慶幸心理以及對魯迅的一種理解。雖然歷史是不能假設的，但從學理上，我們還是忍不住做種種假設和追問：假如魯迅不棄醫從文，假如魯迅一直從事小說創作，假如魯迅長壽活到解放後或者更遠一點活到文化大革命，假如共產黨領袖不是毛澤東，假如毛澤東不是一個文人……有太多的假如，而且任何一個「假如」成為可能，魯迅都不是現在的魯迅。

　　魯迅作為聖人，其內涵是異常豐富而複雜的，不僅僅是魯迅本人，還包括對魯迅的重塑與闡釋，以及魯迅通向聖人過程的價值和意義。這裏，毛澤東對魯迅的高度評價以及個人的觀點和政治闡釋顯然起了至關重要的作用。不能想當然地認為歷史必然是公正的，多少天才、偉人被埋沒了，誤解常常會改變歷史的發展

方向。回顧魯迅的歷史和魯迅通往聖人的歷史，我們也許會感到驚險、慶幸、嘆息、緊張，甚至於惋惜與無奈，但這一切都是徒然與多餘，不論是歷史還是現實，魯迅都是一個聖人。像魯迅這樣，身前、身後都受到極度的推崇，這在中國歷史上是絕無僅有的，其原因既與魯迅的個人天才和品格有關，又與時代的造就有關。

就個人條件而言，魯迅先天、後天都是當作家的料，他具有作為大思想家、大作家的必備素質。他出身於書香門第，從小就受到很好的文化、文學薰陶教育。在他告別童年的時候，正值家道衰微，人情冷暖使他冷眼觀察世界，這培養了他性格中冷峻、嘲諷、激憤、孤獨、隔膜以及憤世嫉俗的一面。進洋學堂以及日本留學，魯迅接受了現代的科學民主精神和西方文化，後來魯迅思想中的主體部分諸如對國民劣根性的批判、對封建禮教制度的批判、對現實反動腐朽政治的批判、對封建文化的批判、對惡劣道德品質的批判，以及科學民主思想、階級觀念、人道主義精神等等，都與這一段時間的求學有很大的關係。同時，魯迅具有良好的觀察能力、記憶能力、抽象和形象思維能力，具有豐富的情感並對情感反應敏銳，具有吃苦耐勞、助人為樂、勇敢堅毅等美德，這些對於魯迅成為大作家、大思想家和中國新文化的聖人，都是非常重要的。

但是，魯迅作為偉人，更多的是時代的產物。文化巨人往往產生於社會的劇烈變革時期。社會的動盪和衝突，對於世界和平和個人安逸來說，是災難，但對於作家來說，卻是財富。時代的漩流不允許作家置身於世外，觀念和思想的活躍迫使作家做出選

擇並進行思考，生活的困窘、顛沛，豐富了作家的閱歷、開闊了
作家的視野，也磨練了作家的意志和感覺。生活的不幸恰可能是
文學的大幸，痛苦而曲折的人生經歷本身就是生動的文學。魯迅
生活在中國幾千年封建社會向現代社會轉變的時期，其社會動
蕩、思想活躍、充滿生機，在中國歷史上只有春秋戰國可以與之
相比。作為這個時代必然結果的「五四」新文化運動，與戰國時
期的「百家爭鳴，百花齊放」具有同樣的性質。對這場文化運動，
魯迅具有雙重的地位，一方面，他是這場文化運動的發起者、組
織者、推動者，直接領導了這場文化運動；另一方面，他本身又
是文化運動的直接結果，是時代的產兒。這是一個產生文化巨人
的時代，胡適、周作人、陳獨秀、李大釗以及稍晚的郭沫若、茅
盾、巴金等，都是這個時代的產物，魯迅不過是其中之一。但魯
迅成了聖人而其他人沒有，這裏，個人的品質、性格又具有關鍵
性。「五四」時期，魯迅並不比胡適、周作人等人影響更大、更有
名氣、更能代表「五四」精神。但由於個性、追求、氣質、志趣、
品德休養、意志素質等主觀因素，在新的時局面前，他們作出了
種種不同的選擇，總的是或放棄、或背叛了「五四」精神，唯有
魯迅堅守陣地並把「五四」精神發揚光大。這種選擇對於魯迅成
為聖人來說是至關重要的，但從魯迅的個性來看，這種選擇又具
有必然性。「五四」精神的本質是對現實的批判和革命，它意味著
與現實政治作抗爭並意味著可能是個人生活的悲劇性結局，魯迅
從民族的大局出發，毅然選擇了苦難，這是崇高而悲壯的，在這
一意義上，魯迅是戰士，是詩人，是英雄，是偶像，是聖人，是
難以超越的。

三

　　魯迅的不可超越性，其次是在現實的意義上而言的。魯迅作為個體，他是一個歷史人物，即他是一個具體的文學家、思想家和革命家。但魯迅的意義絕不僅僅只是歷史的，而是超越具體時代的，具有強烈的現實性。魯迅的人格、魯迅的精神、魯迅的思想今天仍然是我們最為珍貴的財富，仍然是我們思想不竭的源泉與動力。半個多世紀過去了，魯迅的思想仍然閃耀著光輝，並且是那樣時鮮，仍然具有強烈的現實針對性。魯迅關於「人」的思考、關於「國民性」的思考、關於傳統與現實關係的思考、關於現代性的思考，今天仍然是我們思考現代文化的起點和基礎，而且令人悲觀的是，我們並沒有走出多遠。魯迅所極力追求和捍衛的人的生存與自由、尊嚴與權力，今天仍然是我們所夢想和追求的，同樣令人悲觀的是，我們並沒有在這些方面作出更多的建樹，我們在大多數的時間內都沒有達到魯迅的高度。歷史的反覆使我們一再回到魯迅建立的起點，我們似乎是在原地踏步。我們實際上是在蒙受魯迅的恩澤，我們自己的奉獻卻非常少。

　　這裏，我特別強調魯迅的原則性、整體性以及作為整體的強大文化功能。魯迅生活在具體的時代，他生活在具體的環境、具體的人中間，他必須面對具體的人和事，所以他的創作表現出一種具體性。特別是他的雜文，所表達的觀點和所列舉的現象都是具體的，都有很強的具體針對性，都有很具體的人事背景，魯迅似乎總是陷在具體的人事糾紛中。但實際上，魯迅的思想和觀點都非常抽象，意義也非常抽象。魯迅所針對的更多的是現象，是觀念。過去，我

們認為魯迅是反封建的戰士，堅決地和「國民黨反動派」做鬥爭。歷史地來看，這種對魯迅的定位是正確的，魯迅一生都在和封建頑固勢力和「國民黨反動派」（更準確地說，是「國民黨中的反動派」）做鬥爭，這是魯迅作為文學家、思想家和革命家的生命形式和存在方式，也是魯迅精神的基本構成和立場基石。魯迅的精神和品格正是在這種鬥爭中建構起來的，中國現代文學和文化作為類型也正是在這種鬥爭中確立的。中國現代文學和文化作為類型的建立，是以中國古代文化和文學作為類型的破壞和擯棄為基礎和前提條件的。「五四」時期，新與舊、傳統與現代、中國與西方構成了尖銳的衝突，中國現代文化和文學就是在破舊、反傳統和學習西方的過程中建立起來的。所以，我一直認為，中國現代文化和中國古代文化在時間上具有銜接性，在邏輯關係上卻並不具有承傳性，二者之間是一種斷裂關係，中國現代文化和文學並不是承接中國古代文化而來，不是「內發型」的，不是從中國古代文化脫胎而來，而更主要是從西方橫移而來。所以，中國現代文化與西方文化更具有一種親和性。「五四」之後，也即新文化運動和文學革命取得勝利、文化完成了轉型、新文化走上了現代類型的不歸路之後，新文化從內在的角度對各種關係做了調整，並做了某種程度的回歸，新與舊、傳統與現代、西方與中國之間不再那麼構成緊張和對抗，而且也不再作為顯著而突出的價值標準。特別是當下，人們已經普遍地擯棄了從這樣一種二元價值的角度去論證和看問題。站在中國現代文化體制內，對於「五四」時期文化和價值的衝突我們也許難以理解或想像，但在當時，它的激烈程度卻是異常的，且是實實在在的，與個人和時代的命運休戚與共。所以，歷史性地看，激進、反傳統、

學習西方構成了「五四」新文化運動、新文學運動最為重要的品質和精神，可以說，沒有這種品質和精神，便沒有中國現代文化和文學。在這一意義上，我們應該理解「五四」時期的激進、反傳統、學習西方的特殊價值和意義。在今天，特別是那些具有民粹主義傾向的人看來，激進、反傳統、學習西方，並不是什麼值得褒揚的精神，甚至還是應該貶抑的價值，但在當時，它卻是代表著實踐理性的進步和巨大的價值信仰力量。

但同時，我們也應該看到，魯迅的激進、反傳統、學習西方具有抽象性。魯迅何只是反封建、反「國民黨反動派」，可以說一切反動派他都反。一切落後、反動、罪惡、腐朽、黑暗、專制、壓迫、欺侮、不公平、違反人性他都反，激進不過是我們表達他反傳統的程度而已，用魯迅自己的話說叫做「一個也不寬恕」。從精神上說，傳統和西方不過是兩種象徵或標示，傳統是「舊」的表徵，代表了一種向後看，西方是「新」表徵，代表了一種向前看。事實上，在當時的特定歷史條件下，傳統實際上也承載了更多的落後的東西，而西方則負荷著更多的先進和進步的東西。反傳統並不反傳統的一切，學習西方也不是學習西方的一切。正是對這個民族和生活在這塊土地上的人民的深深熱愛，魯迅才激烈地反傳統。魯迅的骨頭是最硬的，無絲毫的奴顏卑膝，學習西方不過是為了中國的自強，特別是國民精神上的自強。重塑人，確立新的對人的言說，建構現代國民精神，這始終是魯迅的不懈追求，也是中國現代文化和文學永無止境的追求。所以，反傳統、學習西方更多是表現了一種價值觀或者說精神。在這一意義上，魯迅是超越時代的，只要不發生文化和文學的新的轉型，魯迅作為原則、作為精神、作為價值標準就不會過時。今天，當我們放眼看

看周圍，看看我們面對的現實，看看我們所接受的，看看我們學術界、文化界、文學界、思想界所討論的問題、所言說的話題以及言說的方式，我們哪裏能迴避魯迅？哪裏能跨過魯迅？那種認為魯迅過時了、魯迅陳舊了的看法，不過表現出了一種驚人的無知，對歷史的無知、對現實的無知，一種雙重的無知。

四

　　魯迅作為聖人，與孔子作為聖人具有很大的不同。孔子作為聖人，在精神本質上具有封閉性。在封建社會，孔子是社會秩序的化身，孔子是維護封建統治、規範社會倫理道德的極為有效的工具，所以是容不得任何批評的。作為個體，孔子雖然在總體上是一個平民，按今天的劃分，他屬於平民中的知識份子，但在封建社會的等級地位結構中，他的尊嚴可以和皇帝相媲美，向有「素王」之稱，不管朝代怎樣變化，一再被封王、封聖，精神上聖化、身分上神化。孔子學說以及被闡釋的孔子學說，被稱為「道」，孔子及學派的著作被稱為「經」，孔子的思想以及被賦予的孔子思想被定為官方的「意識形態」，違背這種意識形態，被稱為「離經叛道」，學術上、思想上以及行為上背叛和偏離了「道」，被稱為「大逆」。翻開思想史，大凡事涉「離經叛道」、事涉「大逆不道」，都顯得異常沉重。即使脫離了身臨其境，脫離了古代漢語的語境，僅從詞語的現代字面意義上，我們仍然能夠感到它在中國古代所充滿的血腥味。

　　魯迅作為個體是具體的，1936 年魯迅的隕落標誌著魯迅作為個體的結束和封閉，但魯迅作為精神是沒有結束和封閉的。魯迅精神在本質上具有開放性。中國現代文化作為類型是穩定的，也即作為體制，它具有不易變更性，但這並不是說現代文化在特徵和具體內涵上是一成不變的，恰恰相反，內在的緊張與衝突、矛盾以及變動不居，是中國現代文化最重要的品格之一。批判精神和反抗精神是魯迅精神中最重要的部分，批判和反抗的特點決定了魯迅不是維護社會現存秩序和規範的工具，恰恰相反，它是促進社會變革和進步、打破既成社會僵局的動力和武器。對於反動的統治和腐朽的政府來說，魯迅始終是一個不安定的因素，所以，國民黨時期，魯迅是一個不受歡迎的人。魯迅精神始終不是一種社會的規範力量，因而與孔子相反，魯迅的思想不是也不可能作為意識形態。「魯迅原本是屬於曠野的」[3]，魯迅終極也是屬於曠野的。所以，魯迅是「聖」而不是「神」，並不是神聖不可侵犯的。魯迅精神的批判性也是指向他自身的。魯迅不是神，不是完人，他也有缺陷、也有侷限，也可以批評、也可以修正。對魯迅本人的批評，對魯迅的思想提出不同意見，對魯迅作為一種文化現象進行反思，這恰恰體現了魯迅本人的意願和精神。在這一意義上，把任何對魯迅和魯迅現象的批評和不同意見都看成是對魯迅的否定和攻擊，都看成是惡意的，是極端錯誤的。真正對魯迅的否定和惡意，是對魯迅的「冷」處理，即把魯迅神化、教條化、偶像化、歷史化，從而讓魯迅遠離現實，讓魯迅和我們隔膜、生疏，從而變得遙遠。任何反對批評魯迅的實際

---

[3]　黎湘萍：〈是萊謨斯，還是羅謨魯斯？〉，《收穫》2000 年第 3 期。

專制行為都是屬於把魯迅「供」起來的實踐理性，這在一定程度上可以說是一種「勾當」，這種「勾當」本質上是扼殺魯迅，把魯迅變得沒有任何實際意義，從而從根本上消解魯迅。魯迅研究最大的敵人不是批評，而是堵塞言路，讓人對魯迅沉默。

　　魯迅的偉大、作為聖人和不可超越性，最集中地表現為他被不斷地言說。不斷地被言說，是他偉大的標誌，因為作品和思想是以接受和影響作為存在的生命方式的。正是被不斷地言說成就著魯迅通向聖人的道路並維繫著他作為聖人。不論是魯迅本人還是魯迅精神，只有被言說才會有價值，言說的終結即意味著魯迅作為聖人的終結。但言說是兩方面的，一方面是肯定性的，一方面是否定性的，這是言說固有的本性和本身的選擇權利。而不論是肯定性言說還是否定性言說，都又可以區分為正性的言說和負性的言說。同樣地，對於魯迅的惡意中傷和惡毒攻擊當然是負性的，而對魯迅的歪曲、曲解性的肯定，比如神化、僵化、政策附會等，不論是對魯迅作為個體還是魯迅作為現代聖人來說，其價值和意義都屬於負性的。對於魯迅作為個體、作為精神、作為現象的正性的肯定性言說固然是重要的，但對於魯迅作為個體、作為精神、作為現象的正性的否定性言說同樣是重要的，因為魯迅本質上是一個開放的體系。這是最基本的辯證法。這裏，我特別強調對魯迅的正性的否定性言說，魯迅的開放性、聖性、超越性、現實意義和價值等都與這種否定性言說有密切的關係，正是否定性言說不斷豐富魯迅作為精神的內涵，使魯迅作為一種文化精神和文化載體在內容上不斷充實、豐富、發展和完善，使它貼近現實、貼近生活，從而保持一種活力。這種否定性言說也從另一方面說明了魯迅思想和魯迅精神的包容性和開

放性，正是這種包容性和開放性給後人留下了更多的空間，它的啟示意義是超越時代的。所以，如果說魯迅是一座山，這些各種各樣的言說不過是在這山上添石加樹，增加一道道風景而已，雖然這些添加有時有礙於風景，甚至於大煞風景。因此，在開放的意義上、在言說的意義上、在接受學的意義上，魯迅在中國現代文化和文學史上，迄今沒有人逾越也難以逾越。

　　魯迅作為個體、作為精神，是在特殊的歷史條件下，由種種偶然與必然的因素偶合在一起而形成的，魯迅不論是作為個體還是作為現象還是作為精神，都是極特殊的，是千年難逢的機遇。我們今天所說的魯迅其實已經不僅僅只是魯迅自己，還包括被不斷地閱讀、解釋、接受的魯迅，魯迅作為精神、作為現代中國文化和文學的象徵、作為聖人，它在內涵上具有無限性。在個人成就上，在對中國現代文學和文化的貢獻上，在被認同和接受的程度上，都無人能和魯迅相比。在巨大的創造性上，在建構中國現代文化和文學體制上，在無盡的言說上，魯迅具有不可超越性。

　　本文原載《中南民族大學學報》2004 年第 4 期。

魯迅與文學翻譯及其研究現狀與前景

一

就思想文化來說,魯迅主要在三個方面具有卓越的成就和貢獻:一是文學創作,尤其在小說、散文和雜文創作方面對中國現代文學具有奠基性;二是學術研究,特別是在中國小說史研究方面卓有成就,對中國現代學術模式的確立具有開創之功;三是文學和文學理論的翻譯,不僅對當時的文學創作產生了巨大的影響,包括對成就魯迅也具有重要的作用,而且在翻譯觀念上有重大的突破,並在一定程度上改變了中國文學翻譯的方向。魯迅作為「聖人」、「思想家」、「革命家」主要是通過這三個方面體現出來的。在這一意義上,對魯迅的研究也應該主要集中在這三個方面,否則魯迅的思想和精神就是虛空的。

但是,縱觀近八十年的魯迅研究,我們看到,這三個方面的研究是非常不平衡的。魯迅文學創作研究最多,也最細緻、最透徹、最全面、最深入,特別是小說《吶喊》和《彷徨》以及雜文研究得最為充分。對於魯迅的學術成績,包括《中國小說史略》、《漢文學史綱》、古籍整理以及「序跋」,研究相對來說雖然也比較薄弱,但被高度重視,對於研究中國古代小說史包括研究中國古代文學的學

者來說，《中國小說史略》是最低限度的必讀書，其引用率之高，在中國古代小說史著作中，少有可以比肩者。在這一意義上，魯迅的學術研究也可以說得到了學術界的充分肯定。但對於魯迅的文學翻譯和文學理論翻譯，學術界卻研究得非常少，也不重視。過去是這樣，目前仍然是這樣。

　　魯迅研究有很多奇怪的現象，比如近現代史不太研究魯迅，思想文化領域不太研究魯迅，外語界也不太研究魯迅，似乎魯迅研究是現代文學的專責。這樣，被研究的魯迅實際上是「文學家」的魯迅，是文學意義上的「思想家」魯迅，而「革命家」、「旗手」、「聖人」的魯迅只是停留在口號上，實際上並沒有得到真正的研究和重視。而且，「文學家」的魯迅研究也是非常片面的，因為，文學家的魯迅不僅表現在文學創作方面，同時還表現在文學翻譯和文學理論翻譯方面，王瑤說：「魯迅的文學事業，是從翻譯和介紹外國文學開始的。他決定棄醫學文，提倡文藝運動來喚醒人民的覺悟，就是受到外國文學的啟發的。從 1907 年寫〈摩羅詩力說〉直到逝世以前他翻譯果戈理的《死魂靈》，三十年間他從未停止過翻譯和介紹的工作。」[1]但對於魯迅文學翻譯的成就以及它對魯迅的意義，乃至對整個中國現代文學的意義，我們的研究卻非常落後。

　　事實上，文學翻譯在魯迅的文學生活中佔有很大的比重。馮雪峰對魯迅的翻譯活動在他整個文學活動中的地位有一個初步的評價，他說：「魯迅的工作時間，以他一生中用在著作方面的時間來說，一半以上用於介紹外國文學和學術性的著述上，其餘一半才用

---

[1] 王瑤：〈論魯迅作品與外國文學的關係〉，《王瑤全集》第六卷，河北教育出版社，2000 年版，第 204 頁。

於創作上。」[2]在形成的文字數量上，也大致是這樣。1938 年版的《魯迅全集》，共二十卷，約七百萬字，其中 1～7 卷為創作，包括《兩地書》，8～10 卷為學術研究，11～20 卷為翻譯。就字數來說，前十卷大約三萬字，後十卷大約四百萬字，如果把書信、日記和學術研究都看作是「創作」的話，加上當時未收進去的書信、日記，魯迅的創作和翻譯大致相當[3]。

　　但這還不是最重要的，最重要的是翻譯對魯迅的文學觀念、文學思想、文學創作技巧等都產生了深刻的影響。魯迅說他創作《阿Q 正傳》等，「大約所仰仗的全在先前看過的百來篇外國作品和一點醫學上的知識」[4]。魯迅多次勸年輕人要多看外國書，少看中國書，「我以為要少──或者竟不──看中國書，多看外國書」[5]。魯迅把他非常喜歡的外國書介紹給讀者的最重要方式就是動手翻譯，魯迅談到他為什麼翻譯《小約翰》：「我也不願意別人勸我去吃他所愛吃的東西，然而我所愛吃的，卻往往不自覺地勸人吃。看的東西也一樣。《小約翰》即是其一，是自己愛看，又願意別人也看

[2]　馮雪峰：《馮雪峰憶魯迅》，河北教育出版社，2001 年版，第 143 頁。

[3]　人民文學出版社 1999 年出版的《魯迅輯錄古籍叢編》四卷，計一百四十六萬字，但其中絕大多數為魯迅收集的學術資料，與日記和書信，甚至於「書帳」還有很大的不同，很難歸入「創作」。

[4]　魯迅：〈我怎麼做起小說來〉，《魯迅全集》，人民文學出版社，1981 年版，第 4 卷，第 512 頁。

[5]　魯迅：〈青年必讀書──應《京報副刊》的徵求〉，《魯迅全集》，人民文學出版社，1981 年版，第 3 卷，第 12 頁。又見〈「碰壁」之餘〉，《魯迅全集》第 3 卷，第 118 頁。

的書,於是不知不覺,遂有了翻成中文的意思。」[6]魯迅所翻譯的
外國文學作品都是他很喜愛的作品。

　　魯迅實際上是非常重視文學翻譯的,他說:「翻譯並不比隨便
的創作容易,然而於新文學的發展卻更有功,於大家更有益。」[7]所
以,魯迅並不是在一般的意義上提倡翻譯,更不是在經濟的意義上
(即翻譯文學好賣,可以賺錢)提倡翻譯,雖然並不排除翻譯對於
魯迅作為職業作家的生存意義。魯迅倡導文學翻譯並身體力行,最
根本的原因還是希望通過翻譯借鑒和學習外國文學,從而建設新文
學,他說:「我們的文化落後,無可諱言,創作力當然也不及洋鬼
子,作品的比較的薄弱,是勢所必至的,而且又不能不時時取法於
外國。所以翻譯和創作,應該一同提倡,決不可壓抑了一面,使創
作成為一時的驕子,反因容縱而脆弱起來。」又說:「注重翻譯,
以作借鏡,其實也就是催進和鼓勵著創作。」[8]正是在這種「使命」
的意義上,馮雪峰認為魯迅的翻譯不是一般的翻譯:「我們說到魯
迅的翻譯,那意義也不是普通的可比。」「我們要說的是他翻譯的
動機和他所負的這種翻譯的歷史任務。他自己就曾經多次的宣佈過
他從事翻譯的對於中國社會的實踐目的:主要的是思想方面,要借
外國的反抗黑暗統治的革命文學的力量,以助中國反帝國主義的鬥
爭以及新舊思想、新舊文化的劇烈的矛盾鬥爭之展開。其次,在文

6　魯迅:《小約翰・引言》,《魯迅全集》,人民文學出版社,1981 年版,第 10
　　卷,第 256 頁。

7　魯迅:〈現今的新文學的概觀〉,《魯迅全集》,人民文學出版社,1981 年版,
　　第 4 卷,第 137 頁。

8　魯迅:〈關於翻譯〉,《魯迅全集》,人民文學出版社,1981 年版,第 4 卷,
　　第 553 頁。

學方面，他的目的在於增長新文學陣營的勢力，擴大讀者的眼光，以更快地打倒舊文學；同時為新的創作界多提供一些範本，添一些完全不同的、新的、文學的泥土，以資助中國新的革命的文學的成長。」[9]魯迅的文學翻譯不僅對作為文學大師的魯迅意義重大，一定程度上可以說翻譯文學成就了魯迅，同時，魯迅的文學翻譯也對中國現代文學作為一種文學類型的形成產生了深遠的影響，中國現代文學正是在深受外國文學的影響下發展起來的。

　外國文學對魯迅的影響是多方面的，也是深遠的。魯迅從中國傳統文化中脫胎而出，成為一個現代人，一個站在世界思想前沿的知識份子，其因緣當然是多方面的，但最重要的顯然是西方思想的影響，而其中西方文學又起了極其關鍵的作用。在日本求學期間，除了必要的學業以外，魯迅最重要的生活就是讀書，讀得最多的就是外國文學作品，正是在大量的閱讀外國文學作品的過程中，魯迅接受了西方最先進的文化思想，完成了思想或思維的轉型、知識結構的轉型，特別是文學觀念的轉型。

　在日本留學期間，魯迅取得的最大成就是和周作人一起翻譯西方小說，出版了《域外小說集》兩集，王友貴先生認為，《域外小說集》「不僅在翻譯文學史上，而且在中國現代文學史上，堪稱一次里程碑式的翻譯事件」[10]，它在中國翻譯文學史上具有六個方面的開創意義，諸如對短篇小說的推介和提倡，「文學本位意識的甦醒」，開闢新的文學資源、思想資源等。《域外小說集》的作用和意義不僅是對於中國現代文學的，更是對於魯迅的。從選擇文本，到

---

[9]　馮雪峰：《馮雪峰憶魯迅》，河北教育出版社，2001 年版，第 143 頁。

[10]　參見王友貴：《翻譯家魯迅》，南開大學出版社，2005 年版，第 27 頁。

外文閱讀，到中文翻譯，魯迅的收穫是全方位的，它不僅僅只是翻譯層面上的學習和鍛煉，還是創作層面上的積累和準備，從社會政治思想到文學觀念，從文體到創作方法、寫作技巧、語言、結構等，《域外小說集》都在魯迅後來的文學創作中留下了深深的痕跡。魯迅曾說：「新的事物，都是從外面侵入的。」[11]「新文學是在外國文學潮流的推動下發生的，從中國古代文學方面，幾乎一點遺產也沒攝取。」[12]對於魯迅來說，這可以說是經驗之談。

　　從日本求學直到去世，魯迅從沒有間斷過閱讀外國文學，從沒有間斷過翻譯外國文學。我們當然可以從翻譯及其事業的角度來理解魯迅的外國文學「工作」，但我認為，我們更應該從創作的角度來看視它。魯迅曾把外國文學稱為「先進的範本」[13]，他閱讀和翻譯外國文學，實際上也是不停地從外國文學中吸收營養，尋找創作的借鑒和突破。魯迅在創作上能夠不斷地突破、不斷地創新，這與翻譯和相應的學習、借鑒外國文學應該有很大的關係，外國文學對於魯迅的創作來說，可以說是一種靈感和激發，所以蔡元培說：「彼既博覽而又虛衷，對於世界文學家作品，有所見略同者，盡量的迻譯……『借他人之酒杯，澆自己之塊壘』，雖也痛快，但人心不同如其面，環境的觸發，時間的經過，必有種種蘊積的思想，不能得到

---

[11] 魯迅：〈現今的新文學的概觀──五月二十二日在燕京大學國文學會講〉，《魯迅全集》第4卷，人民文學出版社，1981年版，第133頁。

[12] 魯迅：〈「中國傑作小說」小引〉，《魯迅全集》第8卷，人民文學出版社，1981年版，第399頁。

[13] 魯迅：〈譯本高爾基《一月九日》小引〉，《魯迅全集》第7卷，人民文學出版社，1981年版，第395頁。

一種相當的譯本，可以抒發的，於是有創作。」[14]對於魯迅的翻譯與創作之間的邏輯關係，我認為蔡元培的這種定位是非常準確的。

　　但是，回顧近八十年的魯迅研究，我們看到，魯迅研究的論著雖然眾多，但涉及魯迅文學翻譯的卻極少。不僅研究是如此，「回憶錄」也是如此。翻王世家先生編輯的六卷《魯迅回憶錄》、孫郁、黃喬生主編的「回望魯迅」書系、中國社會科學院文學研究所魯迅研究室編輯的《1913～1983魯迅研究學術論著資料彙編》前四卷，我們找不到「專題性」的對魯迅文學翻譯問題的回憶和研究，像黃源的〈魯迅先生與《譯文》〉一文敘述魯迅創辦《譯文》並扶持它的過程，涉及到魯迅的文學翻譯態度和文學翻譯活動，但極為罕見。魯迅的文學翻譯在各種「回憶」和評論中偶一被提到，都是因為其他某些問題或主題而涉及到，而不是翻譯「本體性」的。1938年版的《魯迅全集》因為收入了魯迅的譯文，並且譯文佔去了整個「全集」一半以上的篇幅，所以蔡元培的「序」用了相對長的篇幅來談論魯迅的翻譯，並且給予它高度的評價，但這是極為少見的。

　　近八十年的魯迅研究，各個時期有不同的主題，但就是沒有翻譯的主題。1949年以前，可以說是魯迅地位的確立時期，圍繞著魯迅在中國現代文學史上的地位以及作品的意義和價值等問題，充滿了各種各樣的爭論。對於作品的解讀，這一時期的研究特別集中在小說上。50年代～70年代的魯迅研究主要集中在魯迅的「革命性」上，總體上表現為對魯迅作為思想家、革命家以及民族英雄這一基本結論的論證，特別重視魯迅文學理論和文學創作所表現出來

---

[14] 蔡元培：〈魯迅先生全集序〉，《魯迅全集》第1卷，人民文學出版社，1973年版，「卷首」。

的階級意識、對國民黨政治的批判和鬥爭等，特別重視魯迅思想上
的「左轉」。文體上，魯迅的雜文是研究的重點，「雜文」被基本上
定義為「匕首」和「投槍」，從而很多過去不被重視的雜文都被「革
命性」地進行了細讀。80 年代的魯迅研究最重要的特點就是恢復
經典現實主義的傳統，研究魯迅文學的「五四」主題，比如反封建
性、啟蒙主義、救亡性、「人」的建設、「國民性」批判、「拿來主
義」等。「典型」、「人物形象」、「創作方法」、「藝術性」、「思想性」、
「審美」、「內容」、「形式」等構成了這一時期魯迅研究的基本話語
方式。當然，西方新的文學理論的引進，運用新的方法來研究魯迅，
也是這一時期的一大特色。90 年代之後的魯迅研究才趨向多元
化，一方面是從各個方面研究魯迅，另一方面是研究魯迅的各個方
面。魯迅思想的深刻性、複雜性得到了很大的重視。過去由於意識
形態和文學觀念問題被迴避的領域，比如魯迅創作的現代主義，甚
至後現代主義的問題，這時也得到了重新研究，一些被誤解、曲解
的作品如《故事新編》得到了重新探索和評價。在這種背景下，魯
迅的翻譯理念和翻譯實踐才得到了一定程度的開掘。

二

　　過去，我們對魯迅的文學翻譯很不重視，其原因是多方面的，
歸納起來，我認為主要有三個方面：

　　首先，與魯迅的翻譯著作出版狀況有很大的關係。1938 年的
《魯迅全集》雖然收入了魯迅的譯文，但這個本子是在戰爭年代出
版發行的，印數非常有限，運送更是艱難。所以，1938 年版的《魯
迅全集》在當時影響非常有限。40 年代～50 年代流行的魯迅著作
是各種單行本和《魯迅三十年集》，單行本著作中，魯迅的譯作沒
有印行，《魯迅三十年集》也沒有收譯作。1956 年～1958 年，《魯
迅全集》十卷和《魯迅譯文集》九卷出版，到了 1973 年，1938 年
版的《魯迅全集》重新出版，這對魯迅的文學翻譯研究從資料上來
說本來是一次很好的契機，但在當時的學術和政治環境中，魯迅譯
文得不到重視是可想而知的。更重要的是，魯迅的翻譯被學者和一
般讀者冷遇也強烈地影響了出版社，1981 年，十六卷本的《魯迅
全集》出版，這是 80 年代之後最為通行的魯迅著作，但它基本上
沿襲了《魯迅三十年集》的體例，也沒有收譯文。魯迅的文學翻譯
不被重視和研究，與它流通不暢應該說有一定的關係。

　　對於研究者來說，魯迅譯文並不難找，《魯迅譯文集》和 1973
年重版的《魯迅全集》，一般圖書館以及大學中文系資料室都能找
到。但與魯迅的創作相比，魯迅的譯文在出版上明顯地相形見絀。
魯迅的創作不僅有各種各樣的單行本、選本，1981 年版的《魯迅
全集》以及最近的新版《魯迅全集》都有詳細的注釋、索引等，文
言著作還有現代譯文本，使用和閱讀起來非常方便。書店隨時都能
買到《魯迅全集》，舊版還沒有賣完，新版已經出來了。相較而言，
魯迅的譯文對於今天的讀者來說，是最需要注釋的，包括版本、作
者背景資料、語言文字變化、術語概念等，但這些基礎性的工作卻
至今沒有人做，出版社對此也不感興趣。假如出版社能夠出一套附

原文的「魯迅譯文集」，我想，這對魯迅研究來說，絕對是一件功德無量的事。

其次，魯迅的文學翻譯不被重視和研究，還與我們對翻譯的成見和誤解有很大的關係。在一般人看來，文學翻譯從根本上是語言轉換，即把一種語言形式的文學轉換成另一種語言形式的文學，譯語文學和原語文學就只有語言形式的差別，所以，翻譯是「技術」而不是「藝術」，也因此，魯迅的文學翻譯只有「介紹」的價值而沒有「創造」的價值。在這一意義上，我們通常把魯迅的創作稱為「原創」，而翻譯最多是「二度創造」。但是，「原創」也好，「二度創造」也好，都是創造，就魯迅「自己的著作」和「翻譯」來看，翻譯的創造性未必小於「原創」作品的創造性，比如書信、日記，除了作為資料以外，很難說它有多大的創造性，其「文學性」更是沒法和翻譯相提並論。翻譯也具有創造性，只不過它的「創造性」不同於創作的「創造性」，它依賴於原作，但同樣需要文學的想像以及各種文學的寫作技巧。

更重要的是，魯迅一開始就主張向外國學習文學，即所謂「別求新聲於異邦」[15]，而翻譯就是最好的學習，也是最為切實的學習，正是在翻譯的過程中，魯迅的思想、文學觀念、文學表達的技巧各方面都得到了薰陶和訓練。所以，研究魯迅的文學翻譯，我們不僅可以瞭解魯迅在翻譯理論、翻譯實踐方面的貢獻，而且可以更直觀地看到魯迅與外國文學之間的淵源關係，從而能夠使我們更準確地、全面地評價和認識魯迅。但是，在傳統的翻譯本質「技術」觀

---

[15] 魯迅：〈摩羅詩力說〉，《魯迅全集》，人民文學出版社，1981 年版，第 1 卷，第 65 頁。

視野之下，翻譯的創造性以及藝術價值都是被遮蔽的，魯迅的文學翻譯不過是一種「賣苦力」，與他的創作沒有關係，甚至還是浪費時間與精力。因而，從這樣一種翻譯「技術」觀出發，魯迅的文學翻譯是沒有什麼研究價值的。

　　第三，魯迅的文學翻譯得不到重視和研究，還與中國現代文學的研究模式以及相應的缺陷有很大的關係。

　　整個中國現代文化都是在西方從政治到經濟到軍事的全面衝擊下發生的，中國現代文學作為一種文學類型的形成深受西方文學的影響，這是顯著的事實。所以，中國現代文學與外國文學之間的關係是中國現代文學研究的一大主題。魯迅作為中國現代文學的發動者之一，作為中國現代文學史上最傑出的作家，他與外國文學之間的關係尤其具有代表性、具有典型意義，所以理應受到重視。

　　應該說，魯迅與外國文學的關係研究是非常有意義和價值的，它對於我們更深入地理解魯迅、更深刻地認識中國現代文學的現代品格和特性，都有重要的作用。但問題是，研究魯迅與外國文學的關係，不可迴避翻譯問題，不能撇開翻譯問題，恰恰相反，魯迅的文學翻譯事實上構成了他與外國之間關係的癥結，外國文學對魯迅的影響以及具體是如何影響的，很多問題都可以通過分析他的文學翻譯而得到答案。也許是受學科界限的影響，也許是受絕大多數研究者外語水平程度的影響，中國現代文學學術界研究中國現代文學與外國文學的關係一開始就走的不是翻譯文學研究的路子。中國現代文學學界似乎滿足於確定中國現代文學是否受了外國文學的影響，具體地，受了哪些國家的影響、受了哪些作家的影響、受了哪些文學流派和思潮的影響、受了哪些哲學文化思想的影響、受了哪

些創作方法和創作技巧的影響，以及為什麼會受到這些影響，至於外國文學是如何影響中國現代文學的、影響是如何實現的，涉及到文學翻譯的問題，則缺乏深入地探求。在這一意義上，相應地，我們很少從研究魯迅的文學翻譯這一角度來探討魯迅與外國文學之間的關係，也就是說，我們始終是在「外部」而不是在「內部」研究魯迅與外國文學之間的關係。

因此，我們必須重視魯迅的文學翻譯研究，必須改變傳統的翻譯「技術」觀，必須改進中國現代文學影響研究的學術範式，重新研究魯迅的文學翻譯進而魯迅與外國文學之間的關係，從而從另一個角度更深入地認識魯迅。

至於如何研究魯迅的文學翻譯，這是一個非常複雜的問題，我認為，至少以下三點特別值得我們重視：

第一，要注意歷史層面的研究。

鑒於魯迅文學翻譯研究的狀況，我們現在最需要做的就是對魯迅的文學翻譯做基礎性的、綜合性的清理，比如魯迅一生中翻譯了哪些作品？發表和出版的情況（包括發行的情況），魯迅為什麼要選擇這些作品予以翻譯？即翻譯的動機是什麼？魯迅所翻譯的底本是通過什麼來源得到的？這些來源渠道是否對魯迅的翻譯選擇侷限性有所影響？魯迅所依賴的底本在版本上是否有問題？比如魯迅的很多翻譯都是通過日譯本轉譯的，那麼這些日譯本是否是最好的版本？這些日譯本所依賴的底本是否又是最好的版本？1973 年版《魯迅全集》第十一卷第一篇作品是法國作家儒勒‧凡爾納的《月界旅行》，但魯迅譯本的署名卻是「美國培倫」，為什麼會連作者的國籍和姓名都弄錯？這些都需要考辨、梳理，需要進行歷史層面的釐清。

　　魯迅的創作需要注釋，魯迅的文學翻譯更需要注釋。在人名、地名、物質名詞、文化名詞、思想範疇的術語和概念等方面，魯迅的翻譯和現行的翻譯之間存在著很大的差別，這需要注釋。翻譯中涉及到很多外國作家，外國的文化典故、風俗習慣、宗教信仰等，這些都需要注釋。這種注釋雖然是基礎性的工作，但對於魯迅的翻譯文學研究來說卻是必備的前提條件。這一方面的工作，當今魯迅研究還做得非常不夠。

　　第二，魯迅的文學翻譯研究一定要有輻射性。

　　研究魯迅的翻譯文本固然重要，但研究文本本身並不是目的。魯迅所翻譯的文學作品並不就是魯迅本人的作品，雖然他的翻譯具有「二度創造」性；魯迅所翻譯的作品不論是在藝術上還是在思想以及文學觀念上，都不代表魯迅本人的觀點。所以，單純性地解讀魯迅翻譯的作品是沒有太大意義的。研究魯迅翻譯文學不僅僅是對中國現代翻譯文學問題的研究，更重要的是從一個側面和角度對魯迅進行研究，也是發掘魯迅被人忽視的一面，從而全面地理解魯迅。魯迅翻譯文學研究的意義和價值不僅僅在於對魯迅作為個體的研究，同時也是通過這種研究來研究中國現代文學，研究普遍性的西方文學對中國現代文學的影響關係問題。一般地說，魯迅翻譯的作品都是他喜愛的作品，選擇什麼翻譯對象固然一定程度上反映了魯迅所受西方文學影響的趨向，但這還是極淺表的。通過翻譯文本聯繫魯迅本人的創作，具體地分析魯迅是如何接受西方文學的影響的，這才是關鍵。在這一意義上，研究魯迅的文學翻譯具有哪些「二度創造」以及這種「二度創造」的意義才是更重要的。

在中國現代文學研究中，翻譯文學研究一直是一個薄弱的環節，這涉及到學術思維、學術範式、學術方法的問題。在中國現代文學研究中，魯迅研究常常扮演著「急先鋒」的角色，現代文學研究中很多重大的學術方法、學術範式的突破，都是從魯迅研究開始的。所以，魯迅翻譯文學研究，既是「個案」研究，也應該具有普遍性，它應該對中國現代文學研究中的翻譯文學研究具有示範作用。

第三，要重視對魯迅翻譯作品的翻譯學研究。

所謂「翻譯學研究」，即從翻譯的角度來研究魯迅的翻譯作品。魯迅翻譯的外國文學的研究，應該不同於一般外國文學作品的研究。在當今的外國文學研究中，我們所依託的外國文學作品一般都是翻譯文本，我們實際上把翻譯文本等同於外國文學原本，所以，我們對外國文學作品進行研究的基本方式是對翻譯文本進行解讀，我們所總結出來的外國作家和作品的特點包括語言特點，其實都是翻譯作品的特點。在這裏，譯者的主體性、媒介本身、翻譯的過程等都基本上被忽略了。但事實上，原語外國文學與譯語外國文學，具有語境和文化背景以及語言方式等多方面的差異，因而總體上不論是在思想上還是在藝術上都有很大的差別。而這種差異正是我們研究魯迅的翻譯文學應該特別注意的。

所以，我們研究的重點應該是魯迅是如何翻譯外國文學作品的，而不是魯迅所翻譯的外國文學作品具有什麼思想特點和藝術特點，雖然我們不能迴避對這一問題的研究。我們研究的重點不應該是魯迅如何正確地翻譯了外國文學作品，而是魯迅如何誤解、誤譯和誤釋了外國文學作品，我們應該特別重視「誤」的文化原因、語

言差異原因等。所以，我們特別需要對原本包括轉譯本和譯文進行對讀，在對讀中發現問題，從而對魯迅進行新的研究、對中國現代文學進行新的研究。

　　臺灣學者黃克武寫過一本書，題為《自由的所以然——嚴復對約翰彌爾自由思想的認識與批判》[16]，主要是從翻譯學的角度研究嚴復的自由思想，其基本的方法就是對比嚴復的譯文和原文，研究嚴復的翻譯在哪些地方發生了衍誤，哪些地方有刪改，為什麼會衍誤？為什麼要刪改？進而研究西方自由思想是如何通過嚴復的翻譯而中國化或本土化的。中國學者王憲明的著作《語言、翻譯與政治——嚴復譯〈社會通詮〉研究》[17]在思路上與黃克武的研究相似，他也是採取對讀的方法，從文本源流、著譯動機、關鍵字等方面對嚴復翻譯的《社會通詮》進行研究，進而研究嚴復的思想。研究細緻入微，不論是在方法上還是在思路上以及具體的操作上，都對我們研究魯迅的文學翻譯具有重要的參考價值。

　　當然，不論是對於外語界來說，還是對於中國現代文學界來說，這都有很大的難度，它需要對外語和中文都有非常好的理解和感悟。對於魯迅的文學翻譯來說，情況更複雜，不僅僅是因為文學翻譯不同於思想翻譯，具有情感性、藝術性等主觀性很強的因素，還因為它涉及到「重譯」（即「轉譯」）的問題。所以我們希望有更

---

[16]　黃克武：《自由的所以然——嚴復對約翰彌爾自由思想的認識與批判》，上海書店出版社，2000 年版。

[17]　王憲明：《語言、翻譯與政治——嚴復譯〈社會通詮〉研究》，北京大學出版社，2005 年版。

多的外語界學者加入這一領域，從而協作性地研究魯迅，以便更全面、更深入地理解魯迅。

　　　　　　　　　　本文原載《廣東社會科學》2007 年第 2 期。

近八十年魯迅文學翻譯研究檢討

　　魯迅一生的文化成就主要體現在三個方面：文學創作、文學研究、文學及文學理論翻譯，而且這三個方面是有機地聯繫在一起的，它們之間相互促進。但是，學術界對魯迅的研究主要集中在前兩個方面，這是片面的，對魯迅來說也是不公正的，更重要的是不利於我們更深刻、更全面地理解魯迅，特別是理解魯迅與西方文化之間的關係。

　　大致說來，魯迅的文學翻譯研究主要包括三個方面的內容：一是研究魯迅與外國文學的關係，涉及到魯迅的文學翻譯問題，這是寬泛意義上的魯迅文學翻譯研究。二是研究魯迅的翻譯理論，這不屬於魯迅的文學翻譯研究，但與魯迅的文學翻譯研究有著密切的關係。三是研究魯迅的翻譯實踐，從翻譯學的角度對魯迅所翻譯的文學作品進行解讀，這是最狹義的魯迅文學翻譯研究。下面我就從這三個方面來回顧和總結近八十年的魯迅文學翻譯研究。

一

　　與魯迅翻譯理論和翻譯實踐研究相比，魯迅與外國文學之關係之研究，開展的時間比較早，成果也相對比較多。奠基中國現代文

學學科的老一輩學者如王瑤、唐弢都是魯迅研究的大家，他們都非
常重視魯迅與外國文學的關係。王瑤先生早在 1980 年就寫過一篇
長文:〈論魯迅作品與外國文學的關係〉，在這篇文章中，他主要是
從思想、精神、創作方法、創作技巧等方面宏觀地論述魯迅的作品
與外國文學作品之間的關係，雖然把魯迅翻譯的外國文學作品等同
於外國文學作品本身，漏掉了從原語文學轉換到譯語文學這一關鍵
的環節，從而使得出的關於魯迅作品與外國文學作品關係的結論比
較表面和抽象，但通過比較作品來研究魯迅與外國文學之間的關
係，這是非常有意義的。比如王瑤說:「1934 年底他譯了西班牙作
者 P·巴羅哈的《少年別》，他說這是一篇『用戲劇似的形式來寫
的新樣式的小說』,『因為這一種形式的小說，中國還不多見，所以
就譯了出來』，次年他就運用這種形式寫了篇以批判莊子思想為內
容的歷史小說《起死》。」[1] 這實際上已經是從翻譯的角度來研究魯
迅。可惜的是，後來者很少有人沿著這一方向，以此為切入口對魯
迅與外國文學的關係展開深入的研究，王瑤先生所提出的很多關於
現代文學研究的原則、方法和觀念都得到了生發和展開，唯獨在翻
譯文學研究方面後繼無人。

　　唐弢先生也非常重視研究翻譯文學對中國現代文學的作用和
意義，他曾說:「當時文學革命有個顯眼的現象:無論是作家個人
還是文學社團，都和外國文學有著非常緊密的聯繫。幾乎沒有一個

---

[1]　王瑤:〈論魯迅作品與外國文學的關係〉，原載《魯迅研究》第 1 輯（1980
年 12 月），《王瑤全集》第六卷，河北教育出版社，2000 年版，第 228 頁。
王瑤後來進一步把魯迅與外國文學的關係擴展到整個中國現代文學與外國
文學的關係，寫作了〈現代文學所受外國文學的影響〉一長文。

作家或社團不翻譯外國文學作品，幾乎沒有一個作家或社團不推崇一個以至幾個外國作家，並且自稱在藝術風格上受到他或他們的影響。」[2]對於魯迅，他也非常重視其外來影響，早在 1939 年，唐弢先生就提出魯迅受尼采超人思想影響的觀點，1980 年，樂黛雲對這一觀點加以申論[3]，現在，魯迅深受尼采思想的影響可以說已經是中國現代文學的基本結論。1988 年，唐弢為汪暉論著作序，對他早期的這一觀點又進行了詳細的論證[4]。

　　魯迅的《野草》在中國現代文學史上，不論是在思想上還是在藝術上都非常獨特，在文體等多方面都具有開創性，至今還有很多「謎」未解開。《野草》的思想和文學來源是多方面的，其中外國哲學與文學的影響顯然是非常重要的方面。早在 1947 年，許欽文就提出它受廚川白村影響的觀點，他說：「聽過魯迅先生《苦悶的象徵》的講的多少總都留點印象，影響於新文學家不少。……魯迅先生在翻譯《苦悶的象徵》時給《語絲》寫散文詩之類的《野草》，我覺得許多地方都是應用了這書中的原則的，最明顯的是〈風箏〉這一篇。」[5]前述王瑤的〈論魯迅作品與外國文學的關係〉一文也探討過《野草》與《小約翰》的借鑒關係、《野草》與《屠格列夫

2　唐弢：〈西方影響與民族風格──中國現代文學發展的一個輪廓〉，《唐弢文集》第 9 卷，社會科學文獻出版社，1995 年版，第 317-318 頁。

3　樂黛雲：〈尼采與中國現代文學〉，《北京大學學報》1980 年第 3 期。

4　唐弢：〈一個應該大寫的文學主體──魯迅〉，《唐弢文集》第 7 卷，社會科學文獻出版社，1995 年版。

5　許欽文：〈魯迅先生譯《苦悶的象徵》〉，原載 1947 年 4 月 1 日《青年界》第 3 卷第 1 期。又見《1913～1983 魯迅研究學術論著資料彙編》第 4 卷，中國文聯出版公司，1987 年版，第 439 頁。

散文詩》的借鑒關係。唐弢在上文中則詳細論證了《野草》深受尼采的影響這一觀點。由此也可見，魯迅所受外國文學的影響是複雜的、多方面的。

在魯迅與外國文學及其翻譯的關係上，福建師範大學中文系李萬鈞等編輯的《魯迅論外國文學》是比較早的成果。全書分三部分：第一部分「總論」，主要是魯迅關於外國文學以及翻譯的論述。第二部分「論外國作家作品」，列出的外國作家共一百六十六位。第三部分「有關參考資料」，包括「魯迅譯作年表」和魯迅提到的「外國文學的人名索引」。此書雖然直到 1982 年才由外國文學出版社出版，但它實際上在 1977 年就已經編訖，並以《魯迅與外國文學資料彙編》為名印行，在當時還非常「排外」的文化背景下，重視魯迅與外國文學的關係，這是非常難得的。更重要的是茅盾給本書寫的「序言」〈向魯迅學習〉，我認為這是一篇非常重要的關於魯迅文學翻譯的論文。在文章中，茅盾並沒有籠統地按照書的主題來談魯迅與外國文學的關係，而是通過魯迅的翻譯歷程來談魯迅與外國文學的關係。茅盾特別強調魯迅文學翻譯的背景，以及它對魯迅的意義和對整個中國現代文學的意義，所以，它比起一般性地談論魯迅與外國文學關係的文章要切中要害、要深刻。

本來，王瑤、唐弢以及茅盾從翻譯的角度切入來研究魯迅與外國文學的關係，這可以說開了一個好頭。並且，他們已經注意到，一般性讀翻譯的外國文學作品從而受到影響，與直接翻譯外國文學作品從而受到影響，是有很大不同的。如果我們沿著這一方向，切實地對外國文學原文、魯迅的翻譯、魯迅的創作這三種文本進行細讀，細心地搜求材料和證據，從而對魯迅與外國文學進行比較研

究，我相信這一課題已經做得相當深入，也會取得很大的成績。但現狀卻是，對於魯迅的文學翻譯以及它對魯迅和中國現代文學的影響，至今仍然缺乏深入的研究，仍然沒有超越，仍然在重複王瑤、唐弢二十年前的觀點。不僅魯迅的文學翻譯沒有得到有效的研究，基本的魯迅與外國文學的關係也沒有得到切實的研究，這一課題至今仍然是魯迅研究的薄弱環節。

　　總體來說，80 年代以來，魯迅與外國文學關係的系統研究在成果上非常少。而在這少數的成果中，比較有影響、有代表性的成果主要有：王富仁的〈魯迅前期小說與俄羅斯文學〉、張華的〈魯迅與外國作家〉、劉柏青的〈魯迅與日本文學〉、李春林的〈魯迅與杜斯妥耶夫斯基〉、高旭東的《魯迅與英國文學》、李春林主編的《魯迅與外國文學關係研究》等。這裏我主要以高旭東的《魯迅與英國文學》和李春林主編的《魯迅與外國文學關係研究》兩本書為例來分析這種研究的基本思路及其缺憾。

　　從魯迅的文學翻譯和他在文章中談論的情況來看，魯迅翻譯和談論最多的是蘇聯俄國文學，其次是日本文學，再次就是英國、德國、法國文學。大致說來，對魯迅影響最大的也是這些國度的文學。在這一意義上，《魯迅與英國文學》是一個個案研究。在這本書中，作者特別研究了拜倫、雪萊、莎士比亞、蕭伯納四人對魯迅的影響，其中，「魯迅與拜倫」佔了整個著作的近一半的篇幅。作者把拜倫的〈該隱〉和魯迅的〈狂人日記〉、把〈海盜〉和〈孤獨者〉、〈鑄劍〉進行比較，從而具體地研究它們之間的關係，我認為這是非常有意義的。但另一方面，本書也存在著「影響研究」普遍性的問題，主要表現為證據不充分，太間接，也太抽象。因為魯迅在文章和著

作中提到某作家、某理論家、某種哲學理論、某種文學理論，就因此斷言魯迅受到某作家、某理論家、某哲學理論、某文學理論的影響，這在邏輯上還缺少一些環節。同樣地，我們不能根據魯迅讀到了某一作家的某一篇作品，就由此斷定魯迅受到某作家作品的影響。

　　《魯迅與外國文學關係研究》主要是用「比較文學」的方法來研究魯迅。「上編」屬於「總論」性的，主要是對魯迅進行總體性的「影響研究」和「平行研究」，篇幅不大。全書的主體部分是「下編」，主要是把魯迅和外國作家進行比較研究。其主要目的有三：第一是探尋魯迅「吸取和釀造了哪些世界文化」；第二是把魯迅和世界同級作家進行比較，從而「確定魯迅在世界文學中的位置」；第三是發現「從新的角度對魯迅進行新的闡釋」[6]，這實際上是具體地對魯迅進行「影響研究」和「平行比較」。非常可貴的是，在談到具體的研究方法與研究路徑時，作者說：「還有一種趨向尤應注意：對魯迅所翻譯的外國作家作品文本的研究，由這種文本研究而輻射到魯迅與某一個作家的比較研究。這種方法也是我們過去所忽略的，並且由於研究方法的忽略，導致了我們對魯迅翻譯世界──魯迅著譯總字數各佔一半──的忽略。對於魯迅翻譯世界的探尋，將會使魯迅與外國文學比較研究開出新生面。」[7]我認為，這個判斷是非常正確的，切中要害，我們之所以忽略魯迅的文學翻譯，的確與研究方法的缺陷有很大關係，而且，我也深信，從翻譯這裏切入問

---

[6]　李春林主編《魯迅與外國文學關係研究》，吉林人民出版社，2003 年版，第 1 頁。

[7]　李春林主編《魯迅與外國文學關係研究》，吉林人民出版社，2003 年版，第 17 頁。

題，將會使魯迅研究別開一面。遺憾的是，作者雖然具有很強的翻譯問題意識，但在具體研究中並沒有真正重視魯迅的文學翻譯，並沒有從翻譯和「影響」、「接受」的角度來研究魯迅，並不是在文本細讀中發現和探討新的問題、提出新的觀點。因而這本書仍然沒有避免普通的魯迅與外國文學關係研究所具有的一般性毛病。

　　我認為，就「影響研究」來說，把「相似性」作為證據來說明影響的關係，其實是非常蒼白無力的，文學作品在風格、結構、敘事方式、創作方法上的相似，不一定是借鑒了或者受了影響，相反地，真正的借鑒和受影響在創作上不一定相似，所以，在「影響」的意義上，把兩個相似的文本抽象地進行比較，實在不能充分說明問題。魯迅在作品中提到某個作家和作品、魯迅曾經讀過某作家的作品，並不能證明魯迅就受到某作家和作品的影響。魯迅的創作的確既具有現實主義、浪漫主義的特徵，又具有現代主義的特徵，而且，魯迅的現實主義、浪漫主義和現代主義的確都具有它的西方文學淵源，但是，在「影響」的意義上，如果沒有確鑿的「事實」根據，僅根據作品現象，把魯迅的現實主義、浪漫主義和現代主義與籠統的西方現實主義、浪漫主義和現代主義進行比較，這種比較可以說是漫無邊際的。

　　更重要的是，「影響」是非常複雜的關係。魯迅的思想和創作深受西方的影響，這是簡單的事實，確定魯迅受了西方的影響還只是第一步，還是初步的，最重要的是西方為什麼會對魯迅發生深刻的影響，以及這種影響是如何實現的。對於西方的思想和文學，魯迅接受了什麼？接受到什麼程度？拒斥了什麼？為什麼要拒斥，以及拒斥到什麼程度？西方思想和文學經過漢語的接受和改造，在魯

迅那裏發生了什麼樣的變異？「影響」不僅是正面的影響，「批判」其實也是一種影響，在「批判」的意義上，西方思想和文學對魯迅有什麼影響？這些問題都是比較文學研究中的難題，也是魯迅與外國文學關係研究中的難題。我認為，要解決這些難題，一個很重要的方面就是要深入研究魯迅的文學翻譯，要細緻地解讀魯迅的文學翻譯文本，特別是要重視魯迅翻譯中的「誤讀」與「誤解」並進而研究這種「誤讀」與「誤解」對於魯迅的意義。但至今的魯迅與外國文學關係研究在這方面做得還非常不夠。

二

魯迅不僅大量翻譯外國文學作品和文學理論，而且還非常注重從翻譯實踐中總結翻譯理論、注重從理論上對翻譯問題進行探討。所以在魯迅的著作中，有一些關於翻譯問題的論述。應該說，在翻譯理論上，魯迅對於中國現代翻譯貢獻也是巨大的，比如他的「直譯」理論，他的「重譯」和「複譯」理論，在中國現代翻譯史上都有著重要的地位，也對中國現代文學翻譯實踐發生了深刻的影響。

相對而言，對於魯迅的翻譯理論，學術界主要是外語界還是很重視的，研究得也比較多。但畢竟魯迅的翻譯理論在文字數量上非常有限，所以不可能有鴻篇巨制的成果，這樣，對於魯迅翻譯理論的研究，以散篇論文居多，其中重要的論文有：王宏志：〈民元前魯迅的翻譯活動──兼論晚清的意譯風尚〉，《魯迅研究月刊》1995

年第 3 期。若冰、張萍：〈論魯迅的文學翻譯主張〉，《外語教學》
1995 年第 2 期。袁狄湧：〈魯迅的翻譯理論及其實踐〉，《青海師範
大學學報》1996 年第 2 期。雷亞平、張福貴：〈文化轉型：魯迅的
翻譯活動在中國社會進程中的意義和價值〉，《魯迅研究月刊》2000
年第 12 期。陸壽榮、張淼：〈魯迅翻譯理論的發展及評價〉，《山東
外語教學》2002 年第 5 期。李寄：〈魯迅翻譯路徑觀初探〉，《外語
研究》2003 年第 5 期。徐朝友：〈魯迅早期翻譯觀溯源〉，《解放軍
外國語學院學報》2003 年第 5 期。張鐵榮：〈魯迅與周作人的日本
文學翻譯觀〉，《魯迅研究月刊》2003 年第 10 期。鄭海凌：〈「凡是
翻譯，必須兼顧著兩面」──魯迅譯學思想探索之二〉，《魯迅研究
月刊》2004 年第 2 期。黃瓊英：〈「西方文化中心主義」話語下的
魯迅翻譯〉，《曲靖師範學院學報》2004 年第 1 期。崔永祿：〈魯迅
的異化翻譯理論〉，《浙江大學學報》2004 年第 6 期。王斌：〈論魯
迅「寧信而不順」翻譯觀的動機〉，《廣西社會科學》2004 年第 8
期。萬寶林：〈魯迅翻譯思想的創新性〉，《西華師範大學學報》2004
年第 5 期。這些論文多是從一個角度和方面對魯迅翻譯中的某一
具體問題進行研究的。但總體來說，其中的很多成果都是屬於「述
學」性質的，即是對魯迅翻譯理論的介紹。並且多侷限於翻譯本
身，比較抽象、空泛、缺乏深度，既沒有聯繫魯迅翻譯實踐的實
證研究，又不能由此輻射到魯迅的文學創作以及整個中國現代文
學創作，在翻譯觀上也沒有什麼大的突破。所以，並不能真正理
解並闡發魯迅翻譯理論的特別之處，對於魯迅翻譯理論所存在的
侷限也缺乏發現。

　　對於魯迅翻譯理論的研究，另外重要的成果形式就是著作的章節。我所見到，絕大多數的中國近現代翻譯史、翻譯理論史都有專章或專節介紹魯迅的翻譯理論，比如陳福康的《中國譯學理論史》就在兩處介紹魯迅的翻譯理論，一是第二章的第十五節，題為「周氏兄弟的譯論」，二是第三章的第十一節，題為「魯迅對譯學理論的重大貢獻」[8]。再比如王秉欽的《20 世紀中國翻譯思想史》，在第三章的第二節對魯迅的翻譯理論進行了介紹。特別值得注意的是，作者對魯迅的翻譯理論做了非常高的評價，他認為：魯迅對中國近代文學翻譯做出了重要的貢獻，主要表現在兩個方面：第一、「開闢了我國近代中西文化交流史上具有重要意義和影響的第二源流」，即「外國新文學」的源流；第二，開啟了中國近代翻譯史上的「一次重大革命」，即翻譯方法上的革命。作者對魯迅翻譯理論的定位是：「中國譯論的奠基人」。[9]魯迅的確對中國近現代文學翻譯做出了巨大的貢獻，但「外國新文學」源流是否就是他「開闢」的，我覺得在表述上尚需斟酌；同樣，「中國譯論」源遠流長，僅在近代，在魯迅之前就有嚴復、林紓等翻譯大家，他們的理論對於中國譯論來說也是非常重要的，是否可以說魯迅就是「中國譯論的奠基人」，這是一個非常重大的問題，需要充分的論證。

　　對於魯迅翻譯理論的研究，專著方面，我僅見到一本書，就是劉少勤的《盜火者的足跡與心跡——論魯迅與翻譯》，而且還不完全是研究魯迅翻譯理論的。這本書主體有兩部分，上編「別求新聲

---

[8]　陳福康：《中國譯學理論史稿》，上海外語教育出版社，1992 年版。

[9]　王秉欽：《20 世紀中國翻譯思想史》，南開大學出版社，2004 年版，第 113、118 頁。

於異邦——魯迅對翻譯作品的選擇」，主要是「考察魯迅譯了哪些國家的作品、什麼樣的作品、為什麼要選這些作品」。下編「說不盡的『信、達、雅』——魯迅的翻譯方式」，主要是分析魯迅的翻譯方式。「魯迅早年熱衷編譯、改譯，甚至亂譯，後來提倡直譯，到晚年又不時輕聲呢喃著『意譯』。」作者試圖從時代的文化政治以及魯迅個人的精神追求這兩個方面來對魯迅的這一翻譯理念的歷史變遷進行研究。非常可貴的是，作者非常重視魯迅的翻譯文本，「把魯迅三百多萬字的譯作從頭到尾閱覽了一遍，對其中重要譯作的主題和內容，用我自己的語言——作了概述和評析，寫下了十五本讀書筆記」[10]。但縱觀全書，這種閱讀對作者的研究似乎並沒有起太大的作用，魯迅的翻譯作品作為材料似乎並沒有排上用場。作者的研究思路和關注問題仍然是傳統範疇的，得出的結論也沒有多少超越，很多觀點並不是來自於對魯迅翻譯作品的解讀，仍然是來自於對魯迅翻譯理論的解讀，作者所引用的材料絕大多數仍然是魯迅關於翻譯的語錄而不是魯迅的翻譯作品。

　　對魯迅翻譯作品的研究，我認為這是最重要的魯迅翻譯研究，屬於「本體」研究。但迄今這方面的研究卻是最薄弱的。魯迅翻譯作品的研究成績也主要表現在三個方面，一是一些「近代文學史」、「翻譯文學史」在有關章節中有所介紹，比如郭延禮《中國近代翻譯文學概論》下篇第 9 章「『五四』前周氏兄弟的文學翻譯活動」對魯迅「五四」前的文學翻譯主要是《域外小說集》有所研究[11]。

---

[10] 劉少勤：《盜火者的足跡與心跡——論魯迅與翻譯》，百花洲文藝出版社，2004 年版，「序」第 3、2 頁。

[11] 郭延禮：《中國近代翻譯文學概論》，湖北教育出版社，1998 年版。在《中

再比如孟昭毅、李載道主編的《中國翻譯文學史》用了一章的篇幅
介紹了魯迅的文學翻譯，編者認為：「魯迅在我國翻譯文學史上，
和在中國現代文學史上一樣，既是奠基人又是主將。」認為魯迅對
於我國翻譯文學事業的貢獻主要有五個方面：「翻譯介紹外國文學
的偉大的開拓者」、「取天火給中國人民的普羅米修斯」、「中國現代
翻譯理論的建設者」、「一代譯風的開創者和榜樣」、「中國現代翻譯
事業的領導者」。[12]應該說，這都是非常高的評價。二是單篇論文，
其中代表性的有：工藤貴正：〈魯迅早期三部譯作的翻譯意圖〉，《魯
迅研究月刊》1995 年第 1 期。袁狄湧：〈魯迅與晚清翻譯文學〉，《紹
興文理學院學報》1996 年第 3 期。楊英華：〈關於魯迅翻譯武者小
路實篤劇作《一個青年的夢》的態度與特色〉，《魯迅研究月刊》2004
年第 4 期。黃瓊英：〈魯迅的前期翻譯〉，《曲靖師範學院學報》2004
年第 5 期。高莉莉、荊素蓉：〈魯迅留日期間的翻譯活動研究〉，《中
共山西省委黨校學報》2004 年第 6 期。除了《魯迅研究月刊》上
的兩篇文章以外，其他文章多是綜合性地介紹魯迅的翻譯活動，總
體上缺乏深度。三是專著，但我僅見到一本[13]，那就是王友貴的《翻
譯家魯迅》，這是我迄今為止所見到的最好的一本魯迅文學翻譯研
究的著作。

國近代文學發展史》第 42 章第六節中，作者對周氏兄弟「五四」前的文學
翻譯也有介紹。

[12] 孟昭毅、李載道主編《中國翻譯文學史》，北京大學出版社，2005 年版，
第 126、143、144 頁。

[13] 斯德哥爾摩大學 Lennart Lundberg 曾寫過一本書：Lu Xun as a Translator,
Stockholm: Orientaliska Studier, Stockholm university,1989.參見王友貴《翻譯
家魯迅》，南開大學出版社，2005 年版，第 320 頁。可惜沒法見到此書。

　　在這本書中，作者「希望從翻譯家魯迅入手，從他的翻譯活動、翻譯作品、翻譯思想、翻譯路線、翻譯實績在中國翻譯史上之地位諸層面來討論魯迅」。其基本思路是：「以譯文為本」，「通過閱讀魯迅的全部譯作、創作，尤其是魯迅在翻譯作品前後寫下的大量『譯者前記』、『後記』或『小引』，以及魯迅數量不算少的翻譯專論，……考察其譯作和翻譯活動在中國翻譯文學史、中外文學關係史、中外關係史、國民教育史上，產生過哪些重要影響？」[14]作者不僅研究魯迅的翻譯理論，更重要的是聯繫魯迅的翻譯理論，對他的翻譯作品進行解讀，從而從翻譯的角度對魯迅進行了新的研究。作者實際上是從思想即「主題」的角度來解讀魯迅的文學翻譯，比如，通過解讀《月界旅行》、《地底旅行》等來研究魯迅的科學意識；通過解讀《域外小說集》、《察拉圖斯忒拉的序言》、《現代日本小說集》等來研究魯迅的現代意識；通過解讀《一個青年的夢》、《愛羅先珂童話集》、《桃色的雲》等來研究魯迅的「浪漫」；通過解讀《苦悶的象徵》來研究魯迅的「苦悶」；通過解讀《小約翰》、《錶》、《俄羅斯童話》等來研究魯迅的「童心」；通過解讀《十月》、《毀滅》、《豎琴》等蘇俄革命文學來研究魯迅對革命文學的觀念；通過解讀盧那察爾斯基的《藝術論》和普列漢諾夫的《藝術論》來研究魯迅對於蘇聯文學理論的態度。這和過去那種抽象地談魯迅的翻譯觀、抽象地談魯迅與西方思想和文學的關係、抽象地「影響研究」和「比較研究」是有很大不同的，可以說是真正地在對魯迅的翻譯進行研究，特別是在翻譯作品的解讀方面有巨大的突破。

---

[14] 王友貴：《翻譯家魯迅》，南開大學出版社，2005 年版，「序」第 2、3 頁。

　　但通讀全書，我感到著作不論是研究思路上還是具體觀點上，都還有很多地方需要深入和改進。我認為，魯迅翻譯了哪些作品固然重要，但更重要的是魯迅是如何翻譯這些作品的。作者主張突破「傳統的翻譯研究範式」，所謂「傳統的翻譯研究範式」，即「偏於技術性的研究」，就是「考察、分析某一部或幾部譯作，在原本、中譯本、轉譯本之間反覆對比與分析，試圖尋找出在一次又一次翻譯過程中原本所發生的改變，推測改變的原因，以及改變所造成的後果」[15]。作者認為它的「空間」比較有限。我認為恰恰相反，在外語學界或者翻譯學界，把原本、譯本、轉譯本進行反覆的對比和分析，這的確是非常傳統的，但對於魯迅的文學翻譯研究來說，這卻是最缺乏的，恰恰是在這裏，魯迅文學翻譯研究具有廣闊的空間，而不是作者所說的「空間有限」。研究魯迅所翻譯的譯本和原本以及轉譯本之間是如何「變異」的，實際上是從一個特定的角度具體地研究西方文學和思想對魯迅的影響在中國傳統的文化和語境中是如何發生變化的，也是從一個側面具體地研究中國現代文學是如何在西方與中國傳統的雙向交流與適應的過程中發生的。魯迅的翻譯方式從「編譯」到「改譯」到「直譯」到「意譯」，這裏面其實有它很深的文化涵義，它對於理解中國現代文學與西方文學的複雜關係非常重要，而這恰恰是現代文學研究所忽視的。也正是在這一意義上，我認為作者試圖通過研究魯迅的翻譯從而「考察其譯作和翻譯活動在中國翻譯文學史、中外文學關係史、中外關係史、國民教育史上，產生過哪些重要影響？」這還是有缺陷的。這些目

---

[15]　王友貴：《翻譯家魯迅》，南開大學出版社，2005 年版，「序」第 3 頁。

標當然是重要的，但確定翻譯對於成就魯迅的意義、對於中國現代文學的意義，這是更重要的。

　　魯迅的翻譯在魯迅文學活動中具有重要的地位，對於魯迅本人乃至整個中國現代文學都具有深刻的影響，這是簡單的事實，我們現在需要的不是繼續確認和論證這一簡單的事實，而是對魯迅的翻譯進行具體的研究，研究外國文學是如何在翻譯過程中對魯迅發生影響的，以及這種影響是如何實現的。把魯迅所翻譯的譯本和原本以及轉譯本進行對讀，我們可以說這是基礎性的工作，但魯迅翻譯文學研究現在最需要的就是這種實證性、基礎性的研究。

　　　　　　本文原載《社會科學研究》2007 年第 3 期。

　　　　　　《新華文摘》2007 年第 15 期「論點摘編」。

論周作人「自由至上主義」及其命運

周作人「附敵」事件一直是現代文學的一個熱門話題。對於周作人為什麼要「附敵」，這可以說是一個「謎」。從周作人本人到周作人的朋友、論敵以及後來的文人、學者，有種種不同的看法和解釋。應該說，這每一種說法和解釋都有它的合理性，都在一定程度上或者從理論的層面或者從歷史的層面揭示了周作人附逆的原因，並且在整體上表現了周作人附逆作為重要歷史事件的複雜性。

但我認為，周作人「附敵」還有更為深層的世界觀和人生信念上的根源，這就是自由主義。具體對於周作人來說，他的自由主義與胡適等人的一般自由主義不同，可以說是「自由至上主義」或者說「極端自由主義」。現代文化史上的周作人的種種思想和行為都與這種信念有著一種深層的內在關係。周作人「五四」時期激烈的反傳統、反封建禮教和30、40年代回歸傳統、回歸儒家看似矛盾，但在自由主義的信念統歸下卻具有統一性。在封建思想佔統治地位的時候反封建思想；在西方思想佔統治地位的時候提倡中國傳統思想，這可以說是自由主義的精髓和必然的邏輯結論。自由主義表現在人生上，最主要的就是個人有選擇生存方式、選擇生活道路的權利，「附敵」對於周作人來說，就是這樣一種屬於自由性質的選擇。顯然，周作人誤解了所謂的「自由」。對於這一問題，我另有專文

詳細論述[1]。本文中，我主要對周作人自由主義的思想內涵進行清理和論證，並從邏輯的深層上清理它與周作人思想和人生之間的內在關係。

一

「五四」時期，周作人是一個風雲人物，在文化和思想界具有巨大的聲譽和影響，郭沫若極富誇張地說周作人的「附敵」是抗戰的一大損失，「那損失是不可計量的」，「為了換掉他，就死上幾千百個都是不算一回事的」，[2]可見周作人在當時的影響。周作人「附敵」之所以是一個重要的「事件」，原因就在於他是一個公眾人物，他的行為對公眾會有重大的影響。周作人不同於一般人，他有自己的獨立思想體系，是一個高智商、富於理性的人。他的人生選擇具有俗世的一面，但更具有文化理念的一面；既具有偶然性，但更具有深層的內在的思想觀念作為基礎。過去的諸種說法和解釋的一個重要缺陷就在於，他們過分強調周作人的性格、生活境遇以及世俗事務等歷史層面的史實與他「附敵」之間的直接關係，而缺乏從學理上探討周作人作為自由主義知識份子在中國其悲劇的必然性。我

---

[1]　參見拙文〈對「自由」的誤解與周作人的人生悲劇〉，《社會科學研究》2002年第 5 期。

[2]　郭沫若：〈國難聲中懷知堂〉，程光煒編《周作人評說 80 年》，中國華僑出版社，2000 年版，第 149、150 頁。

認為，自由主義思想以及對「自由」的某種誤解是周作人附逆的最重要原因，性格和生活方式以及具體的觀點不過是深層思想的淺表，周作人的性格、生活態度、處理事務包括生活事務與政治事務的方式等，都可以從他意識深處的自由主義思想中找到一定的根源。從個人命運上來說，中國現代自由主義知識份子總體上是悲劇性的，但悲劇的方式各有不同，周作人的悲劇其實是中國自由主義必然性悲劇的一種特殊的形態。悲劇是必然的，悲劇的方式和過程則具有偶然性。

　　舒蕪先生認為周作人是右派，他認為 30 年代有一個和左翼對壘的右翼文學家陣營，而這陣營的精神領袖就是周作人[3]，這其實是很大的誤解[4]。周作人本質上是自由主義者。黎澍提出周作人的「文化態度的核心」是西方的自由主義[5]。錢理群認為周作人的價值和悲劇是自由主義的價值和悲劇。陳思和認為：「周作人在『五四』後期的轉化，不是個別的行為，它體現了一代自由知識份子的共同悲劇。」[6]這是對周作人從思想和社會角色兩個方面的一種深層的定位。周作人的反傳統、反封建、反激進、反保守等其實都是他深層自由主義思想的表象。

　　和洋槍洋炮一樣，自由主義本質上也是舶來品。中國古代缺乏自由主義的思想基礎和社會體制。在思想和文化的層面上，自由主

---

[3]　舒蕪：〈周作人的是非功罪應該研究〉，《讀書》1985 年第 1 期。

[4]　可參見倪墨炎的文章〈周作人是三十年代右翼文壇的首領嗎？——試與舒蕪先生商榷〉，《文學報》1987 年 6 月 25 日。

[5]　黎澍：〈《知堂書話》和周作人的文化心態〉，《光明日報》1988 年 8 月 23 日。

[6]　陳思和：〈關於周作人的傳論〉，《中國現代文學研究叢刊》1991 年第 3 期。

義是比較早介紹進中國的思想或學說。1899　年嚴復將英國約翰穆勒的《論自由》翻譯成中文（初中譯名為《自繇釋義》，1903 年出版時改為《群己權界論》）。與此同時，梁啟超則把盧梭、霍布士、斯賓諾莎等人的自由主義思想介紹進中國，並大加發揮。「五四」則承襲了這一傳統，自由主義是「五四」新文化運動的主題之一，它和科學、民主等同樣是西方的舶來思想具有一種內在的契合與聯繫，並且它們攜手試圖共同建構中國現代社會和思想文化的精神品格。所以，自由主義思想在「五四」時期不僅是反封建、破壞傳統思想體系的最有力的武器，同時它也是新文化精神建設的重要內容，也就是說，它同時也是一種社會理想和文化理想。「五四」那一代知識份子或多或少都受到自由主義思想的浸染，自由在不同知識份子意識中的地位各不相同，有的只是方法論的意義，有的只是一種思想或工具，而對於周作人來說，自由則是人生的信念，是思想的基礎和主體，是畢生追求和捍衛的人格價值。周作人這種自由主義思想在「五四」時主要表現在對人的解放和人的自由的關懷和探討上。

　　「五四」時期，周作人首先提出「人的文學」的概念。但這裏，「人的文學」並不是一個文學概念，而是一個社會學和倫理學的概念，並不是泛論文學的「人學」，即文學的人的中心地位，而是討論人的本質，主要是人的自然本性和社會本性以及之間的關係。作為文學範疇的「人的文學」的提倡，周作人更強調的是特定社會歷史條件下的中國人的自然人性的解放和個性自由的問題，強調文學在爭取人的解放與自由中的作用，所以它更具有社會學和倫理學的意義。對於「人」，周作人的解釋是，乃是「從動物進化的人類」，

首先，「我們承認人是一種生物，他的生活現象，與別的動物並無不同。所以我們相信人的一切生物的本能，都是美的和善的，應得完全滿足。凡有違反人性不自然的習慣制度，都應該排斥改正」。其次，「我們又承認人是一種從動物進化的生物」，即社會的人。從「進化」的角度，「凡獸性的餘留，與古代禮法可以阻礙人性向上的發展者，也都應該排斥改正」。以這種「個人主義的人間本位主義」為前提，人的道德生活「應該以愛智信勇四事為基本道德，革除一切人道以下或人力以上的因襲的禮法，使人人能享自由真實的幸福生活」[7]。概括地說，所謂「從動物進化的人類」，即自由的人類，而「人的文學」本質上即自由的文學。在周作人這裏，自由構成了人的核心，反禮法、反獸性其實是自由在具體境況中的邏輯推演和派生。

「五四」時期，婦女和兒童問題一直是周作人非常關注的問題，但周作人對婦女和兒童的研究和後來的作為學科的學術研究不同，它不具有獨立性，而是其人的研究的一部分。不論是中國還是西方，婦女和兒童都缺乏獨立地位，女子不過是男子的器具和奴隸，兒童不過是父母的所有品，正是以此現象為出發點，周作人楔入了婦女和兒童的研究。這裏，人的自由和獨立既是周作人的出發點，也是其歸結點，是他的終極目的。其他如性學研究、民俗研究，都可以追溯到自由的理念，正是從自由的終極原則出發，周作人激烈地批判現實的封建禮法和奴隸思想，因為封建禮法和奴隸思想嚴重妨礙了人的自由與獨立。在這一意義上，周作人反封建、反傳統

---

[7]　周作人：〈人的文學〉，《周作人文類編》卷三，湖南文藝出版社，1998 年版，第 32-34 頁。

以及對其他種種思想觀念的批判並不是他的思想本位，而自由主義才是其思想本位。

　　周作人把他對人的發現和對人的重新建構稱為「人道主義」，其中心就是強調個體的價值和自由意志。周作人積極支援日本小說家武者小路的「新村主義」，他對於「新村精神」的概括是：「一切的人都是這樣的人：盡了對於人類的義務，卻又完全發展自己的個性。」[8]「新村的理想，簡單的說一句話，是人的生活。這人的生活可以分為物質的與精神的兩個方面，物質的方面是安全的生活，精神的方面是自由的發展。」[9]這裏，周作人贊同新村主義的理由是它體現了或者說可以實現人的自由價值。與此相關，周作人特別強調個體的獨立地位和作用，他主張改造社會要從改造個人做起。這樣，在周作人這裏，個性解放與社會解放和進步以一種奇妙的方式聯結起來。

　　關於信教自由的問題，這是 20 年代一次較有影響的思想爭論。對於宗教問題，周作人本素無研究，但他卻積極參與了討論。這裏，周作人與其說是對宗教問題有見解，還不如說是對自由問題有興趣，他實際上主要是在自由問題而不是在宗教問題上發表觀點。「我們不是任何宗教的信徒，我們不擁護任何宗教，也不贊成挑戰的反對任何宗教。我們認為人們的信仰，應當有絕對的自由，

8　周作人：〈新村的精神〉，《周作人文類編》卷一，湖南文藝出版社，1998年版，第 127 頁。

9　周作人：〈新村的理想與現實〉，《周作人文類編》卷一，湖南文藝出版社，1998 年版，第 144 頁。

不受任何人的干涉……」[10]信教還是不信教，這並不是最重要的，重要的是對信教或者不信教的權利的尊重，周作人真正想表達的或者說所關注的還是對自由的態度。「五四」時期，伏爾泰所說的「我不贊成你的話，但我拼命維護你說話的權利」這句名言廣為人知，因為它深刻地涉及到自由主義的精髓問題，周作人關於信教自由的觀點則可以說深得這種精髓。

　　「五四」時的周作人具有非常顯赫的名聲，他的最重要的貢獻就在於從自由的理念出發，重新發見了人和「人的文學」，在深層的話語基礎上，可以說，他和魯迅一起以其文學創作實績和理論建樹建構了中國現代文學乃至文化的對於人的現代言說。周作人文學的魅力之一就在於他作品中所表現出來的自由的思想，對人的自然人性的高揚，對個性主義的高揚，對於封建專制和禮教罪惡的痛快淋漓的批判，沒有這些，便沒有周作人及其地位。

二

　　但周作人的特殊之處在於，他不是一般的自由主義，而是「自由至上主義」。

　　不論是西方還是現代中國，自由主義都表現出各種形態。在西方，有所謂的古典自由主義、功利自由主義、民主自由主義、社會

---

[10]　周作人等：〈主張信教自由者的宣言〉，《晨報》1922 年 3 月 31 日。

自由主義等。中國現代自由主義由於是從西方輸入進來的，受輸入
的實用目的以及理解的限制，再加上語境和文化知識結構背景的變
化等因素的影響，西方自由主義不論是從具體觀點上還是表現形態
上都變得面目全非，發生了延伸和變異，其格局更為複雜。價值取
向不同，對於西方自由主義思想的選擇和取捨也不同，所以中國現
代自由主義表現出不同的傾向，總體上是中國化了，其中兩大潮流
非常顯著：一是深受美國杜威影響的以胡適為代表的功利自由主
義；一是深受英國費邊社會主義和基爾特社會主義影響的以張東蓀
為代表的「修正自由主義」。而周作人的自由主義則更接近西方的
古典自由主義，即「自由至上主義」。

　　西方的古典自由主義主要是指 17、18 世紀歐洲的自由主義，
因為強調個人自由的天賦性、自由高於一切，所以，又被稱為「放
任自由主義」、「極端自由主義」或者「自由至上主義」。「對於自由
至上論者來說，自由只意味著自由，不是必然性，而是選擇；不是
責任，而是責任和無責任的選擇；不是義務，而是認可和拒絕義務
的選擇；不是美德，而是美德和邪惡之間的選擇。自由選擇就是美
德，如果不是自由選擇的，不是自願而是強制的，任何行為都不是
美德。」[11]「自由至上論者也強調正義、美德、權威和機會的平等，
但最強調的是自由，並且認為所有其他價值均必須以自由為前提，
如果以正義、美德、平等的名義限制自由，那麼所謂的正義、美德、
權威和平等，都是不正當的，都將會是更大的不正義，更大的邪惡，

---

[11] 毛壽龍：〈自由高於一切——自由至上論述評〉，《自由主義與當代世界》，
　　生活‧讀書‧新知三聯書店，2000 年版，第 25 頁。

更大的強制，更加懸殊的不平等。」[12]「自由只意味著自由」，自由就是自願和選擇，這是「自由至上主義」的基本特徵。

自由主義思想本質上是西方的思想。周作人沒有胡適等人的英美留學經歷，他沒有直接感受西方正在發生的自由主義思想，就是說，他的經歷和視野限制了他對西方現代自由主義思想的接受，他的自由主義思想更多地是從西方的自由主義的典籍中得來，所以更多接受的是西方的古典主義的自由主義思想。「五四」之前，嚴復、梁啟超等介紹的西方自由思想總體上屬於古典主義的自由思想，周作人明顯受了這些思想的影響。1925 年，周作人在一篇文章中說到他有柏利（Bury）的《思想自由史》和洛柏孫（Robertson）的《古今自由思想小史》兩書，並且說：「昔羅志希君譯柏利的《思想自由史》登在《國民公報》上，因赴美留學中輟，時時想起，深覺得可惜。」[13]周作人多次提到這本書，他不僅讀了原文，且讀了羅家倫的譯文，它的自由主義理念應該與這種思想有聯繫。在思想來源上，周作人所接受的西方自由主義思想與胡適所接受的西方自由主義思想明顯不同。對於嚴復、梁啟超所介紹的西方古典自由主義，周作人一方面有所接受，另一方面又有所揚棄。總體上，周作人所接受的自由主義思想更接近古典自由主義的本意和原貌。

---

[12]　毛壽龍：〈自由高於一切──自由至上論述評〉，《自由主義與當代世界》，生活・讀書・新知三聯書店，2000 年版，第 26 頁。

[13]　周作人：〈黑背心〉，《周作人文類編》卷一，湖南文藝出版社，1998 年版，第 287 頁。周作人此記有誤，見羅家倫譯柏雷《思想自由史》（嶽麓書社 1988 年版）有關內容。

　　穆勒《論自由》的基本思想是強調個人自由與個人尊嚴，反對社會權力的擴大。他認為，個人自由的範圍，尤其是思想自由的範圍應該盡可能擴大。他說：「國家的價值，從長遠來看，歸根結蒂還在組成它的全體個人的價值。……一個國家若只為（即使是為著有益的目的）使人們成為它手中較易制馭的工具而阻礙他們的發展，那麼，它終將看到，渺小的人不能真正做出偉大的事。」[14]穆勒當然不反對社會的價值和利益，《論自由》（即《群己權界論》）第一句話就是：「有心理之自繇，有群理之自繇。」心理之自由，即意志自由、個人自由；群理自由即社會自由、公民自由。這說明，穆勒是認可社會自由的，他只是強調社會自由不能凌駕於個人自由之上，即「已重群輕」，而是相反。對於穆勒的自由主義思想，嚴復一方面非常讚賞，在嚴復看來，自由主義是西方繁榮富強的有效工具之一；另一方面，他對穆勒的某些自由主義觀點又持保留態度，其中一個重要的觀點就是認為個人自由和社會利益之間可以達到平衡，即「已群並重」。[15]嚴復說：「獨人道介於天物之間，有自由亦有束縛。」「故曰：人得自由，而必以他人之自由為界。」[16]人是獨立、自主、自由的，有自己的意志和人格。但既然人人都有獨立的人格，在一個群體中，人就應該相互尊重，所以，自由對於個體來說又有所限制，人不能為所欲為，毫無約束。在這一意義上，

[14]　穆勒：《論自由》，轉引自史華茲《尋求富強——嚴復與西方》，江蘇人民出版社，1995年版，第132頁。

[15]　參見黃克武《自由的所以然——嚴復對約翰彌爾自由思想的認識與批判》，上海書店出版社，2000年版。

[16]　嚴復：〈《群己權界論》譯凡例〉，劉夢溪主編《中國現代學術經典·嚴復卷》，河北教育出版社，1996年版，第422、423頁。

群體自由實際上是個人自由的必然延伸。與嚴復同時宣傳西方自由主義思想的梁啟超也是這種觀點。梁啟超是在開啟民智的意義上提倡自由的。「自由者，天下之公理，人生之要具，無往而不適用者也。」「數百年來世界之大事，何一非以『自由』二字為原動力者耶？」「若有欲求真自由者乎，其必自除心中之奴隸始。」[17]但這只是一方面，另一方面，梁啟超又說：「一身自由云者，我之自由也。雖然，人莫不有兩我焉：其一，與眾生對待之我，昂昂七尺立於人間者是也；其二，則與七尺對待之我，瑩瑩一點存於靈台者是也。」[18]梁啟超把內在的「我之自由」與外在的「我之自由」作區分，表明他一方面承認個人自由的重要性，但同時又強調社會對個人自由的限制。

　　嚴復和梁啟超在輸入西方自由主義思想時，同時對西方自由主義思想中的極端個人主義有所批判，這與當時西方正在發生的現代（相對於古典）自由主義思想不謀而合，這可能與新思想的影響有關，也許還與西方古典自由主義思想本身的缺陷有關。但最根本的原因則在於嚴復和梁啟超的文化身分以及更深層的中國傳統文化的社會倫理知識背景。嚴復和梁啟超都是中國傳統的知識份子，中國傳統的集體主義的美德在他們的意識中根深蒂固，並且他們引進西方自由主義思想的出發點是國家和社會，所以，邏輯的先在性決定了嚴復和梁啟超不可能把個人自由作為終極目的，個人自由只是

---

[17]　梁啟超：《新民說・論自由》，《飲冰室專集》之四（新印《飲冰室合集》第6冊），商務印書館，1989年版，第40、44、47頁。

[18]　梁啟超：《新民說・論自由》，《飲冰室專集》之四（新印《飲冰室合集》第6冊），商務印書館，1989年版，第46頁。

國家和社會利益的工具和手段，社會自由比個人自由更具有優先性。在這種觀念之下，當個人自由妨礙社會自由的時候，應該犧牲個人自由。在文化思想上，嚴復和梁啟超都屬於改良主義，所以，他們一方面介紹西方的自由主義思想，另一方面，又總是尋求自由主義與中國傳統思想的匯通。他們在介紹翻譯西方的自由主義思想的時候，總是用中國傳統的術語、概念、範疇和話語方式進行表述，總是把西方的自由主義思想中國化。現在看來，這是翻譯的誤解，但這種誤解又是不可避免的。

　　而周作人則比較原本地接受了西方古典自由主義的思想，即把自由作為人的終極價值。只承認個人自由的價值，一切以個人自由作為準繩，不承認任何專制和集權的合理性，對於周作人來說，自由不僅是理念和價值，同時也是實踐理性，也就是說，周作人既是「觀念的自由主義者」，同時又是「行動的自由主義者」，[19]具體表現為絕對的個人主義。「在中國現代作家中，周作人是受個人主義影響最大最深的人之一，他從倫理道德、人生觀上較為全面地接受了個人主義的價值體系和人性理論，在對政治、社會、宗教、習俗、道德的評判中，表現出個人主義的總的態度、傾向和信念。」[20]在周作人看來，人才是世界的中心，社會則是人的派生，而國家、種族更在其次。「這文學是人類的，也是個人的；卻不是種族的，國

---

[19]　關於這兩個概念，參見許紀霖：〈社會民主主義的歷史遺產——現代中國自由主義的回顧〉，《知識份子立場——自由主義之爭與中國思想界的分化》，時代文藝出版社，2000 年版，第 479 頁。

[20]　李今：《個人主義與五四新文學》，北方文藝出版社，1992 年版，第 87 頁。

家的，鄉土及家庭的。」[21]又說：「人類或社會本來是個人的總體，抽去了個人便空洞無物。」[22]在周作人看來，個人既是出發點，也是歸結點，不應該為了國家、種族的利益而犧牲個人的自由。周作人當然明白個人不可能脫離社會，他也強調社會的重要性，但他對社會利益的強調是從個人出發的，也就是說，為個人的，同時也是為社會的和為人類的。周作人主張一種「利己而又利他，利他即是利己的生活」[23]。這裏，「利他主義」實際上是「利己主義」的延伸，而不是同一層面上的對應和衝突，對於周作人來說，它們並不是並列的關係。

正是從這種觀念出發，周作人大力提倡個人主義精神和個人的獨立性。「中國的革命尚未成功，至今還在進行，論理應該是民族自覺的時代，但是中國所缺少的，是徹底的個人主義，雖然盡有利己的本能。」[24]「我們所期望於青年的，是有獨立的判斷，既不服從傳統，也不附和時髦，取捨於兩者之間，自成一種意見，結果是兩面都不討好，但仍孤獨地多少冒著險而前進。」[25]他批評阿 Q 是

---

[21]　周作人：〈新文學的要求〉，《周作人文類編》卷三，湖南文藝出版社，1998年版，第 46 頁。

[22]　周作人：〈文藝的統一〉，《周作人文類編》卷三，湖南文藝出版社，1998年版，第 77 頁。

[23]　周作人：〈人的文學〉，《周作人文類編》卷三，湖南文藝出版社，1998 年版，第 33 頁。

[24]　周作人：〈《潮州佘歌集》序〉。《周作人文類編》卷六，湖南文藝出版社，1998 年版，第 568 頁。

[25]　周作人：〈再說林琴南〉，《周作人文類編》卷十，湖南文藝出版社，1998年版，第 370 頁。

「沒有自己的意志而以社會的因襲的慣例為其意志的人」[26]。他激烈地批評為了社會而犧牲個人:「倘若用了什麼名義,強迫人犧牲了個性去侍奉白癡的社會,——美其名迎合社會心理,——那簡直與借了倫常之名強人忠君,借了國家之名強人戰爭一樣不合理了。」[27]文學有沒有用,不是根據文學本身來判斷,而是根據它與外在之間的關係來判斷,在政治和經濟的層面上,他認為文學是無用的,1930年,他提出「文學無用論」的觀點就是就政治意義而言的。後來,他又提出文學有用:「我原是不主張文學有用的,不過那是就政治經濟上而言的,若是給予讀者以愉快,見識以至智慧,那我覺得卻是很有必要的,也是有用的所在。」[28]這則是從個人主義觀點出發的,這裏,個人成了文學價值的最高標準。「因此我們可以得到結論:(1)創作不宜完全沒煞自己去模仿別人,(2)個性的表現是自然的,(3)個性是個人唯一的所有,而又與人類有根本上的共通點,(4)個性就是在可以保存範圍內的國粹,有個性的新文學便是這國民所有的真的國粹的文學。」[29]「我想現在講文藝,第一重要的是『個人的解放』,其餘的主義可以隨便;人家分類的說來,可以說這是個人主義的文藝,然而我相信文藝的本質是如此的……」[30]

---

[26]　周作人:〈《阿 Q 正傳》〉,《周作人文類編》卷十,湖南文藝出版社,1998 年版,第 131 頁。

[27]　周作人:〈自己的園地〉,《周作人文類編》卷三,湖南文藝出版社,1998 年版,第 63 頁。

[28]　周作人;〈《苦茶隨筆》後記〉,《周作人文類編》卷九,湖南文藝出版社,1998 年版,第 560 頁。

[29]　周作人:〈個性的文學〉,《周作人文類編》卷三,湖南文藝出版社,1998 年版,第 53 頁。

[30]　周作人:〈文藝的討論〉,《周作人文類編》卷一,湖南文藝出版社,1998

作為極端自由主義表現的個人主義可以說是周作人思想、創作、批評乃至行為的核心和準則。這潛伏著後來周作人悲劇命運的種子，「附敵」其實是這種思想觀念在特定歷史條件下的發芽和長大。

問題在於，個人的極端自由便意味別人的不自由，當個人自由與個人自由或者個人自由與社會自由相互衝突的時候，個人自由如果不受限制便意味著妨礙他人的自由。周作人當然清楚地看到這一點。他提出「寬容」這一概念試圖緩解這一矛盾。「不濫用權威去阻遏他人的自由發展是寬容。」「當自己成了已成勢力之後，對於他人的自由發展，不可不取寬容的態度。」[31]周作人的意思是說，個人主義即意味著尊重個人的自由，尊重個人的自由也意味著尊重他人的自由，所以，極端個人主義恰恰是強調不把個人的意志強加給他人。但這不論是理論上還是實踐上都有諸多難題。這實際上是回到了中國古代的道德理想主義，而把整個社會秩序和價值維繫於這樣一種道德的理想是非常危險的。中國古代社會的歷史一再表明，當「好人」當皇帝時，社會便安定有序，而當「壞人」當皇帝時，社會便混亂失序。所以，道德並不是從根本上解決社會問題包括個人問題的有效途徑，它不能有效地解決社會問題，不能清除內在的悖論，這是古典自由主義固有的矛盾和弊端。西方現代自由主義正是在克服古典自由主義的缺陷的基礎上建立起來的。周作人在「五四」時期高揚西方古典自由主義的個人主義精神，這在反封建專制、建構現代文化精神方面具有積極的作用和意義。周作人試圖

年版，第 65-66 頁。
[31] 周作人：〈文藝的討論〉，《周作人文類編》卷一，湖南文藝出版社，1998 年版，第 65-66 頁。

在不動搖個人主義的絕對地位時解決古典自由主義內在的矛盾，但他沒有解決也不可能解決。這是周作人後來悲劇命運的深層原因。

本文原載《河北學刊》2004 年第 3 期。

對「自由」的誤解與周作人的人生悲劇

對周作人「附敵」事件如何定性，顯然存在著分歧，至少情感色彩有很大的不同，這從用詞上就可以反映出來。過去，我們稱周作人為「漢奸」，但周作人又的確不同於我們通常意義上的漢奸。相較而言，「附敵」或者「事偽」帶有描述性，相對不具有評論的色彩。有人用「失足」和「落水」來表述周作人「附敵」事件，如果這些詞是經過仔細斟酌而做出的選擇的話，那麼，這裏顯然包含著對周作人「附敵」事件的某種辯解。「失足」或者「落水」，含有不小心、不慎重等偶然性的意思。周作人「附敵」的原因是多方面的，當然包含著很多細小的、具體的、世俗性的偶然因素，但自由主義思想則是他「附敵」的深層原因。

關於周作人的自由主義思想和信念的性質，我在其他文章中有詳細的論述。對於自由主義，周作人顯然缺乏深入的追問和反省，明顯存在著某種誤解。本文則主要論述這種誤解與他「附敵」之間的關係，正是對「自由」的誤解從而造成周作人行為上的誤入歧途並最終導致他人生的巨大悲劇。

一

　　中國現代自由主義作為精神實體以失敗而告終，這是不爭的事實。自由主義在中國為什麼會失敗，有各種各樣的解釋。美國學者格里德總結說：「自由主義在中國的失敗並不是因為自由主義者本身沒有抓住為他們提供了的機會，而是因為他們不能創造他們所需要的機會。自由主義之所以失敗，是因為中國那時正處在混亂之中，而自由主義所需要的是秩序。自由主義的失敗是因為，自由主義所假定應當存在的共同價值標準在中國卻不存在，而自由主義又不能提供任何可以產生這類價值標準的手段。它的失敗是因為中國人的生活是由武力來塑造的，而自由主義的要求是，人應靠理性來生活。簡言之，自由主義之所以會在中國失敗，乃因為中國人的生活是淹沒在暴力和革命之中的，而自由主義則不能為暴力與革命的重大問題提供什麼答案。」[1]也就是說，自由主義在中國之所以失敗，既與自由主義內在的缺陷和固有的脆弱性有關，更與中國特殊的政治、經濟、文化和傳統有關。周作人本質上是自由主義知識份子，他的人生悲劇既具有中國現代自由主義知識份子的普遍性，又有他個人對自由主義誤解的具體性。由於固有的缺乏政治以及文化的依託，整個現代自由主義知識份子在個人命運上可以說都是悲劇性的，只不過周作人的悲劇更具有特殊性一些。正可謂：悲劇是共通的，而悲劇的形態各不相同。

---

[1]　格里德：《胡適與中國的文藝復興——中國革命中的自由主義（1917-1950）》，江蘇人民出版社，1989年版，第368頁。

　　自由絕對是人類一種非常美好的人性價值，只要是健全的社會，任何時候都需要自由，並且自由和文明是成正比關係的，個人自由程度越高，整體社會就越具有創造性，文明程度就越高。自由的人是真正的人。那種所謂我們不需要自由或者自由不適合中國的國情的論調，其實是還不知道自由為何物。自由在中國近現代社會，不僅是一種社會價值觀，同時還一種社會改造或者革命的工具，它的引進和極力被捍衛絕對是必要的。但問題的關鍵在於，中國近現代不可能如此從容不迫，在急切的啟蒙與救亡的洪流中，自由似乎是非常奢侈的價值標準。自由在中國古代社會根本就沒有地位，幾千年的傳統社會與思想習慣使得絕對的個人主義在中國不可能得到普遍的認可。正如有學者所說：「在西方近代的歷史發展上，它本不與救亡或救貧結合在一起。但在二十世紀，西方自由主義卻被中國自由主義者作為可以救亡、救貧的工具引進到中國，這是他們將對自由主義的理解的具體感放錯了地方的緣故。中國自由主義者的嚴重困難也由此而生。」[2]在任何社會，自由主義都不可能成為社會的主體意識形態，它主要是對社會的主體意識起規約、輔助的作用，在西方，它主要以文化的形態而存在，以傳統作為依託，以一種民間的力量方式對社會起規範的作用，是文化實體而不是政治實體。而在中國，自由主義缺乏文化的根基，自由主義本身的信念以及獨立性使它不可能形成一種強而有力的團體和強大的政治力量，所以無論從哪一方面來說，它都非常脆弱。當社會處於轉折時期、處於混亂時期，自由主義作為散漫的實體還能以中間的力量

---

[2]　胡偉希：〈理性與烏托邦──二十世紀中國的自由主義思潮〉，許紀霖編《二十世紀中國思想史論》（下卷），東方出版中心，2000 年版，第 22 頁。

在夾縫中生存，但一旦社會統一，特別是意識形態統一，自由主義便無處藏身。所以，自由主義在中國的悲劇性命運具有必然性，周作人作為中國現代的極端自由主義者，於他個人來說，即使沒有「附敵」的悲劇形式，也會有其他方式的悲劇等待著他。周作人的悲劇既有中國現代自由主義悲劇命運的普遍性，又有其特殊性或者具體性。魯迅說歧路與窮途是「走『人生』的長途，最易遇到的兩大難關」[3]，周作人附逆的人生選擇實際上是魯迅所說的由「歧路」而入「窮途」。對自由的誤解所造成的極端自由主義是他「附敵」並因此走上悲劇性人生的深層根源。如果脫離了這一點來解說周作人的「附敵」便會失之膚淺。

自由是一種價值理念，但也是一種行為準則。自由作為人的一種生存的要求，它具有社會性。自由的社會性就決定了個人的自由必然要受到種種限制，絕對的個人主義在任何社會和國家都是不可能的，「自由至上主義」其實只是一種個人理想。這一點，同樣是自由主義的胡適和在「五四」時具有自由主義傾向的李大釗都有清醒的認識。胡適說：「自治的社會，共和的國家，只是要個人有自由選擇之權，還要個人對於自己所行所為都負責任。」[4]既要有個人意志，同時個人意志又自我約束，這是一種理想的獨立人格，只有由這樣的獨立人格組成的社會，才是真正自由的社會。但個人意志和社會責任常常是矛盾和衝突的，為了避免矛盾和衝突，胡適的

3　魯迅：《兩地書‧二》，《魯迅全集》第 11 卷，人民文學出版社，1981 年版，第 15 頁。

4　胡適：〈易卜生主義〉，《胡適文集》第 2 卷，北京大學出版社，1998 年版，第 488 頁。

辦法是把自由嚴格限定在思想的範圍之內，而在行為上則異常小心，特別是對傳統的道德和人際關係，胡適一向小心謹慎。這裏，胡適實際上是採取一種退避的方式，即一種極個人的方式，而保持了個人意志與社會責任的兩全。這只能說是一種很機智的方式，並沒有從根本上解決自由主義的內在難題。李大釗說：「真實的自由，不是掃除一切的關係，是在種種不同的安排整列中保有寬裕的選擇機會；不是完成的終極境界，是進展的向上行程。真實的秩序，不是壓服一切個性的活動，是包蓄種種不同的機會使其中的各個份子可以自由選擇的安排；不是死的狀態，是活的機體。」[5]個人與社會原是不可分的，個人自由不可能脫離社會自由。出於這樣一種認識，李大釗走向了政治的道路，也即使自己的個人自由得到力量上的充分保障。這有一種為了自由而犧牲自我的英雄主義氣概，因為個人一旦捲入了政治，便會身不由己，社會政治高於個人自由，為了社會政治，在特定情形下可能要求個人做某種犧牲。這實際上是以喪失自由作為代價。這同樣沒有從根本上解決自由主義的內在困境。

　　周作人當然清楚地知道個人與社會之間的關係，但他似乎根本就沒有思考社會責任的問題，或者從根本上就不把社會責任放在思想的有效地位。在周作人看來，似乎只要符合自由的意願，選擇就是自己的事，別人就沒有權利干涉，就符合道義，但這「道義」顯然只是「自由至上主義」的「道義」，並不是普遍有效的。自由主義是一種「人道主義」，也是一種人本主義，個人的自由意志高於一切，但個人的自由意志越得到充分的實現，他所承擔的社會責任

---

[5]　李大釗：〈自由與秩序〉，《李大釗文集》第 4 卷，人民出版社，1999 年版，第 63 頁。

就越大。這裏，所謂「責任」並不完全是指為某一行為所引起的直接後果承擔義務，或者為此付出代價，而是指更為寬泛的關係和影響而言的，這一點，周作人並沒有認識到。同樣是以人為本位的存在主義就對這一問題有非常精闢的見解。薩特說：「當我們說人對自己負責時，我們並不是指他僅僅對自己的個性負責，而是對所有的人負責。」[6]又說：「當我們說『我思』時，我們是當著別人找到我們自己的，所以我們對於別人和對我們自己同樣肯定。因此，那個直接從我思中找到自己的人，也發現所有別的人，並且發現他們是自己存在的條件。……對於我的存在，別人是少不了的；對於我所能獲得的關於自己的任何知識，別人也是同樣少不了的。在這些情況下，關於我自己的親切發現同時也揭示了別人的存在；面對著我的自由是他的自由；他有思想，有意志，而他這樣做時，是不可能不牽涉到我的，必然是或者為我，或者反對我。」[7]從周作人的極端個人主義的觀念出發，是否留在淪陷區，完全是個人的事，是自我選擇。但個人的價值和意義並不完全是由個人本身決定的，當一個人在為自己做選擇的時候，他同時也是在為別人做選擇。周作人的去留不是簡單的去留問題，而涉及重大的民族大義、民族氣節以及時代的重大的政治問題，他的影響是巨大的，郭沫若說：「日本人信仰知堂的比較多，假使得到他飛回南邊來，我想再用不著要他發表什麼言論，那行為對於橫暴的日本軍部，對於失掉人性的自

---

[6]　薩特：《存在主義是一種人道主義》，上海譯文出版社，1988 年版，第 8 頁。
[7]　薩特：《存在主義是一種人道主義》，上海譯文出版社，1988 年版，第 21-22 頁。

由而舉國為軍備狂奔的日本人，怕已就是無上的鎮靜劑吧。」[8]這並沒有誇大其辭。在這一意義上，周作人的選擇並不單純是個人的事。

個人自由並不由個人本身決定，而由更高層次的社會來決定。周作人並不是一開始就準備事偽的，他最初只是想留在北平。1937 年 9 月 26 日他在給陶亢德的回信中說：「有同事將南行，曾囑其向王教長蔣校長代為同人致一言，請勿視留北諸人為李陵，卻當作蘇武看為宜。此意亦可以奉告別位關心我們的人。」[9]但這根本就不可能。伏爾泰曾說過，在絕對專制下無民主可言，在絕對民主下也沒有民主可言。其實自由也是這樣，在絕對自由的條件下不再需要自由，在絕對不自由的條件下不可能有自由。因為「家累」，周作人不願意離開北京，這是實情；最初抱著不出任的態度留守北京，這應該說也是真誠的，符合他的自由主義思想，也是他一貫的主張。北洋政府是專制的，但還有某種言論和人生的自由；國民黨政府是專制的，但仍然有某種程度的言論和人生的自由。而日本帝國主義和法西斯專政則沒有任何自由可言。把日本侵略者視同於北洋軍閥政府和國民黨政府，這充分表現出了周作人的書生性或者說知識份子本性。個人的權利和自由始終是周作人人生選擇的最重要的原則和標準。但這種自由的選擇在日本軍國主義那裏是失效的。周作人為此付出了沉重的代價。

1926 年，周作人寫作〈兩個鬼〉一文，稱他自己的性格有「紳士」和「流氓」的二重性。1945 年，他又寫作〈兩個鬼的文章〉一文，重

8　郭沫若：〈國難聲中懷知堂〉，程光煒編《周作人評說 80 年》，中國華僑出版社，2000 年版，第 150 頁。

9　周作人：〈亂離通信〉，《周作人文類編》卷十，湖南文藝出版社，1998 年版，第 826-827 頁。

申這一意思，不過這一次他有所引伸：「這如說得好一點，也可以說叛徒與隱士。」[10]對於 20 年代的周作人來說，「叛徒」與「隱士」是一個問題的兩個方面，「叛徒」是對社會特別是傳統社會的反叛，「隱士」則是個人人生的一種選擇。在「五四」時期，周作人做「叛徒」可以是為了獲得做「隱士」的權利，做「隱士」則是「叛徒」的歸宿。「隱士」對於周作人來說，似乎是自由主義受挫或者受阻之後的一種退避。苦住北京的第一步其實是想做「隱士」，而做「隱士」不得，只能「附敵」，才做了漢奸意義上的「叛徒」。在這一意義上，個人選擇是一回事，社會的規約則是另一回事。追求自由是一回事，能不能自由則是另一回事，周作人誤解了個人選擇與社會制約之間的關係，因而釀成了人生的巨大悲劇。1938 年 5 月 6 日武漢《新華晚報》發表一篇短文認為：「周的晚節不忠實非偶然」，是他「把自己的生活和現社會脫離得遠遠的」的必然結果。說周作人脫離生活，這並不準確，但周作人始終不在現實的層面上思考個人的自由問題，這的確是事實，這是周作人悲劇性人生選擇的深層原因。

二

正是因為沒有從根本上認識到社會現實對個人自由的限制，周作人對自由與正義的關係相應也存在著深刻的誤解。這是周作人

---

[10] 周作人：〈兩個鬼的文章〉，《過去的工作》，河北教育出版社，2002 年版，第 88 頁。

「附敵」從而造成人生悲劇的非常具體的原因。自由主要是個人權利問題，是社會政治範疇，正義則主要是社會規範問題，是社會倫理和道德範疇。自由爭取最大可能的個人自由，而正義則最大限度地維護集體的權益，因為正義本質上是社會的善，是社會集團所訂立的契約，二者之間具有矛盾和衝突。是自由優先於正義還是正義優先於自由，這是一個長期爭論不休的問題，也是一個不容易解決的問題。在中國，由於長期的文化傳統，正義優先於自由，這是普遍的原則，孫中山說：「實行民族主義，就是為國家爭自由，……（自由）如果用到個人，就成一片散沙，萬不可再用到個人上去，要用到國家上去，個人不可太自由。國家要得到完全自由，……便要大家犧牲自由。」[11]特別是在民族權利受到損害的時候，民族正義高於一切，這是沒有商量的。但在「五四」一切傳統價值都值得懷疑的情況下，周作人對社會正義，特別是民族正義也持一種否定和批判的態度，這是巨大的冒險。

社會正義是歷史地形成的，某種程度上也可以說是歷史地建構起來的，本質上是社會契約，所以它有時代、地域、種族等侷限性。「五四」新文化運動的本質就是藉助西方先進的文化對中國傳統文化進行全面的清理，當然也包括對傳統倫理道德和社會公義的清理。所以，反傳統，對傳統的社會秩序和價值觀念的破壞構成了「五四」最鮮明的時代特徵。在這種批判和破壞中，周作人可以說走在時代的前列，其激進與大膽無人能及。以西方的自由主義思想作為武器和價值準則，也是出於對人的尊嚴和價值的捍衛，周作人極力

---

[11] 孫中山：《三民主義·民權主義第二講》，《孫中山選集》（下卷），人民出版社，1957 年版，第 689-690 頁。

反抗「社會的因襲的慣例」，極力批判舊的道德和禮法。對國民性的批判、對奴性的批判、對封建禮法束縛和戕害人性的批判，周作人在「五四」時都獨樹一幟，這是周作人對中國現代文化建設的巨大貢獻。無論從哪一方面來說，周作人在「五四」時期對於傳統文化的批判和對於新文化的建設都是值得肯定的。但問題在於，西方的價值標準不一定具有普適性，不一定適合於中國。傳統也有精華與糟粕之分，中國封建社會的長期存在，有它必然性的一面，特別是其中有很多公意的東西，是不能予以輕易否定的。不是傳統和封建中的一切都是應該反抗和批判的。民族正義就是一個禁區。民族主義有它負性的內涵，在現代西方它就意含貶義。也許從一種世界主義的立場來看，它應該被批判和廢棄，並且，事實上，就目前的國際形勢來看，它的確是構成世界紛爭和地區衝突的一個重要根源。但是，對於具體的國家來說，民族主義又有一種巨大的凝聚力，它是國家強盛、統一和富庶的最重要保障。就世界範圍來看，它是普遍的價值觀，是公意。周作人在這一問題上從理論上存在著致命的錯誤。

對國民劣根性的批判絕對是必要的，但對國民性的批判變成對國民性本身的否定、變成了對國民性的取消，則是一種極端。承認世界主義是必要的，但以世界主義取代民族主義，則是極端。對於國民性的批判，這可以看作是學術和思想問題，雖然在封建主義者看來是大逆不道，但對於中國現代文化和思想來說，它是正常的思想自由。民族大義則不是思想問題，而是集體倫理道德問題，具體對於周作人來說，還是政治問題。對於民族正義在理論上的懷疑、輕視和否定是周作人附逆的重要原因之一。周作人的民族身分意識

是很淡化的，由於日本留學和家庭關係，他對日本有很深的感情，稱東京為「第二故鄉」。「我很愛好日本的日常生活」，「我們在日本的感覺，一半是異域，一半卻是古昔，而這古昔乃是健全地活在異域的，所以不是夢幻似的空假」[12]。也就是說，日本使他感覺好像回到了美好的舊中國。他對日本的文化和生活都有很深的同情和理解，再加上日本妻子以及孩子們的混血，他總是淡化中日矛盾和對立，不願在兩個民族之間做是非判斷和選擇。所以，周作人對於所謂民族大義的態度是不同於一般中國人的。許廣平說：「他們的心向著日本，要照顧日商的生意，所以無論什麼東西，都由日本商店向他們『包銷』。」[13]茅盾說：「在他心中和『優秀有為』的日本民族『親善』而『築立東亞的新秩序』不是什麼可慚愧的事情。」[14]這可以說從小到日常生活、大到民族政治兩個方面說明了周作人與日本之間的關係。在民族情感雙重性的意義上，周作人試圖超越國與國之間的對立。他認為國家和民族之間的分隔是沒有什麼意義的，精神上的本位才是最重要的。「附敵」之後，他在思想上重新回歸傳統，特別是儒家傳統，這可以看作是他謀求緩解民族意識緊張關係的一種嘗試。

民族意識、民族身分、民族情感的淡化和對中國傳統封建思想的批判奇妙地結合，就導致了周作人對民族大節的否定。「節」是中國封建社會的主流意識形態，包括婦女的貞節、知識份子的士節

---

[12] 周作人：〈日本之再認識〉，《藥味集》，河北教育出版社，2002 年版，第 118 頁。

[13] 許廣平：〈所謂兄弟〉，《許廣平文集》第二卷，江蘇文藝出版社，1998 年版，第 247 頁。

[14] 茅盾：〈周作人的「知慚愧」〉，《萌芽》1 卷 3 期（1946 年 9 月 15 日）。

和民族的氣節等，貞節表現為忠夫，士節表現為忠君，氣節表現為
愛國，並且這三者是有力地捆綁在一起的，「忠君愛國」從來都被
認為是一體的。「五四」時期，出於對婦女尊嚴和人格的維護以及
共通的人性的維護，周作人高揚人道主義的旗幟，大膽提出「婦女
解放」和「人的解放」的口號，對封建禮教和宗法思想對婦女的戕
害和對人性的戕害進行了最為猛烈的批判，影響巨大。而對民族氣
節的否定則可以看作是對貞操和士節等封建思想批判的必然性延
伸。在周作人看來，「忠君」和「愛國」都是「奴」性的表現，都
是違反人的自由本性的，所以應該批判。早在 1907 年，周作人就
寫作〈中國人之愛國〉一文，對「愛國」表示疑問：「第使循君言
而愛國，則亡且莫救。故欲勿亡之求，其惟君輩之勿言愛國始矣。
（通言愛國，皆愛政府耳。）」[15]1935 年 3 月，周作人寫作〈岳飛
與秦檜〉一文，對呂思勉的「詆嶽飛而推崇秦檜」的觀點表示同情。
一個月之後，他又寫作〈英雄崇拜〉一文，對文天祥、史可法等人
表示批評：「文天祥等人的唯一好處是有氣節，國亡了肯死。這是
一件很可佩服的事，我們對於他應當表示欽敬，但是這個我們不必
去學他，也不能算是我們的模範。」[16]1936 年 9 月，寫作〈再談油
炸鬼〉一文，直接為秦檜翻案。在給周恩來的信中，他說：「我不
相信守節失節的話。」對「節」的批判和對作為「節」的重要內涵
的「愛國」的否定，是周作人「附敵」的思想根源。陳思和說：「思

---

[15]　周作人：〈中國人之愛國〉，《周作人文類編》卷一，湖南文藝出版社，1998
　　　年版，第 4 頁。

[16]　周作人：〈關於英雄崇拜〉，《苦茶隨筆》，河北教育出版社，2002 年版，第
　　　182 頁。

想上的超越氣節與性格上的實利主義，我覺得是周作人下水的重要原因構成。」[17]「附敵」作為一種行為，不過是「不相信守節失節」思想的付諸實踐。

但周作人關於「節」和「愛國」的觀念又不能單純地看作是倫理思想，它不是簡單的人生信念和行為的操守以及品德問題。它是周作人自由主義思想整體的一個有機組成部分。對於周作人來說，在「節」和「愛國」問題上所表現出來的激進觀點和行為所顯示的思想意義大於觀點和行為本身的意義。在這一意義上，我們只有把周作人的具體觀點和具體行為置於其思想體系的整體中理解，才不會流於膚淺和世俗。周作人是一個不為常俗所圍的人，對於附逆事件，周作人本人的態度是「一說便俗」。這裏，所謂「一說便俗」並不表明周作人在態度上的頑固或者為自己狡辯、開脫，也並不是說在周作人的意識中，附逆是一件高雅的事情，而是說這並不是一件日常意義上的俗事，而是思想問題，涉及到深層的文化理念。1949年周作人給周恩來的信，可以說是解釋周作人附逆的重要材料，有值得深入分析的地方。這封信的開頭部分是周作人自己所說的「拍馬屁」，最後一部分則是他說的「醜表功」，都不具有多少實質性內容。而實質性的內容則是中間部分，即對自己的思想和行為的辯解。對於很多問題，周作人仍然不直說，表述隱晦、曲折，但我們仍然可以看出，對於「附敵」以及帶來的作為漢奸文人的種種後果這一事實，周作人是接受的，「關於自己的事情，應當嚴格批評，坦白承認錯誤」。但他又對這種錯誤加了限定詞：「其間顯示出來的

---

[17] 陳思和：〈關於周作人的傳論〉，《中國現代文學研究叢刊》1991 年第 3 期。

錯誤」，也就是說，他不承認事實本身的錯誤，只承認客觀效果上的錯誤，他只承認世人對他批評的事實。在這封信中，他為自己辯解的基本理由就是反禮教、反節與他後來行為的關係：「所謂忠貞、氣節，都是說明臣的地位身分與妾婦一致，這是現今看來頂不合理的事。在古時候，或者也不足為怪，但是在民國則應有別，國民對於國家民族自有其義分，惟以貞姬節婦相比之標準，則已不應存在了。我相信民國的道德惟應代表人民的利益，那些舊標準的道德，我都不相信，雖然也並不想故意的破壞它。……我的反禮教的思想，後來行事有些與此相關，因此說是離經叛道，或是得罪名教，我可以承認，若是得罪民族，則自己相信沒有這意思，並不以此為辯解，這只是事實的說明罷了。」[18]應該說，這是真誠的，也符合客觀事實。

但問題的關鍵在於：首先，不管周作人對於「節」的批判和否定多麼有道理，在民族處於生死存亡的關頭，周作人「附敵」，助紂為虐，這是國人不可能接受和理解的。這不僅是理性價值的問題，更是倫理價值的問題。其次，把愛國主義和婦女的貞節同視為封建糟粕，都列入批判和反叛的範圍，這裏面包含著周作人對民族正義很深的誤解。周作人實際上把國民性和民族性混淆了，反思國民性也反思民族性，批判國民性也批判民族性，從而誤入了極端主義的歧途。

自由始終是價值理性而不是工具理性或實踐理性。自由具有思想自由和行為自由的層次之分，但不論是思想自由還是行為自由，

---

[18]　周作人：〈一九四九年的一封信〉，《周作人文類編》卷十，湖南文藝出版社，1998 年版，第 67 頁。

都要受到社會和他人的限制。自由不能違背社會公正，個人自由要受制於群體自由，思想自由要受制於社會，而社會本質上是公約性的，違背公意和民約就是妨礙他人的自由與權利，這樣就會遭到社會的懲罰。作為個體的知識份子，周作人應該具有絕對的言論自由，這是他作為個體的天賦權利。激烈地批判封建禮教思想，否定「節」的信念，主張「道義事功化」，主張和日本親善，作為思想和言論這是允許的，可以看作是不同意見，這是自由的應有之義。但周作人的「附敵」則是行為，它超出了思想自由的範圍，也就超出了自由的限制。自由主要是精神上的、是思想上的，周作人把它擴展了，實際上是把自由極端化了，悲劇就是從這裏開始的。

我們可以把自由主義看成是一種思想原則和傾向，在思想的層面上，自由主義和激進主義以及保守主義構成了對立。但我們更應該把自由主義看成是一種生活和思想的條件，在這一意義上，它是比科學、民主更高的範疇。科學、民主等必須以自由為前提，沒有自由，科學和民主甚至連言說的可能性都沒有。但在中國現代社會，自由被簡單地看成了和任何一種「主義」一樣的思想，在這種層面上，啟蒙和救國就自然壓倒了自由。這是自由主義在中國特別脆弱的文化原因。周作人把個人自由置於國家自由和種族自由之上，把思想自由絕對化，顯示了他自由主義的激進性。在這一意義上，周作人的自由主義具有更大的脆弱性，這也是他悲劇性命運的重要原因。

本文原載《社會科學研究》2002 年第 5 期。

《新華文摘》2003 年第 1 期「論點摘編」。

《懷念狼》：一種終極關懷

　　《懷念狼》不是一篇明晰而透明的作品，不是那種深刻或淺薄一眼就能看得很清楚的小說。不論是在寫作方式上，還是在內容、主題、表現手法上，它都與賈平凹過去的作品有很大的不同，模糊、朦朧、隨意，寫作似乎缺乏明確的目標和明顯的理念，內容豐富而龐雜，意圖含混而歧異，因而可以做多種解讀。讀《懷念狼》，我們聯想起一系列大師級的作家和作品，如福克納的《熊》、馬奎斯的《百年孤寂》、海明威的《老人與海》、卡夫卡的《變形記》以及中國古代小說《聊齋誌異》等。也許，賈平凹或深或淺、或間接或直接、或有意識或無意識地受過這些作家和作品的影響，批評家沒有必要為這種影響做掩飾或辯解，承認這種影響絲毫無損於賈平凹的傑出和《懷念狼》的優秀，大師級作家之間的承繼和影響關係其實是相互的，賈平凹對於古今中外文學大師及其作品的學習，正是成就他本人作為大師級作家的重要原因之一。對於賈平凹來說，學習並沒有妨礙他的獨異性，而是加強了他的獨異性。是對古今中外文學遺產廣泛地吸納和學習造就了《懷念狼》，反過來，《懷念狼》又維護和加強了經典文學的價值和權威性。

　　與賈平凹過去的小說相比，《懷念狼》明顯寫得玄虛、荒誕、神祕，在「後記」中，賈平凹特別談到虛實與意象的問題，他說：

「我熱衷於意象，總想使小說有多義性，或者說使現實生活進入詩意，或者說如火對於焰，如珠玉對於寶氣的形而下與形而上的結合。」《懷念狼》裏，我再次做我的試驗，局部的意象已不為我看重了，而是直接將情節處理成意象。……如果說，以前小說企圖在一棵樹上用水泥作它的某一枝桿來造型，那麼，現在我一定要一棵樹就是一棵樹，它的水分通過脈絡傳遞到每一枝桿每一葉片，讓樹整體的本身賦形。」賈平凹在寫作《懷念狼》時，不再是把隱喻、象徵作為具體的手法，而是作為一種創作方法，隱喻、象徵成了小說的主體，小說整體就是一個意象。因此，《懷念狼》絕不是一部現實主義的小說，雖然小說通篇都是實實在在的描寫和敍述，細節、情節、情形具體得像浮雕似的可以觸摸。小說具體很實，整體卻很虛，實際上是「以實寫虛」。 賈平凹仍然關注社會和現實，並且比過去表現出更為深切的關懷和憂慮，作家用「恐懼」一詞來描述他對生存和現實的不安。但與過去的方式不同，《懷念狼》不是通過真實地展現生活中的矛盾、鬥爭、陰暗面來達到揭示生活本質及其真相的目的。這裏，生活反而成了價值的表象，現實本身不再直接建構意義，涵義的真諦則是透過表象的弦外之音、旨外之旨。因此，比起賈平凹過去的小說，《懷念狼》其實寫得非常虛偽、歧義、意象化，亦即理念化，雖然理念在作者的思想意識和寫作過程中相當模糊，在作品中也不明顯，難以捉摸。小說外在非常「形而下」，但內在卻非常「形而上」，它有時代、地域特徵，事件也很具體和逼真，並且給人以親切的感覺，但又總讓人覺得很遙遠，離現實生活有很大的距離，即它又超越時代、超越地域，意義和價值高度抽象化、普泛化，高度民族化又高度世界化。賈平凹自己承認他

近十年以來一直熱衷於小說的多義化，《懷念狼》可以說充分實現了這種追求，也達到了奇妙的藝術效果。不論是從寫作上來說，還是從閱讀上來說，《懷念狼》都可以做多種解讀，這是由小說文本的結構和特徵所決定的。但概括地說，《懷念狼》表現了賈平凹對人類生存困境的一種關懷和不安，它表明賈平凹不再把視野和思考侷限於民族、時代和地域上，而有了更為開闊的胸懷以及更為深層的憂慮和思索，即人的終極關懷。

狼和人的關係構成了《懷念狼》的意義之源，其他的意義可以說都是由此生發而來的。狼與人具有雙重關係，一方面，狼人為敵，互相威脅對方的生存。狼群張狂時曾肆無忌憚地攻城略地，竟讓一座縣城失陷並最終成為廢墟，令人毛骨悚然。這裏，狼明顯是一種意象。小說描寫狼群包圍城池，疊羅漢地爬城牆，組織敢死隊鑽下水道進城，終於讓城池陷落。這並不是對狼的行為的實際描寫，不過是一種象徵的寫法，它表現的是狼作為一種對抗人的力量的存在以及這種存在對人的生存的嚴重威脅。狼災雖然不是普遍的，但狼患卻是隨時存在的，狼會在夜裏溜進村叼走孩子、咬死畜牲，有時大白天也會碰著，而且還會裝狗扮人，迷惑人。正是狼威脅到人的生命和財產，所以人要打狼，要組織捕狼隊，要和狼周旋、鬥爭並消滅牠們。狼危害人的生命與安全，人威脅狼的生存與繁衍，在這一意義上，狼和人構成對立關係。

但是，另一方面，人又離不開狼。狼作為人的生態環境的重要組成部分的不可或缺性當然是極其表面的，而狼作為人的對象的消失或毀滅所造成的人本身的危機才是最深層、最嚴重的。沒有狼了，獵人也就失去了意義，不捕狼或者說沒狼捕的獵人也即意味著

獵人作為獵人的病態甚至於死亡。小說描寫獵人的病態和死亡:「那些曾經做過獵戶的人家,竟慢慢傳染起了一種病,病十分的怪異,先是精神萎靡,渾身乏力,視力減退,再就是腳脖子手膀子發麻,日漸枯瘦。」其中病得最嚴重的一個人後來死了,死時身子萎縮得只有四五歲孩子那麼大小。禁狼以後,不再獵狼的獵人們差不多都患上了病,這些人極快地衰老和虛弱,神情恍惚。爛頭害頭痛病,頭痛起來就得用拳頭捶打腦袋,捶得咚呼地響。還有一個人害軟骨病,「渾身的骨節發軟,四肢肌肉萎縮,但飯量卻依然好,腰腹越來越粗圓,形狀像個蜘蛛」。小說描寫軟骨人:「將兩條失去了知覺的腿從椅沿上提上來,像提了兩吊肉,塞進了椅面。」這是典型的「以實寫虛」,「病」是實在的,有具體的病候,不論病症本身還是作者的描寫敘述,都具有強烈的現實感,但意義卻不具有這樣一種現實性,而是相當虛幻、抽象。這裏,「病」其實是比喻意義的,具體的病象徵著抽象的病,即人的異化、病態,人的不健全,包括人的體質和心態的不健全。人和狼鬥爭的時候是進取的,因而是進化的,人失去了對象、失去了動力,也失去了活力,因而空虛和虛弱。小說借專員的口議論說:「狼是吃黃羊的,可是狼在吃黃羊的過程中,黃羊在健壯地生存著……老一輩的人在狼的恐懼中長大,如果沒有了狼,人類就沒有了恐懼嗎,若以後的孩子對大人們說:『媽媽,我害怕』,大人們就會為孩子的害怕而更加害怕了。你去過油田嗎,我可是在油田上幹過五年,如果一個井隊沒有女同志,男人們就不修廁所,不修飾自己,慢慢連性的衝動都沒有了,活得像是大熊貓。」男女之間的關係被稱為「兩性之間的戰爭」,「戰爭」狀態激發著男女雙方的活力與激情,並因而使雙方保持一種和諧的

關係。人與狼之間的關係其實也是如此。人與狼在相互威脅的時候各自保持著一種高度的緊張，這種緊張使人和狼都心懷恐懼，並互相戒備、相互制衡，從而維持生態以及心態的平衡。只有這樣，人才能達到自在的生存並保持著生命的積極向上。

　　但是，在現代社會，特別是隨著現代工業社會的發展，人越來越異化，世界越來越異化，人越來越遠離他曾經生活的家園以及這種家園的和諧。人的過分張揚正在造成這個世界的和諧格局的崩潰，越來越多的資源正在從地球上永久性地消失，許多動物包括狼正瀕臨滅絕。但是，動物沒有了，人也不能倖免於難，人不能孤立地生活在地球上。狼的毀滅性災難是人造成的，但接踵而至的則是因此而導致的人自身的災難。狼與人相輔相成、相依為命，狼的悲劇性命運的結束，其實就是人的悲劇性命運的開始。狼的消失將使人在心理上失去依託，失去依託的人將變得空洞和無意義。

　　在小說中，狼既是實在物，又是象徵物。在狼作為狼本身與人的關係上，《懷念狼》可以做生態學的解讀。狼是構成地球生態環境重要的一環，狼的消失會導致生態鏈的斷裂，從而造成生態平衡的破壞，這種破壞最終會給人類的生存帶來巨大的損失。從生態學的角度來解讀《懷念狼》雖然是合理的，也是深刻的，並且具有強烈的現實意義和社會意義，但對於《懷念狼》來說，這顯然是極其淺層次的，具有表面性。深層上，狼其實是自然的象徵，狼與人的關係其實隱喻著人與自然、人作為主體與對象即客體的關係。從人與自然、對象的角度來思索人的存在與前景問題，這才是《懷念狼》的深意之所在。在小說中，賈平凹對人的生存困境表現出一種深深的憂慮與恐懼。與賈平凹的其他作品相比，《懷念狼》對社會、對

現實、對人生表現出了一種更為深層的關懷，具有濃重而傷感的宗教氣息和情緒。

　　小說中的主要人物傅山作為獵人，他的出身、經歷、榮辱、生活，他的生命的價值和意義都與捕殺狼有關。「我和狼是結了幾代的冤仇！」「我就是為狼而生的呀！」外表看起來粗糙、笨拙、缺乏激情的傅山，在和狼鬥爭時卻表現得異常敏捷、靈活與豪情，對於熊貓專家叫喊有狼的反應是：「他是一下子將蹲著的身子彈起，躍出了五步之遠，我看見的是他突然拉細拉長，幾乎是他平時的一倍，落到地上了，又收縮一團，而槍已經端起來了。」對於狼，傅山有一種近於本能的感覺和直覺的反應，每到一個地方，他都能憑直覺和經驗對周圍狼的狀況做出準確的判斷。他對於狼性的熟悉異乎尋常，他通狼「語」、瞭解狼的性情，並能揣摩狼的「心理」，狼無論怎樣狡猾地變成精怪，都逃不過他的慧眼。追狼時，「舅舅影子一般地騰挪閃動，而每騰挪閃動一下，身子卻是貼在巷兩邊的土牆上，像是颳來的風將一片樹葉貼在了牆上，顯得身子是那樣的薄而貼得那樣的緊。」傅山在打狼的時候是一個真正的英雄，泛言之，人只有在和自然鬥爭的時候才真正顯示出人作為萬物之靈的尊嚴。

　　但是，人的力量實在是太強大了，或者說，在人的頑強面前，自然實在是太脆弱了。這種力量的懸殊，對於人來說未必是一件幸事，人由於沒有了對手所造成的孤獨，才是人最為深刻的悲哀。狼沒有了，傅山應該感到勝利了、感到志滿意得了，但傅山感到的恰恰是空虛、無聊和萎靡。人必須打狼，在打狼的過程顯示出人的本質，為了打狼必須有狼，而打狼又勢必消滅狼，這就是現代人的困境。人失去了狼就失去了對象，就意味著人的孤獨與寂寞。當狼只

能活在人的心裏的時候，狼便意味著概念、意味著空虛、意味著人的悲劇的開始。人對狼的懷念，其實是人對往昔的懷念，這種懷念也是對人的未來的悲觀和恐懼。

人與狼的關係其實就是人與自然的關係。人之初，人的認識能力極其有限，人完全依賴於自然的恩賜而生活，人在自然面前顯得非常渺小和無能。隨著人的發展以及人對自然認識的進步，人不斷地利用自然、改造自然、征服自然，在人面前，自然變得越來越馴服，也越來越脆弱，甚至於連地球本身都微不足道了，只要願意，人可以輕而易舉地把地球毀滅。這是一種極悲觀的看法，賈平凹在小說之中和小說之外一再表達這種悲觀的觀念。在小說的結尾，僅剩下的十五隻狼都被打死了，打死狼的傅山變成了人狼，瘋狂地打狼的雄耳川的人都變成了人狼。這是獵人的報應，是雄耳川人的報應，也是整個人類的報應。從人的角度來說，人是主體，狼是客體，主客體共同構成這個世界。但是現在，狼沒有了，人失去了客體和對象，其主體性也就自然而然地消失了。世界的主體性和客體性同時消融在人的內部，人成了既是主體又是客體，或者說既無主體又無客體的事物，也就是既是人又是狼，即人狼。人狼是空洞的人、單調的人、異化的人。人失去了對自然的控制，失去了主動，也即意味著失去了價值和意義，因而人成了自然本身。於是，人不可避免地陷入了災難的困境之中並且無力自拔。

狼作為人的對象，與人具有平等的地位。牠不應該只是一種符號或者工具形式，牠和人一樣，具有生命、具有力量、具有激情，並且頑強地生存。牠們攻擊人、騷擾人、威懾人、迷惑人，和人周旋，和人單打獨鬥時，絲毫不讓於人。狼正是在和人的鬥爭中顯示

出力量。狼作為與人平等的對象，牠的繁衍和生存是不能通過人的保護而完成的。受保護的狼不是真正即自然的狼，牠只對人的生態有意義。獵人沒有狼了就會害病、就會萎縮，甚至於死亡，狼沒有獵人了也會變得虛弱、病態，從而喪失存在的意義，正如老道所說：「現在你們不獵殺狼了，狼自個倒不行了。」狼似乎只有在和人鬥爭的時候才能體現出其自身的價值，當狼感到生命無意義的時候，即使人不殺牠，牠也會自殺的。狼作為人的對象的強健、氣概和精神正印證著人的強健、氣概和精神。但是現在，狼沒有了，人的英雄、人的頑強、人的進取、人的忍性，一句話，人的品格和精神只能作為懷念而存在了。

相對於人及其社會的過度膨脹，對於狼的毀滅性災難來說，對於狼的人為的保護是沒有用的，是無濟於事的，也是微不足道的，大熊貓並沒有因為人的保護而強盛起來，相反地，大熊貓在人的保護下變得更加脆弱了。狼就是狼，狼不能在人的羽翼下生活，而只能在和人的鬥爭中生存。狼需要牠自己的溫馨的家園，這是人無法給予、不可能給予也不願意給予的，這樣，狼就不可避免地、必然性地走向了毀滅性災難。狼是有靈性的，泛而言之，自然是有靈性的，小說中大量的怪異，特別是有關狼的怪異，並不屬於神祕，而只是一種象徵的寫法或者象徵的表現方式。小說描繪了狼的種種奇怪行狀，包括狼的行為和心理，但這不能理解為狼通人性，狼懂得人情世故，狼有思想，能和人鬥爭、周旋，也不是說狼真的能變幻為人並且有人的行為和思維，所有這一切都不過是象徵狼的靈性，擴大之，象徵自然的靈性。自然和人一樣具有生命和價值，經不起傷害。從人的角度，自然理所當然應該為人服務、為人而存在，但

自然為人服務是有限度的，超過了這個限度，自然就會陷入災難、就會毀滅。自然本身都不存在了，所謂為人而存在不過是一種虛妄。所以，自然的災難最終將是指向人自身的。

人的貪婪、享樂以及過度發展，使人自身面臨著前所未有的危機，人的周圍危險四伏，人的生存受到前所未有的威脅。舒適使人的適應能力大大減弱，人在機能方面變得越來越虛弱、萎縮，越來越缺乏生機。小說用了很長的篇幅描寫大熊貓的生產過程，這真是一幅大熊貓受難圖，慘痛極了，令人心碎。但熊貓的意義本質上是人的意義，熊貓的現在也許就是人類的未來。由於人類的過錯所造成的人類生存環境的破壞以及人類本身的退化，人類也許真的會有這樣悲慘的一天。在精神上，人與人之間越來越隔膜，人越來越孤獨、寂寞。戰爭、犯罪、災難以及道德的淪喪，使人類陷入了空前的恐懼與無奈之中。人越來越無法溝通、理解與交流，人的煩躁與焦慮以及苦悶構成了人類普遍的精神狀況，人類的物質繁榮與發達，使人的精神陷入了深重的危機之中，人越來越異化。

對於人的異化，《懷念狼》可以說給予了最為尖銳和嚴厲的現實性批判和譴責。做父親的竟然把小女孩往車輪下推，以便訛司機的錢財，因為小女孩不是自己親生的。小說描寫吃活牛，直接從活牛身上割肉，身上的肉已經割完了，但牛還沒有死……真是殘忍極了。小說把現代人性的惡以及現代人的殘忍性表現到了極點。狼沒有了，狼都變成了人，人比狼甚至更壞。人性的泯滅，是現代社會或者現代人類最為深沉的悲哀。小說明顯地表現出了一種悲天憫人的情懷，一種濃郁的宗教情緒和後現代傾向。對於現代社會、現代生活、現代文明以及現代精神，作者表示出深刻的懷疑和批判。「電

給我們帶來了什麼？當然是生活的方便。但是，電也帶來了我們生活的淺薄。」整個現代工業文明都是給我們帶來了生活的淺薄，人的自以為是和自我感覺良好的張揚和囂張，不過是表現了一種平庸和輕狂而已。

悲觀是賈平凹近來小說的基調。讀賈平凹近來的小說，我們感到他小說中普遍瀰漫著一種對世態、對人情、對文化、對文明的悲情，所不同的是，《廢都》表現的是對中國文化和現實的悲情，而《懷念狼》表現的則是對世界、對人類、對人類未來的悲情，在這悲觀失望的背後，隱藏的是作者最為熱烈的對世界、對人類的前途和命運的憂慮與關懷。

本文原載《四川大學學報》2002 年第 5 期。

《懷念狼》與「怪異」

　　賈平凹的長篇小說《懷念狼》是一部非常複雜而獨異的作品，其中一個很顯著的特點就是其怪異性，包括寫作的怪異和內容的怪異。小說描寫了大量的奇怪、詭異、神祕、魔幻的物和事，諸如人的變形、異化，自然的奇妙，人幻化為狼，狼幻化為人。怪異現象建構了小說的基本故事和情節，也是生成作品意義以及藝術力量的重要因素之一。因此，怪異性是構成解讀《懷念狼》的癥結之一，很多讀者對此大惑不解，雖然覺得奇妙、好看、有興味。評論家對此其實也存在著誤解。實際上，《懷念狼》存在著兩種怪異，一是作為現實的怪異，它與人的認識密切相關；一是作為象徵和隱喻的怪異，它屬於寫作方法上的。兩種怪異在現象上很相似，都是離奇甚至於荒誕，但卻有質的區別，它們的作用和地位以及藝術效果也各不相同。本文即對此做專題論述。

一

　　從哲學上來說，怪異作為自然現象，本質上屬於認識論範疇。自然界本身並無怪異與不怪異之別，所謂怪異與正常，本質上是相

對於人的認識而言的。當人說自然界千奇百怪、無奇不有時,其價值和意義其實是指向人的認識論的。現象對於人來說無法理解和超出人的理解範圍的時候,現象就是怪異的。對於人來說,覺得不可能的事竟然發生了,這就是怪異。因此,怪異作為生活現象,本質上是屬於人的認識問題。馬克思認為神話是人類認識世界的一種方式。當人還處於蒙昧階段時,人的知識積累和認識能力極其有限,日月星辰、山水樹木都具有神祕性,於是就有了現在看來具有神奇色彩並且非常美麗的神話。但實際上,原始人並沒有如此奢侈,神話對於原始人來說,不單是文學,同時也是思維方式、認識方式乃至於行為方式,神話就是原始人認識範疇中的現實,是實實在在的。隨著人的認識能力提高,神話就自然消失了,但神話式的怪異對於人來說並沒有消失。自然博大精深、奧妙無窮,人永遠也不可能窮盡對自然的認識,所以怪異對人來說是永恆的現象。今天,許多怪現象已經得到了科學的解釋,但對於科學知識比較貧乏的普通人來說,怪異仍然是比較普遍的現實。在這一意義上,怪異其實深刻地表明人與自然和對象之間的認識關係。怪異為我們理解自己提供了可能,怪異與其說是不可思議的,還不如說沒有怪異是不可思議的。

　　《懷念狼》給我們展示了一個怪異的世界,這怪異首先是現實層面的。有一種蠱術:「即將貓尿撒在一塊手帕上,再將手帕鋪在蛇洞口引蛇出來,蛇是好色的,聞見貓尿味就排精,有著蛇精斑的手帕只要在女人面前晃晃,讓其聞見味兒了,女人就犯迷惑,可以隨意招呼她走。」真是奇聞。羅圈腿吃了一顆乾棗,棗樹是王生冤死的地方,舅舅說有冤魂的果子是吃不得的,羅圈腿果然中了邪。

「我」明明看見剃頭匠的扁擔上挑著一張狼皮，可是追上去一看，扁擔頭上挑著的卻不是狼皮，而是一件髒兮兮的粗布褂子。「我」明明看見是狼在和爛頭交媾，咳嗽一聲，從爛頭身上站起來的卻是一個披頭散髮的女人，更奇怪的是，這之後舅舅竟然從爛頭的塵根中扯出一條細線來。「我」明明打中的是狼，跑過去一看，打中的竟然是人。怪異在小說中隨處可見，比比皆是，佔了很大的篇幅，也許有人會把這歸結為魔幻現實主義。的確，《懷念狼》非常明顯地具有魔幻現實主義小說的特徵，在外表上和《百年孤寂》有很多相似的地方，但魔幻現實主義顯然不能涵蓋其寫作方法的全部內涵，二十世紀西方現代主義的各種創作方法諸如象徵主義、超現實主義、表現主義、存在主義、荒誕派等似乎都可以在《懷念狼》中找到影子，傳統的現實主義、浪漫主義在其中也佔有很重要的成分。怪異首先就是現實層面上的，小說不僅表現了現實的怪異性，同時還表現了怪異的現實性，也即怪異作為一種現象的客觀存在。小說把「金香玉」寫得異乎尋常，但它實際上是一種石頭，一種比較罕見的石頭。現實生活中，賈平凹對石頭有特殊的喜好，對香玉石有過奇遇，這種奇遇反映到小說中就有一段「金香玉」的傳奇故事。小說還描寫古代傳說中的「太歲」，黑乎乎的一塊東西，既不是植物，也不是動物，通體深褐色的一個大肉團。「背回來用秤稱量，重達二十三公斤，三日後再稱，已達三十五公斤。從其身上割下幾塊肉，肌肉呈純白色，且無血流出，放進鍋裏煮著吃，也沒有什麼特別的味道，再用油炸著吃卻奇香無比。更奇怪的是它能自生自長，原來割下來的幾塊肉，沒過幾天便又長好了。」最後謎底揭開了，「太歲」不過是一種罕見的黏菌複合體。「金香玉」也好，「太

歲」也好，都很神祕和怪異，但這種神祕和怪異是實在的，具有現實性。世界上有很多奇怪的事物和現象，當人少見和無法理解的時候，它是怪異的，且具有神奇的力量，但人一旦認識了它，它也就無神祕和怪異可言了。

但另一方面，現實生活中的確存在著人無法理解的奇怪事物和現象。「我在賓館的院子裏閒轉，明明看見一個妙齡女子在一樓向一間窗戶裏窺視，走近去，卻是一株丁香樹。」「經過州城的街心花園，我順手招掉了一株月季花莖，那整個月季一個劇烈的搖動，斷莖驟然變粗變黑，然後一股白汁噴濺出來，而盛開的那朵花也立時緊縮，花瓣一片一片脫下來。」「我在拍攝商州最後一個獵人的照片，照相機的燈光卻怎麼也不能閃，我以為是電量不夠，擺弄著對著別的地方試照，燈光卻好好的，又以為是燈光的接觸不好，檢查來檢查去，並沒有什麼毛病呀，可就是對著他無法閃燈。」「禁止獵殺狼的條例頒佈以後，這裏發生了許多怪事，先是豬牛口唇和蹄角發炎潰爛很快死掉了一批，後是一些捕狼隊的隊員和一些不屬於捕狼隊的但仍能打獵的人患上了奇奇怪怪的病，又是灘上東村三家接連失火，中心村的磚瓦窯上的主窯塌陷。」凡此種種，真是令人不可思議。這是活生生的現實，但我們無法給它合理的解釋，即它對我們來說是神祕莫測的。

怪異對於人的認識來說，是一種永恆的現象。在小說中，賈平凹借人物的口議論說：「現實的生活裏確也發生著離奇的事。」「世上確實有種種奇異發生，如果不是迷信，那都是大自然的力的影響，這種大自然的力的影響隨著人氣的增多在減弱著，因此古代的比現代的多，鄉村的比城市的多，邊區的比內地的多。」這反映了

賈平凹對怪異的基本看法，也說明了怪異作為現實生活與人的認識能力有關，學識越高、知識越豐富，怪異就越少，所以，怪異作為現象，「古代的比現代的多，鄉村的比城市的多，邊區的比內地的多」，一句話，越落後、越蒙昧，也即文化越不發達的地方，怪異現象就越多。

當怪異作為現實生活與人的認識聯繫在一起的時候，它與其他現實生活並沒有本質的區別，它不過是現實的一種。莎士比亞的戲劇中經常有魂靈出現，這在現代人看來不可思議且應該有寓意，但莎士比亞並沒有什麼深意，他不過是描述或者說表達一種現象，因為莎士比亞時代的英國人相信魂靈。中國古典現實主義小說《紅樓夢》、《三國演義》、《水滸傳》中，也描寫、敘述了很多奇異的現象和事物，諸如託夢、法術、神鬼妖魔等，這本質上是文化問題，它反映了中國古代的信仰、觀念以及知識和精神狀況，因為中國古人相信託夢、相信法術、相信神鬼妖魔，就像西方人相信上帝一樣。雖然在今天看來，這些可以統稱之為迷信，可以通過科學予以破解，但在中國古代，它卻是很實在、很現實的東西，就像西方的上帝一樣實在和現實。我們不能否定怪異作為人類現象的客觀存在。文學中，這些怪異現象不同於《西遊記》、《封神演義》、《變形記》、《百年孤寂》中的怪異現象，前者本質上是現實問題，後者本質上屬於創作方法問題。

在怪異作為現實的層面上，《懷念狼》所描寫的奇聞異事並沒有什麼深意，它不過是表現怪異的客觀存在。在這一意義上，賈平凹可以說是追求怪異，為怪異而怪異，客觀上反映了生活的豐富性、複雜性和奇妙性。在作用上，它主要是增加小說的可讀性，事

實上，它也達到了這種效果，小說簡直是描寫了一個天外世界，異彩紛呈、流光四溢，像神話一樣美麗。用細節、用故事把虛幻寫得逼真、寫得活靈活現，從而具有濃鬱的浪漫情調。小說還描寫了綺麗的風光、奇異的風土人情，在這種環境中，人與狼構成了一種複雜的關係，從而給我們呈現出一個光怪陸離的世界，這是一個新鮮的世界、一個美麗的世界、一個迷人的世界、一個似幻似真的世界，和我們很貼近，又似乎離我們很遙遠。這樣，《懷念狼》雖然意象化，寫得很抽象，但讀起來仍然讓人著迷，怪異現象在這裏顯然起了很重要的作用。

二

　　但是，在《懷念狼》中，並不是所有的怪異都是神祕的現實。小說中大量的怪異，特別是有關狼的怪異，就不屬於現實，而只是一種象徵的寫法或者象徵的表現方式。小說多次描寫狼皮的怪異。這是一隻兇猛而美麗的母狼，她是在和人搏鬥時和人同歸於盡、壯烈死亡的，也許她實在不願意離開狼的世界，或者說對活著的狼放心不下，所以死後精魂不散而附在狼皮上。它對活著的狼有某種感應，每當周圍有狼出入時，它就狼毛乍起。「我」有一天晚上睡在這張狼皮上，「晚上十點左右的時候，突然覺得身上癢，是刺扎性的癢，我以為狼皮毛裏生有蝨子，坐起來看，才發現狼皮上的毛都豎立著」。把狼皮掛到窗外，狼皮在窗外發出嚎叫聲，驚動了旅館

的服務員和村莊裏的狗。真是令人毛骨悚然。小說對狼皮的怪異描寫得很具體、很細緻，活靈活現、栩栩如生，但這絕不是對現實的真實描寫。小說描繪了狼的種種奇怪行狀，包括狼的行為和心理，但這不能理解為狼通人性，狼懂得人情世故，狼有思想且能和人鬥爭、周旋，也不是說狼真的能變幻為人並且有人的行為和思維，所有這一切都不過是象徵狼的靈性，擴大之，象徵自然的靈性。狼在小說中從根本上就是一種意象或者象徵，我們不能從表面上去理解《懷念狼》的意義，狼的形象是實在的，但意義卻是虛的，非常空靈。狼毛乍起是一個意象，它隱喻著狼的生命與靈魂、精神與價值，它象徵著狼的精神不死、靈魂不滅。狼的價值和意義最終是指向人的，在小說的最後，「我」有一段關於《西遊記》的議論：「原來《西遊記》並不是為孩子們看熱鬧寫的，卻是在寫人。」和《西遊記》一樣，《懷念狼》的終極意義也不在於狼，而在於人、在於人類社會。

小說描寫了大量的狼作為狼的怪異，比如禁止捕狼的佈告張貼之後，狼也去看：「在張貼禁止捕狼條例的那塊大石下邊，發現了狼的糞便，而且糞便有乾有濕，可見狼是去過數次。」狼趴在院牆上往裏偷看大熊貓生產，「一邊看嘴裏還吱吱地說什麼」，舅舅發現了，喊了一聲，狼從牆上掉下來，一瘸一瘸的，假裝受傷，然後乘人不備而逃竄。狼也和人一樣朝拜或開會，並且全要帶著禮物，不是豬羊就是雞，竟然還有一頭活豬和一個嬰兒。這裏，狼明顯不是現實層面上的，而是寫作層面上的，即一種意象、一種隱喻、一種象徵，它不過是表明作者的一種感受、一種觀念，至於是什麼感受和觀念，作者本人也許並沒有一個明確的概念，讀者也可以從多種角度做多種解讀。但總的來說，我認為狼象徵著自然，象徵著人的

對象，象徵著人在精神和物質上的依託。《懷念狼》從根本上表達了作者對人與自然、人的生存、人的未來的一種深層的憂慮。

狼與人具有雙重關係，一方面，狼人為敵，互相威脅對方的生存，所以，獵人的天職就是捕殺狼。看見狼不能打，還遭受狼的挑釁、羞辱，作為獵人，其屈辱和痛苦真是可想而知。「人見了狼是不能不打的，這就是人。但人又不能沒有了狼，這就又是人。」但另一方面，狼和人又互相依賴，從人的角度來說，人又離不開狼，人的生存以狼的生存為前提條件。「狼和他們是對應著的，有了狼就有了他們，有了他們必是要有著狼的，狼作為人類的恐懼象徵，人卻在世世代代的恐懼中生存繁衍下來。」所以，人要克制自己的私欲，要尊重和維護狼的生存與繁榮。狼與自然具有和人一樣的品質，都是造化的結果，它有它自己的作用和在宇宙中的位置，它和人一起共同構成這個世界的生機和和諧。自然和人一樣具有生命和價值，經不起傷害。從人的角度，自然理所當然應該為人服務、為人而存在，但自然為人服務是有限度的，超過了這個限度，自然就會陷入災難、就會毀滅。不幸的是，狼正瀕臨於滅絕，正陷於悲劇之中。而更為深刻的悲劇還在於，狼的災難和悲劇的結束正是人的災難和悲劇的開始。賈平凹借作品中人物的口議論說：「靈魂是隨物賦形而上世的，人雖然是萬物之精華，從生命的意義來說，任何動物、植物和人都是平等共處的，強食弱肉或許是生命平衡的調節方式，而狼也是生命鏈中的一環，狼被屠殺得幾近絕跡，如果舅舅的病和爛頭的病算是一種懲罰，那麼更大的懲罰就不僅僅限於獵人了！」獵人的悲劇不過是與狼的悲劇相對應的悲劇，而更為深層的悲劇則是人類本身。

賈平凹相信「宿命論」，「他覺得宿命是一種很積極的東西，人不能太囂張，人太囂張了對世界的破壞性就加大、加強、加速了，人有點宿命是好事，人在地球面前是不敢，也是不應該更是不能為所欲為的。」「近幾年來我對世界越來越感到恐懼。連我自己都弄不明白我恐懼什麼，也許是科技的高速發展，也許是戰爭和災荒？如果我說我的『悲情』是對人類關懷的話，有人會說我也在變得矯情，但我真的是這樣想的。整個世界都充滿了悖論，這種悖論是人類面對自然，面對動物，面對除人以外一切犧牲的矛盾，面對這種矛盾，人變得既渺小又狂妄，既可憐又貪婪，既精明又愚蠢。」[1]所以，在小說的結尾，僅剩下的十五隻狼都被打死了，打死狼的傅山變成了人狼，瘋狂地打狼的雄耳川的人都變成了人狼。「他們臉上卻開始長毛了，不是鬍子，是毛，從耳朵下一直到下巴都是毛茸茸的。」「雄耳川的人都成這樣了。他們行為怪異，脾氣火爆，平時不多言語，卻動不動就發狂，齜牙咧嘴地大叫，不信任任何人，外地人凡是經過那裏，就遭受他們一群一伙地襲擊，抓住人家的手、腳、身子的什麼部位都咬。」這是狼的悲劇所導致的人的悲劇。

紅岩寺老道是一個神祕的人物，其貌不揚，但修道卻異常高深。他和動物相處得非常融洽，狼有病就來找他看，「我」親眼看到老道給一隻狼的膿胞放血，狼感激地前爪跪地。後來老道死了，狼便集體來給老道弔喪，還給老道銜來一小塊「金香玉」，原來老道的「金香玉」是狼送的。狼和人由於生存的競爭，相互威脅，從而構成敵對關係，但同樣是由於生存的需要，狼和人又相互依賴，

---

[1]　胡殷紅：〈賈平凹：一隻孤獨的「狼」〉，《南方週末》2000 年 6 月 16 日。

構成共生共榮的關係。老道和狼的關係可以說是從正面表現了狼與人的和諧關係。狼與人其實是可以和睦相處的，泛言之，人與自然其實是可以和睦相處的。當人尊重自然、保護自然時，自然就以它積極的面目出現，就會以它特有的方式回贈人類。獵人傅山曾救過一隻金絲猴，這隻金絲猴後來就變幻為人來報答傅山，這其實是換一種方式和旋律來歌頌人與自然的親善關係。狼作為生態鏈條中重要的一環，牠的消失會引起生態環境的破壞，這種破壞最終會危及人類。人的精神、價值正是在和自然的抗爭中形成的，狼的勇猛、強健正映徵著人的勇猛和強健，狼的恐懼始終激勵著人的積極向上，現在，狼滅絕了，人將以什麼為精神的寄託呢？人類在精神上越來越貧乏和空虛了。

　　小說最為怪異，也最為驚心動魄的故事是狼幻化為人。一窩狼──三隻大狼、兩隻狼崽，變幻為一家人──三個大人、兩個小孩，在鎮上偷了一頭豬，悠然地走向荒野，見到人彬彬有禮，對話也顯得通情達理。小說描寫雄耳川人圍剿商州的最後一隻狼，真是奇幻極了。狼無法躲避滿村近於瘋狂的打狼人，只得幻化為一個老頭從村裏逃了出來，拐進另一個村，但仍然無路可逃，只得折回來，碰到舅舅，被舅舅識破，「舅舅的目光盯著老頭，一步步走近來，說聲『是嗎？』猛地將唾沫唾到老頭的身上，說時遲那時快，老頭拔腿就跑，在巷口跌了一跤，爬起來再跑時竟是一隻狼，鑽進了村外的胡基壕裏不見了」。變人不成，再變豬，企圖藉助五豐的摩托車逃走，又被舅舅識破了，舅舅掀開雨衣，「後座上穿著雨衣的豬咚地就跌下地，就勢一滾，雨衣脫掉了，卻是一隻狼」，狼被迫和舅舅拼死一搏，結果被眾人用亂棍打死。這是一個神祕而恐怖的故

事，但令人恐怖的是人而不是狼。在瘋狂的人面前，狼雖然用盡了解數，但仍然逃脫不了厄運。在失去了理智的人面前，再兇猛、再頑強的狼都是弱小的，心智也是無助的。這是狼的悲哀，但更是人的悲哀，狼的災難最終將變為人的災難，雄耳川的人最後都變成了狼人就是象徵性的應驗。

《懷念狼》是一部奇特的小說，其內涵豐富而複雜，可以做不同的解讀。同時，《懷念狼》也是一部深刻的作品。我相信它將會成為中國當代文學的經典作品，將會引起人們的長期討論和研究，它的解讀也會是一個長久的話題及課題。

本文原載《藝術廣角》2002 年第 1 期。

論《白鹿原》對階級模式的超越

巴爾扎克說「小說被認為是一個民族的祕史」固然深刻,而他把殘酷的社會看作是「人間喜劇」更富於哲理。我不同意把《白鹿原》「史詩」性質的涵蓋面無限地擴大,把它說成是包羅萬象的、百科全書式的小說,它不論是在深度上還是在廣度上都是有限定的。但我同時也承認,由於作者有著深厚的生活積累,在創作中他更看重他的生命體驗和藝術體驗、更尊重生活的規律和藝術的規律,因而他對生活、對人生、對社會的反映是厚重而深沉的,他所反映的生活的內涵和韻蓄是豐富而複雜的,遠遠超越了作者在小說之外對歷史、對現實的淺層的反思。《白鹿原》對民族的心靈、精神,對社會的風俗民情,對中國社會結構的反映,不論是在真實性上還是在深刻性上,在當代小說中都是屈指可數的,它對於我們認識民族的過去、今天和未來都富有啟示意義。本文即從階級的角度分析《白鹿原》的「史詩」性。

仔細揣測,隱約感到作家在《白鹿原》中對階級、階級意識、階級鬥爭是有所「設計」的,比如為黑娃鬧農會時鍘死的幾個人做階級本性的圖解。但這種「圖解」在整部小說中明顯是浮光掠影的,也許是它與作者的生命體驗和藝術體驗相衝突,所以無法深入寫下去,只能是點綴的虛寫,鹿兆海和白靈的革命鬥爭無法寫活就可能

緣於此。而作者一旦實寫，一旦深入到他熟悉的生活的內部，作家的觀念就被掙破了，作品的意義就回復到了生活本身。撇開作者的意圖來解讀《白鹿原》，我認為《白鹿原》對中國近現代社會的階級狀況的反映是深刻的。

　　階級和階級意識在中國似乎是一個簡單明瞭的問題。馬克思、恩格斯的無產階級解放學說以及列寧的一個階級推翻另一個階級的理論，在中國從來都是作為不可動搖的基石而構成各種社會學術理論的基礎。毛澤東 1921 年 12 月 1 日寫的〈中國社會各階級的分析〉是四卷本《毛澤東選集》的開篇，它不僅構成了《毛澤東選集》的基調、毛澤東思想的基調，也構成了整個新中國的政治、思想、學術思維與方法以及具體政策、方針的基調。在階級社會裏，一切人都隸屬於一定的階級，所謂超階級、無階級的人是不存在的，每個人的思想感情都具有他鮮明的階級烙印。階級是本性，階級的矛盾是不可調和的，階級鬥爭是你死我活的鬥爭，階級鬥爭是推動歷史前進的主要動力……〈中國社會各階級的分析〉的開篇第一句話就是：「誰是我們的敵人？誰是我們的朋友？這個問題是革命的首要問題。」[1]具體如何劃分階級，毛澤東 1933 年 10 月寫的〈怎樣分析農村階級〉則給了我們行動的標準，也給我們提供了範本，其簡單明瞭到只要具備了簡單的知識，就能很容易地對這套規範進行操作。所以，在一般人的頭腦中，階級就像標籤一樣地貼在每一個人的臉上，哪一個人屬於什麼階級，甚至從衣著上就可以看出來。

---

[1] 毛澤東：〈中國社會各階級的分析〉，《毛澤東選集》第 1 卷，人民出版社，1991 年版，第 3 頁。

所以，工作隊走進一個村子，該依靠誰、該團結誰、該孤立誰、該打擊誰，一目瞭然，根本用不著腦子去想，比操作機器還簡單。

但階級，不論是在歸屬上還是在意識上，絕不可能簡單到這種程度，《白鹿原》就為我們提供了一幅複雜階級狀況的生動圖畫。對於作者所著力刻畫的人物，我們很難對他們進行簡單的歸屬。白孝文屬於什麼階級？鹿兆鵬屬於什麼階級？鹿兆海屬於什麼階級？白靈屬於什麼階級？黑娃屬於什麼階級？朱先生屬於什麼階級？這都不是能簡單地予以回答的問題。以黑娃為例，他的父親鹿三是地地道道的雇農，他可以說是絕對的「根子紅」，十七歲之前跟著父親在白家半工半讀，棄學之後到郭舉人家打長工，「成家立業」之後又給人打短工，後來鬧農會，加入中國共產黨，鬥爭失敗之後進山當土匪，後來又投誠國民黨，當上了國民黨軍隊炮兵營營長，但仍然保持和共產黨領導人鹿兆鵬之間的聯繫，後來正是在鹿兆鵬的說服下起義，當了共產黨的副縣長，但卻不明不白地被共產黨縣長白孝文下令槍斃了。對於黑娃，絕不能簡單地對他進行階級定性，從階級本性來說，他是複雜的；從階級的地位來說，他是不斷地變化的。對於白孝文，其實也可以做如是分析。這裏，不論是對於不同的人來說還是對於同一個人來說，其階級屬性都絕不是簡單地黑白分明的，而是呈現出複雜的狀況。

絕不能否認階級的劃分，從總體上來說，絕對存在著上層階級與下層階級、地主階級與農民階級、資產階級與無產階級等的區別與對立。但在實際中，階級的狀況絕不是簡單二元對立的，從一個極端到另一個極端之間存在著許多過渡階級和中間階級，這些過渡階級和中間階級在性質上往往是模糊的、混沌的。就我的閱讀視

野，我認為《白鹿原》是中國現當代文學中第一個不用地主和農民的二元模式來寫農村的小說。這裏，社會是一個非常複雜而和諧的整體，社會的兩極是財東和雇工，介乎其間的是很多過渡性的階級。而更關鍵的是，財東和雇工並不是對立的關係。鹿三是長工，但他自己又有少量的田地，農忙時他先把自己的農活弄好，然後再到白家打工，白嘉軒收穫糧食後首先就給鹿三「發餉」，並且多發一斗，這裏，兩個完全對立的階級是一種和睦的關係。這裏，沒有單一的、抽象的財東和雇農，雇農是形形色色的，有長工，有短工，有的雇工有土地，有的雇工沒有土地。財東也是複雜的，有大財東，有小財東，有的財東勞動，比如黑娃曾經打工的小財東黃老五，其財產完全是靠勞動和節儉而來，他的勞動在強度上比雇工還強，吃的飯比雇工還差。有的財東不勞動，比如大財東郭舉人就是，他的活動不過是放放鴿子、溜溜馬。而且，在複雜的政治文化以及特定的自然環境下，階級在進行著不斷的分化、瓦解、轉換、重新組合。白孝文就曾家破人亡，淪為乞丐，差點餓死；地主鹿子霖也曾坐牢近三年，完全破產。這些都造成其階級性的複雜性。其實，具體對於《白鹿原》來說，不論是從人物性格上還是從矛盾衝突上，階級歸屬問題都構不成一個明顯的標準。

　　而更為重要的是階級意識的複雜性。從成分上來劃分，白嘉軒和鹿子霖屬於同一個等級的地主，但在階級意識上，二者又明顯地不同。鹿子霖可以說是比較邪惡的地主階級的代表，他不勞動，貪圖享樂，既貪權、貪財又貪色，陰險狡詐，鬥爭不擇手段，代表了地主階級中落後的一面。但鹿子霖又不只有邪惡，絕對邪惡是不可能在中國任何一塊土地上生存下去的。鹿子霖也有親情觀，也注意

節儉，也講究人情世故，也遵守中國封建的倫常道德，他並沒有和自己的親兒媳婦亂倫，當他第一次鑽進在他看來是「婊子」的在輩份上應該叫他伯的田小娥的被子裏的時候，田小娥羞怯地叫了他聲「大」，他說：「甭叫大甭叫大，再叫大就羞得弄不成了！」這說明在深層的意識中，他起碼的倫常觀還是存在的。

而白嘉軒則不同，他勤勞、勇敢、正直、光明正大，他一輩子除了換風水地這件事見不得人以外，沒有做其他任何見不得人的事。他代表了地主階級中正面的形象。在意識深處，它既有農民階級意識，又有地主階級意識。他具有深沉的土地觀念，早起晚睡，日夜操勞，和長工同吃、同勞動，不勞動反而不舒服，都充分體現了他的勞動人民的意識。但另一方面，他又是封建衛道士，他恪守封建倫理道德，弗違聖賢，對於維護傳統禮教、綱紀聖諭，他不僅身體力行、以身作則、樹立榜樣，而且懲罰叛逆者絕不心慈手軟，對白靈是這樣，對白孝文是這樣，對田小娥更是這樣。白嘉軒顯然是一個正面人物，但又有某種悲劇性，他的悲劇不僅來源於他的地主階級意識，也來源於他的農民階級意識，他的侷限和優點很難簡化成地主階級意識與農民階級意識。白嘉軒的階級意識是複雜的，也正是這種複雜性，我認為白嘉軒這個人物形象是成功的、是深刻的。

其他如白孝文，他雖然是經過嚴格的封建正統文化培養、薰陶出來的，但他的階級意識卻很難說是正統的，他最後槍斃了黑娃，顯示了他其實是中國傳統正面文化的怪胎，他更像是一個流氓無賴。相反地，黑娃雖然出身低賤，行為不端，以致於上山落草當土匪，但他在階級意識上更可以歸屬為封建正統派，他為人剛直、愛憎分明、講義氣、所謂「行為不端」不過是被逼的，他骨子裏其實

一直想當一個「好人」，所以當條件成熟時，他投拜朱先生門下，以致成了朱先生最好的一個學生。鹿兆鵬雖然是共產黨的高級領導人，但他的階級意識未必是無產階級的。小財東黃老五在成分上是地主，但在意識上，它是典型的農民。鹿三是典型的雇農，但他的意識深處封建正統意識最多，他為人處世嚴格地遵循聖訓，雖然他並沒有接受正規的傳統教育，他的思想觀念卻深受白家影響，而且更為純正，所以對於黑娃與田小娥的「傷風敗俗」，他無法容忍，他不僅與黑娃斷絕了父子關係，而且還親手殺死了兒媳田小娥。面對強大的自我封建正統意識，他甚至連殺人也心安理得，絕無後悔、自責之意。

階級意識是絕對存在的，但不可能有純粹的階級意識，階級意識由於受各種因素的影響常常表現出複雜的情況。《白鹿原》深刻地表現出了這一點。

《白鹿原》所描寫的生活，在時間跨度上自晚清至 1949 年新中國建立大約五十年，這五十年是中國歷史上最為混亂的歲月之一，從辛亥革命趕走皇帝到軍閥混戰到抗日戰爭到國共之爭，中國歷史在這期間發生了巨大的變化，各種矛盾和鬥爭之劇烈都是空前的。在這各種矛盾和鬥爭中，階級矛盾和鬥爭顯然是一個非常重要的方面，作為「史詩」的《白鹿原》不可能迴避這些矛盾和鬥爭。但非常可貴的是，作者並沒有把階級鬥爭簡單化，而是把階級鬥爭放在大的民族文化環境中，把各種矛盾和鬥爭糾葛在一起，寫出了階級鬥爭的複雜性，從而具有力度和深度。

階級鬥爭不可否認是存在的，但階級鬥爭不論是它的範圍還是作用，都是有一定限度的。文化大革命時期，我們把階級鬥爭上升

到「綱」，提出要「年年講、月月講、天天講」，顯然是誇大了階級鬥爭的作用和範圍。後來，我們糾正了把階級鬥爭擴大化的錯誤，但過去階級鬥爭的圖式並沒有從一般人的意識深處消褪，作家寫革命故事還是自覺或不自覺地把階級鬥爭模式化、簡單化。

縱觀《白鹿原》，我認為階級鬥爭並不構成白鹿原鬥爭的主線索，白鹿原的鬥爭並不是圍繞著階級而展開的，而是圍繞著諸如生存、權力、財產、榮譽、地位、道德、理想等展開的，這些內容可以歸結為人性與文化，它比階級鬥爭更具有恆常性，也更具有延續性、持久性、規律性，比階級鬥爭具有更豐富的內涵。比如白鹿兩家的鬥爭，其內容是非常豐富的。用上好的水田換坡地，這是陰謀，是違背白嘉軒的本性的，白嘉軒之所以耍這一陰謀，完全是為了生存，它是不能上升到道德的高度來進行責備的。從白嘉軒的角度來看，這可以說是為了生存的鬥爭；從鹿子霖的角度來看，它可以說是為了財產和地位的鬥爭。兩家在房產上的較量，既是爭奪財產的鬥爭，也是為地位、榮譽而鬥。白嘉軒總是以道義、人格壓倒鹿子霖，而鹿子霖則企圖通過權勢、地位來壓倒白嘉軒，這可以說是兩種文化的鬥爭。如果僅把它們看成是地主階級的內部傾軋，那絕對是過於簡化了。

再比如黑娃與白嘉軒之間的矛盾，在階級歸屬上，他們是地主與雇農、壓迫與被壓迫的關係，應該說是天然的矛盾，但恰恰是在這一關係上，他們之間沒有衝突，白嘉軒恩待黑娃，黑娃也很感激白嘉軒。但他們之間有矛盾，白嘉軒認為黑娃與田小娥的關係是傷風敗俗、有悖禮義；而黑娃則從小就對白嘉軒有一種畏懼感，認為他的腰太直了，所以後來他當了土匪之後帶領土匪搶劫白家，特意

砸斷了白嘉軒的腰，這完全是一種觀念和人格之間的較量。黑娃帶領土匪搶劫白家其實只是土匪的一種生存方式，絕不能看作是階級鬥爭。

　　其他如黑娃與田福賢之間的矛盾與鬥爭、黑娃與白孝文之間的矛盾與鬥爭、鹿兆鵬與田福賢、嶽維山之間的矛盾與鬥爭等，都不能簡單地看成是階級鬥爭。《白鹿原》中的種種矛盾與鬥爭，其實很多是由「氣」與「義」構成的，復仇是其中一個很重要的主題，在《白鹿原》中，復仇更多地是人性、人格、權力的較量而很難歸結為階級問題。當然，特殊時期，階級鬥爭就凸顯出來，比如「交農」抗稅、「鬧農協」、田福賢對農會的殘酷鎮壓等是階級鬥爭，但這些都不典型。「交農」事件是白嘉軒策劃的，是地主階級和農民階級聯合起來對付官府。黑娃在鹿兆鵬的策動下聯合白興兒等「各個村子的死皮賴娃」「鬧農協」，但整個小說寫得很「虛」，漫畫式的。田福賢的「還鄉團」「反攻倒算」倒是寫得血淋淋的，充滿了反動與暴力，表現了你死我活、一個階級推翻另一個階級的鬥爭，但田福賢算不上真正的地主，田福賢所依靠的賀耀祖作為一個比較典型的地主，在整個小說中並沒有真正把他的階級性展示出來。不論是「鬧農協」還是「還鄉團」「反攻倒算」，小說中真正的地主白嘉軒和鹿子霖似乎置身世外，當黑娃等人正在轟轟烈烈地鬧革命的時候，白嘉軒卻坐在家裏軋棉花、籌辦兒子的婚事：「他鬧他的革命，咱辦咱的婚事，兩不相干喀！」《白鹿原》的革命以及反革命都是在戲臺上進行的，這極富於象徵意義，集中體現了階級鬥爭的「革命」似乎是一種表演，與大多數人的命運並沒有關係。與「戲」相對的是現實，土地、牛馬牲口、吃飯穿衣、婚喪嫁娶等，這才是

真正要為之鬥爭的,所以白嘉軒說:「哪怕世事亂得翻了八個過兒,吃飯穿衣還得靠這個。」

　　總的來說,《白鹿原》中的階級鬥爭是溫和的、溫情脈脈的,它是和其他恩恩怨怨糾葛在一起的,也是和其他種種鬥爭糾葛在一起的。白鹿原中的階級鬥爭並不是自發的,除了「交農」事件是內在矛盾以外,其他稱得上階級鬥爭的事件在起因上或多或少都與外來因素有關,黑娃之所以走上鬧革命的道路,並不是發自內在的意願與要求,而是共產黨人鹿兆鵬動員的結果,更準確地說,是省「農講所」受訓的結果。白鹿原傳統價值觀內不會產生「鬧農會」這樣的衝突,白鹿原缺乏革命的基礎、缺乏革命的內在動力,難怪黑娃革命「在白鹿村發動不起來」。革命是政治鬥爭,不論是對富裕的人來說還是對貧窮的人來說,它似乎都是很「奢侈」的。財富有限,重新分配並不能解決根本問題(革命「結果是富人被消滅了窮人仍然受窮」),所以當國民黨在白鹿原進行恐怖的殺人的時候,「儘管石印的殺人通告貼到每一個村莊的街巷裏,仍然激不起鄉民的熱情和好奇,飢餓同樣以無與倫比的強大權威把本來驚心動魄的殺人場景淡化為冷漠」。生存問題遠比階級鬥爭更為根本、更為深層。黨派之爭在朱寨先生看來不過是「公婆之爭」。這雖然過於簡化了政黨鬥爭的內涵,但黨派之爭的確不能代表階級鬥爭。在白鹿原,構成社會前進與發展的絕不是階級鬥爭。在層次上,文化、倫理、道德、人格、榮譽、地位、個人恩怨等的矛盾和鬥爭是深層的,而階級鬥爭是淺層的,階級鬥爭不過是這些矛盾與鬥爭在特殊歷史時期的一種特殊表現而已。

　　《白鹿原》最精彩、最激烈的場面不是階級鬥爭而是生存的掙扎，讓人丟臉面以及捍衛臉面、丟臉面以及挽回臉面的鬥爭，陰謀與復仇的鬥爭。鬥爭的分界線並不是階級，而是人格、血親關係、道德品質等。正如朱寨先生所說：「作者不是從黨派政治觀點，狹隘的階級觀點出發，對是非好壞進行簡單評判，而是從單一視角中超出來，進入對歷史和人、生活與人、文化與人的思考，對歷史進行高層次的宏觀鳥瞰。」[2]作者以激烈的階級鬥爭時代為背景，但卻超越了階級鬥爭，寫出了中國民族深層的文化心理內涵，這是它的深層之處，也是它的突破之處，僅憑這一點，《白鹿原》在中國新文學史上就有它不朽的地位。

本文原載《理論學刊》2002 年第 3 期。

人大複印資料《中國現代、當代文學研究》2002 年第 8 期複印。

選入《說不盡的《白鹿原》——《白鹿原》評論選》，

陝西人民出版社，2006 年版。

---

[2]　見〈一部可以稱之為史詩的大作品——北京《白鹿原》討論會紀要〉，《小說評論》1993 年第 5 期。

《白鹿原》「人」論

　　《白鹿原》對民族的心靈、精神，對社會的風俗民情，對中國社會結構的反映，不論是在真實性上還是在深刻性上，在當代小說中都是屈指可數的，它對於我們認識民族的過去、今天和未來都富有啟示意義。本文即從人性與道德的角度來研究《白鹿原》的「史詩」性。

　　人性是一個敏感的問題，但又是一個不可迴避的問題。一部「史詩」或「民族精神史」如果不正視並表現人性，是很難達到所謂「深刻」的。高爾基說文學是人學，如果文學不寫「人性」，那就不可能構成完整的「人學」。所謂「人性」，簡單地說就是人的本性，是人的既相同於動物又不同於動物的本質屬性，馬克思說：「人的本質並不是單個人所固有的抽象物。在其現實性上，它是一切社會關係的總和。」[1]所以，人性不僅只是自然屬性，還包括社會屬性，而且這兩方面還是很難分開的。與「階級性」相比，人性是一個更寬泛、內涵更豐富的概念，階級性是人性的一種歷史形態，人性要大於階級性，它們之間的關係是整體和部分的關係。人性是一種人所特有的穩定性，超越具體時代、具體地域、具體民族的普遍性屬

---

[1]　馬克思：〈關於費爾巴哈的提綱〉，《馬克思恩格斯選集》第 1 卷，〔北京〕人民出版社 1972 年版，第 18 頁。

性，具體表現為生存、繁衍、性、血親、友愛、自由、愛情、死亡等。人性與階級性，人性中的自然性與社會性既相統一又相矛盾，是一種複雜的關係。《白鹿原》的深度還在於它在反映中國社會各種關係時寫出了複雜的人性，從而具有超越文化、超越時代、超越階級的意義，具有世界性。

《白鹿原》生動地寫出了人的繁衍的渴求、人的性的本能、人的親情的慾望、人對死亡的恐懼、人的理性與情感、人性的弱點諸如仇恨、自私自利、卑鄙無恥等，比如白靈曾經對鹿兆鵬說：「其實卑鄙每個人或多或少都有一點兒。」卑鄙並不完全是文化的結果，它其實也是人與生俱來的，社會只是限制了它或者助長了它，正是因為有某種天生的東西，人才具有穩定性，不同膚色、不同種族、不同時代、不同地域的人才具有某種共同性，從而形成作為一個整體的人類。人性是人類的文明、人的豐富性與複雜性的最深層的基礎。

為理想而奮鬥，為地位和榮譽而奮鬥，本質上都是文化，而為生存奮鬥以致於苦苦掙扎，那就是屬於本能問題了。《白鹿原》在寫人的本能的生存問題上是非常有力度的。生存是第一要義，當飢餓嚴重地威脅人的生命的時候，殺人也激不起人們的恐懼與激動，刑場並不比飢餓更驚心動魄，被餓死和被殺死其實並沒有多大的差別。對後來白孝文命運起決定作用的既不是早期的傳統教育，也不是從父親手中繼承來的各種權力和榮耀，祠堂裏的狠毒的肉體處罰也沒有起作用，當他成心自甘墮落時，即使最難堪的羞辱也沒有讓他回心轉意，是飢餓、是生存最後才讓他振作起來，「飢餓的感覺重新甦醒，飢餓的痛苦又脅迫著他站立起來」。生存問題對於白孝

文來說是最刻骨銘心的,對他的教育最深,他由此得出的結論是「好好活著」、「活著就有希望」,這絕不是一種無奈的人生感嘆,而是生活的信條,生命的極限就像門檻,熬過去了就有希望。他後來的種種行為和生活的準則其實都可以從這裏找到根據。他之所以毫不心慈手軟地把他的頂頭上司兼拜把兄弟張團長殺死,把作為同學、同鄉和同志的黑娃「正法」,其很大的原因就在於這兩個人可能威脅到他的生存。

白鹿原的生存條件惡劣,要在這裏生存下來和繁衍下去並不是一件容易的事情。「白鹿村的人口總是冒不過一千,啥時候冒過了肯定就要發生災難,人口一下子又得縮回到千人以下。」這是一個咒語,也是事實。白鹿村的土地只能養活一定的人口。土地就是白鹿原的命根子,人們對土地的深情與熟悉超過了任何其他的事物。鹿子霖父子去挖幾代人都沒動過的地界石,竟然「只挖了一鐮就聽到鐵石撞擊的刺耳的響聲,界石所在的方位竟然一絲一毫都不差錯」。土地之所以神聖,就在於它和人的生存緊密地聯繫在一起,失去了土地就失去了生存的依託。白鹿村死去的孩子都埋在牛圈裏,「家家的田地裏都施過滲著血肉的糞肥」,死去的血肉之軀和糞肥屬於同一類物質,人們的食糧中裹著血肉,這是一個深刻的關於生存的隱喻。

白鹿原的生存是嚴酷的,生命極其輕賤,死亡隨時都可能飄然而至,真可以用「死亡是唇邊的吻」來形容。特別是婦女和兒童的死,簡直就和騾馬之死沒有二致,白老太太說:「女人不過是糊窗子的紙,破了爛了揭掉了再糊一層新的。」並不是人們不看重生命,而是無可奈何,自然條件、經濟發展、醫療水平種種因素決定了人

無法有效地把握自己的生命。環境的險惡、生存的艱難使人們把死亡看得淡漠了，也正是在這一意義上，白鹿原上的人對死不論是抗爭還是淡然，都表現了頑強的生命毅力和意志。尤其是仙草的死，可以說是地地道道的視死如歸，她「斷定了自己走向死亡的無可更改的結局」時，反而顯得很鎮靜，該做什麼還是做什麼，自己做自己的老衣並且自己穿好，安安靜靜地「走」了，這種死亡的悲壯可以說把人的生命力張揚到了極點。

　　人的自然本性是構成人類社會的最深層的基礎，但人類的文明卻是以道德的形成及其進步為標誌的，正是道德使人類與動物區別開來，一步步從動物的王國裏走出來，進而走向理性的王國。但道德也具有它的兩面性，道德的根本目的在於社會的穩定與秩序，在於規範人的行為和心理，它一方面對社會的文明和進步具有巨大的作用，但另一方面，它又壓抑人的自然本性，具有反人道性。這是人類的一大悖論，如何處理道德與人性之間的關係，關係到社會的發展和進步，是一個非常重要的問題。《白鹿原》深刻地揭示了中華民族社會與文化的深層的人性與道德的結構，深刻地反映了道德對人的自然本性的規約，從而在建構社會時所表現出來的兩面性，它在對社會生活的反映以及藝術表現上所達到的深度，在中國當代文學史上都是不多見的。小說中對性的描寫與表現比較典型地體現了這一特徵。

　　性的問題是作者有意識地進行藝術表現和挖掘的問題之一，他在〈《白鹿原》創作漫談〉中說性是他的「合理性思考」，「我決定在這部長篇中把性撕開來寫」，「敢於正視而不再迴避」，「用一種理性的健全心理來解析和敘述作品人物的性形態性文化心理和性心

理結構」[2]。《白鹿原》通過對性的描寫和刻畫，不僅深刻地表現出了豐富的文化內涵，而且表現出了人性的力度。

性本來是人的最原始的本能，而且從社會學的角度來看，它也是合理的，沒有人類的性，哪有人類的繁衍？而且現代科學已經充分地證明，人的性的質量還與人的優生與進化有很大的關係。但在封建社會裏，隨著道德觀念的強化，性的禁忌與羞恥感也一步步被強化，人們從小就接受「男女授受不親」、「性罪惡」的教育，以致嚴重性無知和性心理障礙，人的性本能被禮教嚴酷地壓抑和束縛著。人的性本能與社會道德倫理的衝突和矛盾在白孝文身上可以說得到了深度的體現。還是在學堂的時候，黑娃、鹿兆鵬和白孝文三人去河邊砍柳條，他們出於孩子的好奇與喜歡熱鬧的天性去看了牲畜配種的場面，小說這樣描寫他們三人的感受：

> 三個人默默地離開莊場朝河灘走去，誰也不說話。黑娃突然伸出手在兆鵬襠裏抓了一把：「噢呀！硬得跟驢一樣！」兆鵬紅了臉也在黑娃襠裏報復了一下：「你也一樣！」他們不好意思動手試探孝文，孝文比他們都小，只是逼問：「孝文你自個說實話，硬不硬？」孝文哇地一聲哭了：「硬得好難受。」

這是最純真的人性，是人類天然強健的本能與情愫，是活生生的。孩子無忌，童真可愛，在成人看來是羞赧的牲畜配種場面，小孩子本來是很無意看到的，沒有任何過錯，不論是看熱鬧行為本身

---

[2]　陳忠實：〈《白鹿原》創作漫談〉，《當代作家評論》1993 年第 4 期。

還是其生理反應，都無可非議，但卻不約而同地受到了最嚴厲的處罰。這種處罰加上長期絲毫不亞於這種處罰的傳統教育所造成的結果是，白孝文在新婚之夜竟然沒有性反應，後來在妻子的引導下才「長大」了。而更富意味的是，當他以族長的身分和田小娥「通姦」時，從來沒有成功過，褲子一解開就「不行了」，是身上背負著的沉重的封建倫理道德的戒律造成了他的陽萎。後來，他與田小娥的事「東窗事發」，他受到了如狗蛋一樣的懲罰，社會撕破了他臉上的這層溫情脈脈的面紗，他卸下了身上的道德重負，大白天走進田小娥的窯洞，反而「行了」。「不要臉了就像個男人的樣子了！」人性的本能和封建道德的壓抑在白孝文身上構成了複雜的反應，這種反應導致了白孝文性格的兩面性、複雜性，從而使這個人物具有豐富的文化內涵和人性內涵。

　　白孝文對封建道德的反叛可以說是以勝利告終，他穿著制服榮歸故里以及後來當上了新政府的縣長就是明證。但田小娥就沒有那麼幸運了，與白孝文相比，田小娥可以說更人性，她身上更缺少理學氣，但她的結局卻是徹底地被封建禮教戕害、扼殺了。小娥即竇娥，她比竇娥還冤，她的反抗比竇娥更烈，她的結局比竇娥更慘，她比竇娥更富於悲劇意義。竇娥反抗的對象是具體性的，是具體的人和具體的事，而田小娥反抗的則是一種體制，一種無形的網。竇娥的願望最終通過天神而實現了，而田小娥在陰間的反抗卻被鎮壓下去了，她的願望被徹底地擊碎了，在強大的封建道德面前，她顯得非常羸弱，所以她不僅僅是「冤」，而且是「犧牲」，她的悲劇更給人以震撼，更具有崇高的力量。田小娥是一個生命力極強的人，但在郭舉人家，她是「妾」，只能每月逢一和郭舉人進行短暫的相

會，身心都得不到滿足。她孤身一人，連個說話的人都沒有，還要受到各種各樣的差辱。和黑娃偷情，滿足起碼的身心要求，應該說並不過分。過分的不是田小娥，而是封建婚姻制度，但受到處罰的卻是田小娥，人們根本不從制度上想問題，也不深責黑娃，而是從道德的角度無情地譴責田小娥，這是田小娥悲劇的最深層原因。

也許，如果後來黑娃不「鬧農協」、不被迫逃跑，兩人終身廝守在一起，過一種小家庭的生活，兩人終會見容於社會。但命運就是不可捉摸，命運迫使田小娥一步步走向「墮落」並最終被殘酷地殺害，極悲慘地結束了生命。可是，從與鹿子霖的偷情、與狗蛋的調情、與白孝文的合歡到最後的被殺，哪一次行為是田小娥的錯？究竟是田小娥引誘了別人，導致別人的「墮落」，還是別人引誘了田小娥，導致田小娥的「墮落」？青燈孤影，難道田小娥沒有享受人生的權利？其實，田小娥的反抗走得並不遠，她並沒有如白靈一樣，有意和封建禮教作對，她只是要求她人生最起碼的權利，生存的權利、性的權利，但卻不被白鹿原所容，更準確地說是不被白鹿原的正統道德所容，她的死是被封建傳統道德所扼殺，她的冤屈、無辜，深刻地揭示了封建倫理道德罪惡的一面，在這一意義上，《白鹿原》又不僅反映了中國傳統文化積極的一面，也反映了中國傳統文化消極的一面，又具有批判性。當然，這種批判性於作者來說並不是自覺的。

在中國封建社會，女性比男性受到更多一層的束縛與壓迫，道德對她們更苛刻，與其他受害者相比，她們的本性受到更大的壓抑與戕害，她們的命運更慘，她們更值得同情。《白鹿原》事實上真實地反映出了中國婦女在中國傳統社會裏的慘苦命運。小說開頭第

一句話就是：「白嘉軒後來引以為豪壯的是一生裏娶過七房女人。」絕不能把這句話看成是商業噱頭，它其實揭示了中國封建社會對於婦女損害與侮辱的血淋淋事實。我不知道六個女人都慘烈地死在炕頭有什麼值得自豪的。站在封建倫理道德的角度，白嘉軒難道不應該從罪孽的角度反躬自己嗎？白嘉軒通過合法的方式過足了女人的癮，以致後來曾經滄海難為水。他後來對女性所表現的淡漠絕不能作為他道德自律的證據。在白嘉軒的意識裏，女人是沒有什麼地位的，它充其量不過是傳宗接代的工具、性發洩的對象和生活中的幫手，短短的時間內就換了六個老婆，對她們的死無動於衷，完全沒有一點夫妻的情義，就是明證。其他如孝文女人的死、鹿子霖兒媳的死、田小娥的死，都深刻地反映了中國封建社會對婦女的不公平。從女權社會學的文學批評立場來看，《白鹿原》既有歷史深度，又有批判價值。

從社會學的角度來看，如何評價《白鹿原》中的道德與人性之間的衝突和矛盾及其對社會的作用，是相當複雜的。白孝文可以說是人性的勝利者，為了生存而不擇手段，生存至上，槍殺張團長和黑娃反映了他對道德的無所顧忌，但社會肯定將為此付出沉重的代價。田小娥高揚人性的反抗可以說是徹底失敗了，但社會卻得到了安定的補償，這真是意味深長，給人以無限的思考。

本文原載《荊州師範學院學報》2001 年第 3 期。

《白鹿原》文化論

　　巴爾扎克說「小說被認為是一個民族的祕史」固然深刻，而他把殘酷的社會看作是「人間喜劇」更富於哲理。我不同意把《白鹿原》「史詩」性質的涵蓋面無限地擴大，把它說成是包羅萬象的、百科全書式的小說，它不論是在深度上還是在廣度上都是有限定的。但我同時也承認，由於作者有著深厚的生活積累，在創作中他更看重他的生命體驗和藝術體驗，更尊重生活的規律和藝術的規律，因而他對生活、對人生、對社會的反映是厚重而深沉的，他所反映的生活的內涵和韻蓄是豐富而複雜的，遠遠超越了作者在小說之外對歷史、對現實的淺層反思。《白鹿原》對民族的心靈、精神，對社會的風俗民情，對中國社會結構的反映，不論是在真實性上還是在深刻性上，在當代小說中都是屈指可數的，它對於我們認識民族的過去、今天和未來都富有啟示意義。本文就是從「文化」這一側面來研究《白鹿原》的「史詩」性。

一

　　什麼是文化，至今沒有一個統一的界定，在漢語語境中，「文化」一詞有時極寬泛，有時又極狹隘，是寬泛還是狹隘，取決於使

用者的個人理解。事實上，在中國，文化是一個具有極富彈性和意會意義的概念，其具體語義往往根據語境才能判斷。我這裏所說的文化也是一個很寬泛的概念，它指整體性的社會生活，包括政治、經濟、道德、知識、信仰、風俗、民情、民族心理，特定的生活方式等。文化包羅萬象，既有內在的，又有外在的，既有深層的，又有淺層的，我這裏則特別強調內在的、深層的，即有穩定的、建設的、結構的、邏輯的、理性的精神，而不是表象。

《白鹿原》在文化上是深刻的，它不僅全面地反映了中國豐富多彩的文化現象、燦爛輝煌的文化成果，而且還深刻地揭示了中國文化表象的文化底蘊，它表現了作家文化意識的自覺。在這一意義上，《白鹿原》可以稱得上是中華民族的「祕史」，即中華民族的心靈史與精神史。

《白鹿原》所反映的中國文化是全面而豐富的，既有廟堂文化，又有村社文化；既有上層文化，又有底層文化；既有正統文化，又有反叛文化；既有主流文化，又有末流文化；既有精英文化，又有大眾文化；既有雅文化，又有俗文化；既有本土文化，又有外來文化；既有政治文化，又有風俗文化；既有儒家文化，又有道家文化……還有性文化、飲食文化、「史」文化、「詩」文化、神祕文化、土匪俠文化等。中國文化就是由這多種文化匯合、糾結、矛盾、鬥爭、滲透、融合而組成的一個獨特文化整體，它具有它自己的內在邏輯，它是衝突的，又是和諧的。《白鹿原》就從深層的蘊藉上揭示了這種文化意識結構。

朱先生作為一種「紅」先生，作為朱熹的同宗，他是中國主流文化的精神象徵。他的性格核心是儒家的「仁者愛人」，他有兼濟

天下和獨善其身的雙重性格。作為個體，他是世俗的，他也要吃飯穿衣，也有六情七慾，他需要親情也富於親情，比如他疼愛白靈，死之前喊妻子一聲「媽」就極富人情味。他作為一個世俗的人是活生生的。但朱先生從根本上是精神性的，他辦學、講學、修地方誌、化解一觸即發的戰爭，本質上都是精神行為。他親自下地犁耕罌粟青苗；不顧年高，參軍上前線抗擊日本人的侵略，表面上是實際行為，其實也是精神上的，它的宣傳意義、象徵意義遠大於它實際行為本身的意義。手不能提、肩不能挑、背不能馱，甚至連槍都不會使，手腳不靈便，在戰場只能妨礙打仗，遑論抗日？顯然不能從實際行為的角度來理解朱先生的投筆投戎。朱先生一生中唯一的一次辦「實務」，即我們今天所說的「技術」性的活是賑災，這是一次非常時期的非常行為，它是儒家思想中拯救生靈、使人民免遭塗炭的一種「仁」舉，但它的示範意義是不可忽視的，它也是道德風範、人格力量的展示，它仍然具有精神性。

朱先生是儒家文化的代表，他雖然閉門書院，但絕沒閉塞視聽，他一刻也沒有忘記對外面世界的觀察、思索，他在一種宏觀視角的高度對外面的世界瞭如指掌，因此對於重大問題，他出馬每每能馬到成功、得心應手，這似乎過於神化了，但它正是大儒應有的品性，我們不應該簡單地從「計謀」的角度去看朱先生。朱先生是理想性的、象徵性的，代表了儒家文化的理想與正面。任何一種文化都有侷限和負面，儒家文化也不例外，但朱先生是理想化的，即「聖人」。

如果說朱先生是白鹿原的精神領袖，那麼，白嘉軒則可以說是白鹿原的實際領袖。他是一代族長，在白鹿原的宗族範圍內，朱先生確定原則，他則具體組織實施。在中國封建宗法社會裏，族權是

巨大的。族權與政權既相糾結又相區別，它更具有血親特點和地緣特徵。它遵守官方的意識形態，以正統的倫理道德、綱常禮教、聖諭為準繩，它與政權相互呼應、互為表裏，共同維護傳統社會的穩定與秩序。但另一方面，族權又有它自己的特點，有根據它自己的親族關係、地理條件、生存環境、家族歷史、風俗習慣以及特殊人物的個性等必然和偶然的因素所制定的「約法」。宗族制度是比政權制度更具有文化傳承特點的制度，它並不完全隨政權的變更而變易。宗族社會更具有穩定性、延續性，它對於制約諸如朝代更疊、外族入侵以至入主等可能導致的文化出軌具有巨大的制約威力。宗法制度是中國幾千年文明長期保持穩定繁榮的一個很重要的原因。白嘉軒就是這樣一位體現和表徵宗法、宗族社會的代表人物。白嘉軒在白鹿原具有高度的權威，備受人尊重，一個很重要的原因就在於他是族長，他後來雖然不再當族長，但他仍然操縱著族內的大事。宗族不崇尚武力，而是以倫理為原則，其目的是為了維護和諧與秩序。白嘉軒的正面性，其根本在於以德立威，在他身上具備著諸多中國傳統美德和修養，他為人正派、光明正大，一生的行為除了換風水寶地這一件事不足向外人道以外，沒有做什麼其他見不得人的事。他機敏、堅毅、穩健、持重，生活作風嚴謹，處理問題冷靜而果斷，待人以誠、克己而諒人，堅持正義原則，以大義為重，雖然身為地主，但卻節儉持家，以勞動為本……有人說：「他把朱熹以來維護封建人際關係和倫理秩序的思想、哲理、道德規範、行為準則甚至操作法式，都自然圓活地融貫於日常生活中去了。」[1]這

---

[1]　費秉勳：〈談白嘉軒〉，《小說評論》1993 年第 4 期。

話一點也不過分。他身上有著巨大的人格力量，他的威儀令很多人畏懼，從小就野性十足的黑娃，在他面前卻始終感到「怯懼」，因為他的腰太直了，即使當了土匪，這種感覺仍然揮之不去。白嘉軒唯一一次給人下跪，是求田福賢把「鬧農協」的人從吊杆上放下來，但即使是跪著也「端端正正」，「凜然不可動搖」。

　　白嘉軒的人格、修養、品德是中國傳統文化的正面特性的集中體現，與中國二十世紀激烈的衝突相比，它的中庸特點尤其突出。他反對任何過激的行為，對於國共兩黨之爭，他不偏不倚，他不贊成黑娃等人的革命，也不贊成田福賢等人的反革命，黑娃等毀祠堂、鍘人的時候，他痛心疾首，但當田福賢等人「反攻倒算」進行血腥的報復時，他又出面為「鬧農協」的人求情。在壓迫和屈辱面前，他退讓，以使命為重，絕不進行暴力反抗，他具有極大的忍性，體現了忍辱負重的精神。他對黑娃有恩，但黑娃後來恩將仇報，不僅遊鬥了他，而且還打斷了他的腰，使他終身殘廢，但他後來還是接受了黑娃的「悔過自新」，並且竭盡全力地營救黑娃。在白嘉軒的身上，充分體現出了中庸的和平、靜穆的積極力量。在這些意義上，白嘉軒是超越時代、超越階級的，真正反映出了民族的精神。

　　與白嘉軒相反，鹿子霖則更多地體現出了中國儒家文化的負面因素。鹿子霖是典型的地主，是一方勢力，他遵守族權，但更多地與政權糾葛在一起，他更多地表現了政權中「惡」的一面。他就是我們過去講階級鬥爭時的那種地主，但不是那種漫畫式的，而更表現出一種複雜性。鹿家「家道不正」，鹿子霖的先人曾是「勺勺客」，其原始資本積累的來路不正。鹿子霖可以說是承繼了不良「家道」，他懶於勞動、追求享樂、為人陰險、不擇手段，其性格用一個字概

括就是「貪」，貪財、貪權、貪色，原上許多漂亮的媳婦都和他有
不正當的性關係，他的私生子竟然可以坐「三四席」。正是因為
「貪」，所以人格卑微、寡廉鮮恥，為了一個小小的「鄉約」竟然
不惜向田福賢搖尾乞靈。鹿子霖可以說是「性惡」的代表，他身上
集中了人性的弱點。但鹿子霖的性格也有它複雜的一面，他雖然「性
惡」，但並沒有完全泯滅人性，也有親子之情，也有廉恥感，也講
究人情世故，也有一個起碼的道德限度。小說描寫他藉酒調戲親兒
媳婦鹿冷氏，鹿冷氏則藉機在他的飯碗裏放稻草，暗示他是畜生，
這雖然沒有讓他羞愧得無地自容，但最終阻止了他進一步的亂倫行
為。這一情節極富象徵意義，鹿子霖的「性惡」之所以沒有膨脹，
不是他不想膨脹，而是社會規約了他，他生活在孔孟之道佔統治地
位的封建社會裏，他生活在白嘉軒這種正統力量當族長的封建宗法
社會裏，他的行為不可能不受到各種力量包括族規綱紀、政治法權
的約束。一個壞到極點的人是不可能在白鹿原生活下去的，文化是
造成也是構成鹿子霖性格複雜性的一個很重要的原因，也正是在這
一點上，鹿子霖的形象表現出了一種文化的深刻性。

　　而與朱先生相反，冷先生則更表現出一種道家的文化特徵。「儒
道互補」是中國文化的一個很重要的特徵。但具體地，儒道在文化
結構上是不同的，儒家文化是主流，佔支配地位，道家文化是支流，
起輔助作用；儒家文化主入世，積極進取，道家文化則主出世，消
極無為；儒家多人文關懷，道家則多世俗關懷；儒家更關注社會，
道家更關注個體；儒家注重理想，道家注重現實……兩種文化都有
優點和缺點。從積極的方面來說，我認為道家是一種更重視自由、
生命、現實的人生文化，它立足於現實，尊重自然和選擇，對人生、

對社會都不強力為之，它對於儒家文化的補充主要是在世俗的層面上，也正是在這一層面上，它具有巨大的作用和意義。冷先生的「冷」主要是對國家意識形態的「冷」，但對於日常的世俗生活，他卻是非常熱心的，他樂意為人排憂解難，充當中間人。他醫道高明，看重生命，熱心治病救人。他積極營救女婿鹿兆鵬，不惜竭盡財產，這並不是完全出於讓鹿兆鵬回心轉意，也是出於對生命的尊重。他注重生存，但並不過分看重財產，他行醫不分窮人與富人，收費不定標準，對方給多少就是多少，表現出道家的超脫精神。他對形而上的聖道、綱常倫理、道德精神從不關心，表現得更超脫。他完全是世俗的，他的貢獻是實務而不是精神。他把道家的積極面充分地表現出來了。

《白鹿原》不僅深刻而豐富地反映了中華民族的上層文化、廟堂文化、精英文化、主流文化，揭示了其底蘊，而且還豐富而深刻地反映了中國的民間文化，比如民間宗教、民間風俗人情、民間戲劇等，而其中給人印象最深的是神祕文化。神祕文化可以說是人類最源遠流長的文化，它與文明互為消長，人類越文明，神祕文化越淡化。所以，在中國古代，神祕文化並不為上層社會所認可，而主要活動在民間。但神祕文化是一個非常複雜的現象，連孔子也對它很頭疼，他找不出否定它的理由，所以只得「敬而遠之」，「不語怪力亂神」。但「不語」並不表示沒有，從心理學上說，神怪現像是普遍存在的。小說中寫「白鹿精靈」三次顯靈（顯示風水寶地、為白靈的死向白家報夢、朱先生死時的一閃），寫黑娃的第六感（救習旅長時），寫田小娥死後靈魂附體、引來瘟疫、化為飛蛾等，這些都是令人難解的現象。應該說，神祕文化並不是一個簡單的科學

與迷信的問題，而是一個人類在對宇宙與心靈探究中不斷生發的心理問題。《白鹿原》寫出了這種現象與心理，不僅豐富了它的文化內涵，而且還使小說增加了一種神祕的氛圍，引人入勝，達到了一種特殊的藝術效果。

與傳統文化相對應，鹿兆鵬、鹿兆海、白靈、白孝文等則代表了一種新文化，他們雖然出身舊的家庭，從小接受舊文化、舊思想薰陶，但他們的主體思想卻是從外面接受來的。當然，外來文化也是豐富多樣、矛盾衝突的，也有正面與負面、消極與積極的問題，這是另一個話題。總之，二十世紀上半葉的中國文化就是一個複雜、豐富、混亂、衝突、矛盾的局面。《白鹿原》深刻地反映了中國這一時期的文化內涵，既反映了現象，又揭示了深層的、內在的結構。所以把它放在當代文學史的背景上考察，它的確是繼《活動變人形》、《古船》之後跨越眾多尋根文學的又一部橫空出世的、具有文化自覺意識的長篇巨制，難怪它得到評論界的一致好評。

二

《白鹿原》所反映的生活，在時間上從文化的角度我們通常稱之為「五四」時期。這是一個軍閥混戰、各種政治勢力粉墨登場、社會劇烈動盪的時代。社會動盪固然有諸如自然、外國入侵等種種原因，但在根本上，文化的衝突與矛盾是構成這種動盪的最深層原因。階級鬥爭是政治鬥爭的集中表現，而政治鬥爭的深處又是以文

化作為背景的。「五四」時期的文化衝突既包括舊文化內部的衝突，也包括新文化內部的衝突，但更重要的是新舊文化之間的衝突。

白鹿原可以說是中國傳統社會的一個縮影，不論是從經濟上還是從文化上、政治上，白鹿原都是一個相當自足的社會，它具有相當穩定的社會結構。在文化上、精神上有朱先生，世俗上有政權與族權的雙重控制，官方有縣令，宗族內有族長，人的思想、行為動蕩倫理道德觀念都被有形和無形的力量牢牢地規範著。所以，白鹿原從文化精神到文化制度是一個具有嚴密思想體系的村落，這種思想文化體系用小說中的詞句概括就是「仁義白鹿原村」，思想主體還是中國封建社會得以立根的孔孟之道，諸如「仁」、「義」、「中庸」、「慎獨」、「學為好人」、「耕讀傳家」以及「鄉約」中的內容。當然，這些主要都是正面的，封建思想更有它負面的作用，比如禮教的「吃人」，專制制度對人的自由創造思想的鉗制，封建綱常倫理對人的思想的毒害，「四大繩索」對中國婦女的捆綁及戕害，小農經濟體制和思想對生產力的束縛等其實也表現出殘忍的一面。特別是在二十世紀初，面對西方強大的政治、軍事力量，中國傳統文化的負面效應表現得非常突出。這些，小說也有反映且不乏深刻之處，只要嚴格地遵循現實主義的創作原則，不可能不反映這些內容。但由於作者對於傳統文化的流連和理想化以及作者的文化觀念，這些內容寫得比較隱晦，特別是對新文化，作者在表現時帶有明顯的情緒，漫畫化，需要認真地辨析才能識別。

新舊文化衝突首先在朱先生身上就表現得非常突出。朱先生在身分上是學人，是「關東學派」的代表人物，他實際上是官方文化意識形態的制定者、是中國傳統儒家正統文化精神的體現者，是聖

賢的表率與示範，是真正意義上的聖人，但只能是過去時代的聖人，在新時代，他卻是明顯地落伍。他的職業是教人，方式是傳統的書院講學，這和現代教育可以說是格格不入的，所以他外出到杭州講學，他的衣著、學術方式、學習習慣都與外面的世界不同，結果只能「乘興而去掃興而歸」。朱先生聰靈過人、料事如神，對中國傳統文化瞭如指掌、運用嫻熟，對現實政治和文化雖然又聞又問，卻一竅不通，竟然不知道「軍統」為何物，「弄不清是做啥用的桶」。這極富於象徵意義。朱先生是舊式的，他的眼光、追求、行為和道德標準都是舊式的，作為精神領袖，他是白鹿原上新舊文化激烈衝突的深刻原因之一。

白嘉軒也是舊式文化的代表，在他身上強烈體現出了中國傳統文化對新文化的反動與固執。面對苦難、壓迫、屈辱、不公正，他也反抗，但他的反抗是有限度的，那就是絕不違背他固有的價值觀，比如「交農」抗稅事件，這是白嘉軒一生中最大的一次造反行為，但他是在得到徐先生的「不算犯上作亂」、「不算不忠不孝」的明確肯定之後才「起事」的。白嘉軒是一個非常複雜的人物，在他身上集中了非常豐富的中國文化內涵，有人說他是一個悲劇性的人物，並不是沒有道理的。他的悲劇既是性格的悲劇，又是文化品格的悲劇，也是時代的悲劇。白嘉軒的悲劇就在於他具有崇高的人格和道德品性，代表了中國傳統文化的正面力量，但這些積極因素在新文化面前卻具有消極的意義。對於封建綱常禮教的維護，白嘉軒可以說是竭盡全力，毫不動搖和妥協，甚至到了冷酷、大義滅親的地步，比如斷孩子的「偏食」，「禁閉」白靈乃至斷絕父女關係，處罰狗蛋與小娥的「偷情」，處罰白孝文與田小娥的不正當性關係以

及對白孝文墮落的見死不救，用白塔把田小娥的冤魂鎮住等，都表現了白嘉軒是中國傳統文化的忠誠衛士。對於中國傳統文化，正如我們上面已經分析的，它既有長處也有缺陷，既有正面也有負面，白嘉軒對於中國傳統文化的優長和正面因素加以弘揚和發揚光大，這是他的積極的方面。白嘉軒身上的傳統文化的積極面是非常突出的，這使他具有一種崇高的力量。但是，文化是一個整體，中國文化的優缺點其實是一個問題的兩個方面，是絕難把它分割開來的。白嘉軒身上的傳統文化內涵正面是突出的，但負面也是存在的。對於其負面因素，在傳統社會裏，它的負面效應不突兀，它實際上起到了和它的積極力量一起維護封建社會的穩定與秩序的作用。但是，在新時代，思想、價值觀念、社會理想和目標發生了變化，中國傳統文化的這些負面的消極性就充分表現出來了，於是就有了矛盾衝突，就有了白嘉軒性格的悲劇。小說對白嘉軒後來的命運有所交代，在文化大革命中，白嘉軒是作為一個「頑固」的典型而被批判的，絕不能把這種結局看成是對文化大革命的批判和諷刺。正如鹿兆鵬所說，白鹿村是一個「封建堡壘」，而白嘉軒則可以說是這個「堡壘」的「堡長」，他的傳統文化思想是根深蒂固的，是難以改變的，不可能如朱先生所說的「順時利世」，當國共兩黨相爭時，他還可以在夾縫中超脫，而當共產黨取得政權之後，他再也無法躲藏，所以他後來的悲劇性的個人命運是必然的。事實上，白孝文的教育的失敗已經暗示了他的悲劇性，或者說，白孝文的失敗正是他的悲劇性的一種表現。

「《白鹿原》是中國當代文學對中國歷史、文化最為完整、最為堅實的重構。它在社會、文化構成上找到了中國歷史社會穩定運

行三千年的原因。」[2]這一概括是很準確的。《白鹿原》最深刻的、最獨特的、與「五四」以來的傳統新文學的最大不同的，就是它是從正面反映和表現中國傳統文化，而且是把它放在現代社會和文化的背景中去反映和表現，它對傳統正統文化中的諸如人格、禮儀、仁愛、血親、秩序、勤勞、節儉、和穆、耕讀傳家、中庸之道、經世致用、修身養性等都給予了積極的肯定，對於它們的優點給予了充分的表現，「三千年的歷史不再是『吃人』的，儒學不再是統治階級『殺人』的『軟刀子』」。作者具有鮮明的傾向性，即對中國傳統文化的流連與緬懷、對儒家人文理想的憧憬與想往。在這一意義上，《白鹿原》的確具有濃厚的新儒家思想，可以稱之為「新儒家小說」。

同時，《白鹿原》也深刻地反映和表現出了新舊文化的矛盾與衝突。從政治思想到經濟思想到文化思想、從國家觀念到家族觀念到家庭觀念、從階級到黨派到個人恩怨、從婚姻到愛情到私人的性生活，白鹿原上的文化矛盾和衝突無處不在。衝突的一方是白鹿原固有的傳統文化，它具有它內在的張力，是一個和諧的整體，以朱先生、白嘉軒、鹿子霖為代表。它對人思想和行為具有極強的約束性，正如白孝文後來說：「誰走不出這原，誰一輩子沒出息。」衝突的另一方是外來文化，它表現一種激進性和對傳統的反抗與破壞，以鹿兆鵬、白靈、鹿兆海、白孝文以及黑娃為代表，《白鹿原》沒有交代它具體是從哪裏來的，但稍有歷史文化知識的人都知道，它指的是近代以來主要從西方輸入進來的新文化，諸如革命理論、

2　鄭萬鵬：〈東、西文化衝突中的《白鹿原》〉，《牡丹江師範學院學報》1997年第 1 期。

階級理論、科學、民主、自由、人權、政治的黨派方式等。因此，新舊文化衝突又強烈地體現為中西文化衝突。《白鹿原》深刻地反映了這種新舊文化衝突。

　　但同時也必須承認，由於作者的思想觀念和感情傾向，主要是對傳統文化的迷戀和理想化，對派性鬥爭的厭惡，也許是受了一般的《中國近代史》對中國近代混亂局面過於簡化的敘述，作者對於黨派之爭的描述過於漫畫化了，讀起來更給人感覺到像一幅諷刺畫。黨派之爭固然有無聊的地方，特別是在基層黨派之爭，有時流入滑稽，但黨派是政治現代化的標誌，它對於社會政治之進步的貢獻是巨大的，如果沒有黨派，現代政治將是難以想像的。小說寫白靈和鹿兆海通過擲銅錢的方式決定黨派，後來又戲劇性地變了個樣，並最終決定了兩人的命運，這明顯是對黨派的一種嘲諷，但這種嘲諷是淺薄的。人的命運的確有某種無奈，黨派在開始的時候的確有不成熟的地方，特別是嘗試時由於對它理解得不深，其方式必然有某種變味，這是很正常的，但這構不成從根本上否定它的理由。我承認作者的描寫是真實的，但以一種歷史的眼光來看，它是不深刻的。小說中黑娃在「學為好人」前有一段懺悔：「兆鵬哥，我只聽你說鬧農協鬧革命窮漢得翻身哩，沒想到把旁人沒撞動，倒把自個鬧光了鬧淨了，鬧得沒個落腳之地了……」這是從生存的角度對革命的一種懷疑，表現了作者對革命的一種新的理解。

　　所以我認為，《白鹿原》對中國傳統文化的反映和表現是深刻的，也寫出了二十世紀中國上半葉激烈的新舊文化矛盾與衝突，但對於新文化的反映和表現是膚淺的。作者具有一種明顯的傳統文化理想主義的精神，但卻明顯地缺乏現代意識，沒有表現出歷史的趨

勢，沒有反映二十世紀的巨大進步；寫出了中國封建社會的優勢以及其文化底蘊，也寫出了它的罪惡和缺陷，但沒有寫出它的死亡歷史必然性；寫出了中華民族的祕史，有歷史的深度，但缺乏現實的深度。

本文原載《遼寧師範大學學報》2001 年第 6 期。

余華：一位哲學家

一

　　每當讀一篇好的小說，特別是時下的好小說時，我總是設法把作家本人的自述或者創作談之類的文章找來對讀，但結果往往是非常失望。我幾乎不敢相信這些文章是作家本人寫的，或者說寫出了如此優秀文學作品的人竟然是這樣一種理論水準，和其創作而言，這些自述文字和創作談實在不堪卒讀。如果只看自述和創作談，我怎麼也不敢相信這些人能寫出深刻的作品來。我承認中國當代有非常厚重的小說，但這不是文學意義上的，而是文學史意義上的，也就是說，不是作家寫作的深刻，而是我們解讀的深刻。我很偏愛「史詩」性的作品，但同時我也知道，作為發展和創造的文學史，「史詩」不是唯一的標準，不能涵蓋一切。

　　但讀余華，給人的感覺則完全不同。讀《河邊的錯誤》、《現實一種》、《活著》、《許三觀賣血記》，我覺得余華很親切、很實在，但也很玄虛，有很多一眼看不透也說不清楚的東西，我感覺到余華所反映的現實，既是我們的現實又不完全是我們的現實。系統地閱讀了余華的文學批評和創作談之後，才明白了余華的獨異之處。無疑地，余華的作品是深刻的，但這種深刻源於余華對藝術、對現實、

對真實、對寫作等的一種理解、感悟和思索的深刻，而不是我們解讀的深刻。我認為我們大多數人今天並沒有真正理解余華，他作品的深刻性並沒有真正地被發掘出來，很多人都還是在傳統意義，其實也是表面意義上做評論文章。現在很多人都認為余華正在由先鋒向傳統轉變、正在由現代主義向現實主義轉變，其實這是很大的誤解。在反叛和創新的「先鋒」意義上，余華是孤獨的。當余華說「我像一個作家那樣地寫作了，然後像一個作家那樣地發表和出版自己的寫作，並且以此為生」[1]的時候，我感覺到在這半是自嘲半是挪揄的文字後面隱藏著作家對於其寫作的極度孤傲與自負。但客觀公正地說，這種孤傲與自負是符合實際的，我們不應該以不謙虛的理由來責備甚至攻擊他。從對藝術的理解、思索與表現的超越的角度來說，余華不僅是當代中國的一位傑出作家，同時也是一位哲學家。

　　這裏，實在沒有故作高深的意思。我一直認為，哲學不應該是一門專業或者學問。哲學即思考，當這種思考具有自己的獨立性的時候，我們就把這種思考和思考的結果稱為哲學。從事哲學研究的人不一定是哲學家，哲學史家也不一定是哲學家，概言之，將別人的思考誤解成自己的思考的人不是哲學家。相反地，不從事哲學工作的人不一定不是哲學家。余華正是在他思考的深刻性、獨立性的意義上是一位哲學家。對於文學、現實、真實、時間、寫作、語言、想像等，余華都有它獨特的思考，《我能否相信自己》雖然是薄薄的一本小冊子，卻具有豐富的內涵，處處閃耀著智慧和思想的火花，並且顯示出余華藝術哲學的體系性。

---

[1]　〈音樂影響了我的寫作〉，《我能否相信自己——余華隨筆選》，人民日報出版社，1998 年版，第 198 頁。以下引文均出自此書，只注明文章篇名和頁碼。

　　余華的寫作深植於他的文學觀，而他的文學觀又源於他對現實、對真實、對時間、對藝術精神、對藝術形式等基本問題的看法。可以說，余華獨異的寫作來源於他獨異的文學觀，而獨異的文學觀又來源於他獨異的哲學觀。余華不是那種知其然而不知其所以然的作家，他清楚他正在寫什麼以及是如何寫的，他能夠把他的寫作本身說清楚。對寫作更為深入的追問構成了余華寫作生活更為重要的內容，對哲學的思考奠定了余華創作的深層基礎。余華很喜歡海明威的「冰山理論」，其實，如果說他的創作是海平面以上看得見的冰山的話，那麼，他的哲學思考則是海平面以下看不見的冰山。這當然不是說余華的創作是理念化的，也不是說余華把他的哲學思考用創作的方式表現出來了，而是說哲學思考構成了他寫作的基點、格調和素養，哲學是作為他寫作主體的素質。事實上，余華一再聲稱他寫作之前並沒有一個清楚而完整的構想，只有在寫完了之後才知道究竟寫了什麼，甚至於寫完了之後也還不知道自己寫了什麼。正是因為這樣，所以余華的創作既具有明晰性，又具有複雜性；具有本身的深度，還可以做多種解讀。

二

　　文學與生活的關係問題事涉文學的本質問題，余華正是首先在對生活思索上具有獨異性，從而在文學觀念上具有獨異性，並進而表現在創作上。他提出「文學現實」這一概念，它比我們平時所說

的「現實」和「生活」有著更為深廣和更為豐富的內涵，是一個更具有哲學意味的概念，它不僅包括外在實在的世界，同時還包括內在的精神世界，後者是更深層次的，更具有文學的特殊性。想像在文學現實中具有特殊的作用和地位，所以，余華特別強調想像性、強調寫作的內在現實性，「一位真正的作家永遠只為內心寫作，只有內心才會真實地告訴他，他的自私、他的高尚是多麼突出。內心讓他真實地瞭解自己，一旦瞭解了自己也就瞭解了世界」[2]。內心現實實際上是對外在現實的延伸，且更具有真實性。「寫作伸張了人的慾望，在現實中無法表達的慾望可以在作品中得到實現。」[3]文學現實就是這種內在的現實與外在的現實的相互闡發，余華稱之為「與現實的緊張關係」，即「我沉湎於想像之中，又被現實緊緊控制」[4]。正是這樣一種雙重關係導致了文學現實「連接了過去和將來」，從而超越了實在現實的平面性而具有深度。余華批評了對現實過於僵硬迂闊的理解，他把過分拘泥於生活實在的現實稱之為「斤斤計較」：「一些不成功的作家也在描寫現實，可是他們筆下的現實說穿了只是一個環境，是固定的、死去的現實。他們看不到人是怎樣走過來的，也看不到怎樣走去。當他們在描寫斤斤計較的人物時，我們會感到作家本人也在斤斤計較。這樣的作家是在寫實在的作品，而不是現實的作品。」[5]這種作家一定意義上只能稱為「匠人」，「匠人是為利益和大眾的需求而創作，藝術家是為虛無而創

---

[2] 〈《活著》中文版（1993）序〉，第 143 頁。

[3] 《三島由紀夫的寫作生活》，第 86 頁。

[4] 〈《活著》中文版（1993）序〉，第 144 頁。

[5] 〈《活著》中文版（1993）序〉，第 145 頁。

作」[6]。這裏，「虛無」即指精神而言，汪暉說：「虛無是無比遼闊的意思，它意味著浩瀚，而不是巨大和眾多。」[7]藝術本質上是精神的，其現實性是一種更為寬泛的、具有內在緊張的精神性現實。偉大的作家既摹寫現實，更創造現實，從文字中我感受到了余華的這種雄心與壯志。

余華評論布魯諾‧舒爾茨的寫作「在幾乎沒有限度的自由裏生存，在不斷擴張的想像裏建構起自己的房屋、街道、河流和人物，讓自己的敘述永遠大於現實。他們筆下的景色經常超越視線所及，達到他們內心的長度；而人物的命運像記憶一樣悠久，生和死都無法測量。他們的作品就像他們失去了空間的民族，只能在時間的長河裏隨波逐流。於是我們讀到了豐厚的歷史，可是找不到明確的地點」。[8]布魯諾‧舒爾茨的現實沒有空間和地點，只有空洞的時間和歷史，超越視界而具有內心的長度，並且永遠大於作為實在的現實，這實際上是余華用他自己的文學現實對布魯諾‧舒爾茨的一種觀照。同樣出於這樣一種視角，他認為博爾赫斯作品中的現實「只是曇花一現的景色」，「他似乎生活在時間的長河裏」[9]，「他的故事總是讓我們難以判斷」[10]，他「用我們熟悉的方式講述我們所熟悉的事物」[11]，但卻「將我們的閱讀帶離了現實，走向令人不安的神

[6]　〈《河邊的錯誤》中文版（1993）跋〉，第 155 頁。

[7]　汪暉：〈《我能否相信自己》序〉，第 18 頁。

[8]　《文學和文學史》，第 18 頁。

[9]　《博爾赫斯的現實》，第 54 頁。

[10]　《博爾赫斯的現實》，第 58 頁。

[11]　《博爾赫斯的現實》，第 59 頁。

祕」[12]。這裏，「神祕」即前面所說的「虛無」，也即內在的現實。博爾赫斯把我們帶離了實在的現實，卻帶進了內心的現實，一種「內部極其豐富，而且疆域無限遼闊」的現實，即文學現實，所以，余華認為博爾赫斯「寫過的現實比誰的都多」[13]。余華對博爾赫斯有著深深的同情和理解，這是我讀到的對博爾赫斯及其作品的最為精緻的解讀之一。

　　同樣地，余華對布林加科夫的理解，深刻地表明了他對文學的一種不同凡響的認識，這種認識同樣基於他對文學現實的非凡見解。「布林加科夫在驕傲與克服飢餓之間顯得困難重重，最終他兩者都選擇了。」即他既選擇了做人，又選擇了做藝術家，既選擇了生存，又選擇了超越生存，二者既具有雙重性，又具有內的統一性，內心延伸了布林加科夫的現實，使他的現實更豐富。所以，在與現實的關係上，他「兩者都放棄了」，既不與現實妥協，又不與現實對抗，「他做出的選擇是一個優秀作家應有的選擇，最後他與現實建立了幽默的關係」。「幽默」真是一個絕妙的概括。正是因為這種態度，所以，《大師與瑪格麗特》講述的「不是一個斤斤計較的故事」，「而是真正意義上的現實，這樣的現實不是人們所認為的實在的現實，而是事實、想像、荒誕的現實，是過去、現在、將來的現實，是應有盡有的現實」[14]。其原因似乎可以歸結於「想像產生事實」。想像是建構文學現實的基本條件之一，想像突破了人的實在的侷限性，體現了人的深層的邏輯和規律，因而構成人的事實。蒙

---

[12] 《博爾赫斯的現實》，第 58 頁。

[13] 《博爾赫斯的現實》，第 64 頁。

[14] 《布林加科夫與〈大師和瑪格麗特〉》，第 76 頁。

田「生活在一個充滿想像的現實裏，而不是番茄多少錢一斤的現實，我覺得他內心的生活和大街上那世俗生活沒有格格不入，他從這兩者裏都能獲得靈感，他的精神就像田野一樣伸展出去，散發著自由的氣息」。[15]這可以看作是對「和現實的那一層緊張關係」的一種注解。「一些除了離奇以外不會讓我們想到別的什麼，這似乎也是想像，可是它們產生不了事實，產生不了事實的，我想就不應該是想像，這大概是虛幻。」[16]「想像應該有著現實的依據，或者說想像應該產生事實，否則就只是臆造和謊言。」[17]這裏，我們同樣可以看到余華對於想像的一種新的理解和定義。他對三島由紀夫自殺的解釋可以說是最為獨異的解釋，也是最為奇妙的解釋，他認為三島由紀夫「混淆了寫作與生活的界線，他將寫作與生活重疊到了一起，連自己都無法分清」[18]。但這與其說是事實，還不如說是余華表明了他對生活與寫作關係的一種思考和態度。

　　事實上，余華的創作充分體現了他對文學與藝術關係的思考，他的作品是實在的，是活生生的現實，絕對形象化，其描寫的真實包括細節的真實，像浮雕似的，可以觸摸，但同時，他的作品又是超越實在的，它的時間和空間事實上是空洞的，它的邏輯更具有內在性，是抽象的、是延伸的、是擴展的、是浩瀚無邊的，一句話，是文學現實。所以，當朋友們問他為什麼不寫他們時，余華的回答

[15]　《強勁的想像產生事實》，第 106 頁。
[16]　《強勁的想像產生事實》，第 105 頁。
[17]　《強勁的想像產生事實》，第 106 頁。
[18]　《三島由紀夫的寫作生活》，第 87 頁。

是：「我寫了你們。」在這一意義上，不論從寫作來說，還是從解讀來說，余華都是深刻的。

三

　　與現實緊密相聯繫的是「真實」問題，余華說：「不同的說法都標榜了自己掌握了世界的真實，而真實永遠都是一位處女，所有的理論到頭來都只是自鳴得意的手淫。」[19]言辭的尖酸刻薄其實是表明他對傳統真實觀的一種反叛。

　　與「現實」一樣，余華的「真實」也是一個非常寬泛而富於內在張力的概念，是一個比哲學的「真實」涵義更為豐富的概念，是一個充滿了內在的矛盾和衝突的概念。他認為人的經驗「只對實際的事物負責，它越來越疏遠精神的本質」，按照日常經驗判斷真實，「真實的涵義被曲解就在所難免」。這裏，「真實」不是日常範疇，也不是物理範疇，而是藝術和哲學範疇，它是精神性質的，不是根據世界的外表秩序進行判斷，而是根據人的內在精神邏輯進行判斷。事物本身並不是絕對重要的，人對事物的感覺、體驗、理解才是最重要的，人的存在以及人的精神世界才是文學的「真實」的最為重要的前提條件。「在有人以要求新聞記者眼中的真實，來要求作家眼中的真實時，……我們也因此無法期待文學會出現奇蹟。」

---

[19]　〈《河邊的錯誤》中文版（1993）跋〉，第 155 頁。

經驗是文學的「真實」的不可或缺的內容，但文學的「真實」是比經驗的「真實」更為深層的「真實」，「當我們拋棄對事實做出結論的企圖，那麼已有的經驗就不再牢不可破。我們開始發現自身的膚淺來自於經驗的侷限。這時候我們對真實的理解也就更為接近真實了」[20]。真實的「真實」也即突破經驗世界侷限的真實。所以，「常理認為不可能的，在我作品裏是堅實的事實；而常理認為可能的，在我那裏無法出現。」[21]「我開始意識到生活是不真實的，生活事實上是真假雜亂和魚目混珠。……對於任何個體來說，真實存在的只能是他的精神。」[22]當「真實」突破經驗世界而擴展到精神領域時，「真實」就變得柔軟了，並且具有了長度和穿透力。

余華自我感覺〈十八歲出門遠行〉「十分真實，同時我也意識到其形式的虛偽。所謂的虛偽，是針對人們被日常生活圍困的經驗而言」[23]。對於文學的「真實」而言，「虛偽」也是其重要的內容之一，而且正是形式的「虛偽」與事實的「真實」之間的內在張力構成了文學「真實」的更為深廣的內涵。「當我發現以往那種就事論事的寫作態度只能導致表現的真實以後，我就必須去尋找新的表達方式。尋找的結果使我不再忠誠所描繪事物的形態，我開始使用一種虛偽的形式。這種形式背離了現狀世界提供給我的秩序和邏輯，然而卻使我自由地接近了真實。」[24]這裏，「虛偽」也是余華

---

[20] 《虛偽的作品》，第 159 頁。

[21] 《虛偽的作品》，第 168 頁。

[22] 《虛偽的作品》，第 163 頁。

[23] 《虛偽的作品》，第 158 頁。

[24] 《虛偽的作品》，第 160 頁。

一個很獨特的概念，絕不能按常理去理解它，它的意思是字面上的，即表面化、抽象化、精神化。「虛偽」的僅僅是形式，在這形式的「虛偽」深處則隱含著人的精神的「真實」，隱含著人及其存在的本質。把「虛偽」納入「真實」的範疇，反映了余華的「怪異」性以及他的思維超出了一般人思維所能承受的範圍。

正是從現實和真實的角度，余華對莫言的《歡樂》進行了最強有力的辯護。「很大程度上是因為《歡樂》中母親的形象過於真實，真實到了和他們生活中的母親越來越近，而與他們虛構中的母親越來越遠。」[25]《歡樂》突破了人們對於母親的經驗和看法，因而達到了文學的「真實」即深度的「真實」。這可以說是對「看法總是要陳舊過時，而事實永遠不會陳舊過時」的觀點的闡發。正是源於對現實、對「真實」的看法，余華反對對文學的作用進行無限的誇大，他說：「我像一個興高采烈的孩子一樣，不斷地伸手指著某物讓人們去看見，事實上我所指出的事物都是他們早就見到了的，我只是讓他們再看一眼。我能做的就是如此。」[26]一個以寫作為職業、以創作為生命的人，說出這樣的話實在不易。但客觀公正地說，作家不是演說家，不是政治家，也不是哲學家，他只不過是通過講故事等藝術的方式把他的所見所思講出來罷了。因此，余華對寫作的看法可以說是最公允、最準確、最真實的看法。正是在這一意義上，我對余華充滿了信心，也從中看到了中國當代文學的希望。

---

[25]　《誰是我們共同的母親》，第 114 頁。
[26]　〈「我不喜歡中國的知識份子」──答義大利《團結報》記者問〉，第 232 頁。

四

余華是一位真正富於學習精神的人，他可以說真正把握了「學習」的精髓。學習不是模仿，不是抄襲，也不是借鑒，而是啟發，而是延伸，而是創造和誕生。學習是創造的前提，偉大的作家都是虛心學習的人。偉大的作家在學習的時候從來不喪失自我，學習不是目的本身，創造才是目的，偉大的作家既是學習者，也是被學習者。「心靈的連接會使一個人的作品激發起另一個人的寫作，然而沒有一個作家可以在另外一個作家那裏得到什麼，他只能從文學中得到。」[27]文學創作從根本上說是內在的，這應該是「只能從文學中得到」的真正涵義。學習只能是激發而不是把別人的佔為己有。所以，「川端康成和卡夫卡的遺產是兩座博物館，所要告訴我們的是文學上曾經出現過什麼；而不是兩座銀行，他們不供養任何後來者」[28]。余華自己毫不隱諱地承認他的創作深受西方文學，特別是西方二十世紀文學的影響，但西方文學對余華的影響更多的是啟示、是解讀、是體悟。余華所理解的卡夫卡、博爾赫斯、杜斯妥也夫斯基、布林加科夫等未必是原本的卡夫卡等，他們可以說是余華的卡夫卡，余華的布林加科夫。這裏，作家的主體意識顯然是第一位的，是余華的觀念影響了他的閱讀，這種閱讀又反過來豐富和強化他的觀念並進而影響他的創作。影響本質上是辯證的、螺旋槳似的、漸進的過程，並且具有主動性。也許正是因為有這樣的切身體會和感受，余華對真正的「影響」有著令人驚奇的妙論：「文學中

---

[27] 《文學和文學史》，第 11 頁。

[28] 《川端康成和卡夫卡》，第 94 頁。

的影響就像植物沐浴著的陽光一樣,植物需要陽光的照耀並不是希望自己能夠成為陽光,而是始終要以植物的方式去茁壯成長。另一方面,植物的成長也表明了陽光不可或缺的重要性。」[29]「博爾赫斯同時認為在文學裏欠債是互相的,卡夫卡不同凡響的寫作會讓人們重新發現納撒尼爾·霍桑《故事新編》的價值。同樣的道理,布魯諾·舒爾茨的寫作也維護了卡夫卡精神的價值和文學的權威,可是誰的寫作維護了布魯諾·舒爾茨?」[30]不言自明,這裏,余華表現出相當的自負與自信。過去,我們多從閱讀的角度研究文學的生命關係,其實,寫作本身同樣表現了這種生命關係,文學的過去、現在和將來從寫作的角度來說,並不是簡單的前後關係,而是左右關係。

　　對於時間,余華也有非常精湛的看法。「世界是所發生的一切,這所發生的一切的框架便是時間。因此時間代表了一個過去的完整世界。當然這裏的時間已經不再是現實意義上的時間,它沒有固定的順序關係。它應該是紛繁複雜的過去世界的隨意性很強的規律。」[31]時間其實是人賦予世界的一種形式,存在是紛亂的,這種紛亂是世界的規律,也是時間的規律。過去、現在和將來只是人類認識事物的一種座標方式,但對於存在來說,事物本身是不需要進行時間區分的。出於這樣一種對時間的基本觀點,余華對過去、回憶等進行了新的思索,「時間將來只是時間過去的表象」,「我開始意識到那些

---

[29]　《胡安·魯爾福》,第 80 頁。
[30]　《文學和文學史》,第 19 頁。
[31]　《虛偽的作品》,第 170 頁。

即將來到的事物，其實是為了打開我的過去之門」[32]。「過去的經驗只有通過將來事物的指引才會出現新的意義。」「一切回憶與預測都是現在的內容，因此現在的實際意義遠比常識的理解要來得複雜。由於過去的經驗和將來的事物同時存在現在之中，所以現在往往是無法確定和變幻莫測的。」[33]余華以他的論述和寫作對這種關係進行了最為經典的表述，事實上，他的小說正是在敘事上打破過去的時間概念，從而表現出形式上的奇妙性和內容上的深刻性。

在對現實和文學的感受和體驗上，余華非常獨特，表述上其實也是這樣，這可能與余華對於語言的感悟、把握和理解有關。余華相信語言的自足性力量以及語言對人的思維、思想的規定性，他說：「日常語言是消解了個性的大眾化語言，一個句式可以喚起所有不同人的相同理解。那是一種規定了的語言，這種語言向我們提供了一個無數次被重複的世界，它強行規定了事物的輪廓和形態。」[34]他認同李陀的話：「首先出現的是敘述語言，然後引出思維方式。」[35]但是他不能從語言學理論上把這種現象講清楚。他企圖衝破語言的牢籠，對生活和現實進行新感受、體驗和表述。他用盡全力試圖抓住語言之間游絲似的思想，並且把它清晰地表述出來。但語言的力量是強大的，語言的公共性原則是不能違背的。余華在反叛大眾語言的時候又試圖超越專業，再加上他思想的獨異性所造成的相對的難以言說，所以他的評論在表面上的清楚明白背後，隱含著極為晦

---

[32] 《虛偽的作品》，第 165 頁。

[33] 《虛偽的作品》，第 166 頁。

[34] 《虛偽的作品》，第 167 頁。

[35] 《虛偽的作品》，第 162 頁。

澀的思想。當他說「只有當現實處於遙遠狀態時，他們作品中的現實才會閃閃發亮」[36]時，這裏的「現實」其實並不是同一個概念。他既使用公共性的「現實」概念，又使用私人化的「現實」概念，並且都是不加限定性地使用。「真實」、「時間」都是如此，有時實在沒有辦法時，他用「真正的真實」來表示他說的「真實」，以示和日常「真實」概念區別開來。由於有太多自己的概念和表述，他的評論顯得前後矛盾和混亂，需要仔細分辨和體味才能搞清楚。要想把他所提到的每一問題都從理論上梳理清楚，並且進行專業性的論證和表述，非常困難。余華的評論在語言上太詩性化了，我們不能按常規的概念去理解它，只能根據前後文去揣摩他的感覺和其中的真正涵義。

　　我感覺到余華的評論和創作談具有很豐富的內容，特別是《虛偽的作品》，可以說是當代文學評論中最為經典的作品之一，它不僅對我們理解余華的創作有很大的幫助，對於我們研究文學現象、總結文學原理都會有很大的啟發性。我相信它是我們藝術哲學體系的無限的思想資源，將給我們以無限的啟迪，並且可能成為一種新的文學思潮的開端，就像杜斯妥也夫斯基的創作和評論成為存在主義作為一種人生觀和哲學體系的開端一樣。

　　　　　　　　　本文原載《小說評論》2002 年第 2 期。

---

[36] 〈《活著》中文版（1993）序〉，第 144 頁。

論余華小說的「現實性」
與「先鋒性」及「轉型」問題

　　關於余華，一個普遍的觀念是，90 年代，余華的創作發生了
轉型，從先鋒回歸到傳統、回歸到寫實、回歸到歷史。比如吳義勤
認為，《呼喊與細雨》是余華「先鋒寫作的最後總結」，是其「先鋒
寫作的巔峰之作」，之後，他「義無反顧地踏入了一片新的藝術領
地」，並在轉型的「陣痛中完成著對於自我和藝術的雙重否定與雙
重解構」。《許三觀賣血記》標誌著余華告別了「虛偽的形式」，而
這種告別是從《一個地主的死》、《活著》、《我沒有自己的名字》「悄
悄開始」的。[1]再比如有人總結：「評論界有一種較為一致的看法，
認為從寫作《活著》開始，意味著余華對 90 年代先鋒文學的推倒
和反叛。」[2]作者並注明這一看法來自余華和楊紹斌的談話，但讀
這篇訪談，作家楊紹斌的確說過「評論界有一種較為一致的看法」
以及「反叛先鋒」的話，但並沒有「推倒」的意思，並且所謂「反
叛先鋒」當場就被余華本人否定了。所謂「評論界有一種較為一致

---

[1]　吳義勤：〈告別虛偽的形式：《許三觀賣血記》之於余華的意義〉，吳義勤主
　　編《余華研究資料》，山東文藝出版社，2006 年版，第 214 頁。
[2]　張曉峰：〈出走與重構——論九十年代以來先鋒小說家的轉型及其意義〉，
　　《文學評論》2002 年第 5 期。

的看法」，這其實是相當大的概括。事實上，關於余華是否告別「先鋒」、是否「轉型」，評論界的看法相當不一致，比如張清華就認為：「以《活著》為標誌，出現了一個從先鋒到回歸，從實驗到返璞歸真的『現實主義的轉型』。但這樣一個『轉型說』是十分表面的。」[3]

　　90 年代余華的創作的確發生了很大的變化，但這種變化是否屬於「轉型」？這種變化是否構成了對余華本人和他的先鋒文學的「雙重否定」或「雙重解構」？是否是對從前的「推倒」？更進一步追問：變化的原因是什麼？變化到什麼程度？變化表現在哪些方面？這種變化對於余華的意義是什麼？本文即對這些問題展開論述。

一

　　從 80 年代初開始寫作到目前，余華的創作發生了很大的變化，這是事實。評論界一般把余華迄今為止的創作分為兩個階段，「80 年代」和「90 年代以後」，至於命名，有各種各樣的，比如「80 年代」被稱為「先鋒時期」，「90 年代以後」被稱為「寫實時期」或者「民間」時代。這當然只是大體而言，余華 1983 年開始發表作品，到 1987 年發表〈十八歲出門遠行〉，其間大約有四年的時間，這是余華寫作的初學階段，在風格上比較明亮、抒情，可以稱之為

---

[3]　張清華：〈文學的減法──論余華〉，《南方文壇》2002 年第 4 期。

「浪漫主義時期」或者「抒情時期」，其中以《星星》為代表，也可以稱之為「星星時期」。非常短暫，現在看來很不成熟，所以余華本人很少提它，也不收這些作品到集子中去。對於余華本人來說，那似乎是「光屁股時期」，所以羞於提它，更不願意把它展示出來。而「90 年代之後」也不是鐵板一塊的，《兄弟》明顯與 90年代的三個長篇小說有差異，陳思和先生把它命名為「怪誕現實主義」[4]。這是從作品現象和時間上來分期的，是一種閱讀視角的歸納，具「外部」性。

　　但我們還可以換一種方式進行分期，從文體和寫作理念上進行分期。我認為，余華 90 年代在創作上風格和手法的變化，與文體有關，深層上可以說與藝術觀念有關，當然也與個人經歷的變化有關。實際上，余華創作上的變化很大程度上源於文體的變化。在文體上，余華的小說寫作明顯分為兩種方式或者說兩個時期：中短篇小說時期和長篇小說時期，並且這兩種方式或時期是遞進的。從寫作技巧的角度，余華把中短篇小說稱為「角度小說」，其涵義是，對於正面不好表達的內容，作家可以迴避、可以揚長避短、可以藏拙。這種「藏」意外的收穫是，因為迴避了很多，讀者在閱讀時會遇到很多空白，需要自己去填補，這恰恰增添了其藝術的魅力。余華把長篇小說稱為「正面小說」，即長篇小說寫作必須正面對待小說寫作所需要的全面技術，沒有迴旋的餘地，必須勇敢地趟過去而不是糊弄過去，不再是單純而優雅的敘述，而是複調敘事。我認為

---

[4]　陳思和：〈我對《兄弟》的解讀〉，《文藝爭鳴》2007 年第 2 期。

這是余華創作前後期差別的根本原因,因此,我認為余華小說創作的分期更準確的概括應該是:中短篇小說時期和長篇小說時期。

余華從中短篇小說寫作轉向長篇小說寫作,這是藝術成熟和藝術自信的表現,中短篇小說寫作時期似乎感到他寫作在技巧上還有軟肋,而轉向寫長篇小說則標誌著他對這種軟肋的克服。余華有一篇文章叫〈長篇小說的寫作〉,從這裏我們實際上可以看到他轉變的心跡和對文學理解的變化。他認為短篇小說「可以嚴格控制,控制在作家完整的意圖裏」,而長篇小說的寫作則需要「訓練有素」,需要持久的耐力、需要持久的激情、需要充滿信心、需要高尚的品格,一句話,長篇小說對作家有極高的要求,只有充分的準備和充分的自信,在技術上非常成熟之後才會去寫長篇小說。寫長篇就是長途跋涉,就是一種經歷,就是克服各種困難、跨越無數危險的過程。余華曾多次講到寫長篇小說對於他寫作的意義。比如他在蘇州大學曾有一次演講,在這次演講中,余華對自己幾十年的文學創作進行了回顧和總結,其基本意思就是,他寫作的每一次進步就是一次的克服困難,最初是字句上的,比如學會使用標點符號;然後是學會細部描寫(余華一般不用傳統的「細節」這一概念),這使他告別了初學寫作的階段,寫作出了成名作〈十八歲出門遠行〉;然後是克服心理描寫上的困難,這使他的中短篇小說創作達到了高峰;然後是在對話作為敘事手法上的突破,這使他進入長篇小說寫作時期。長篇小說時期和短篇小說時期最大的區別,余華本人的表述是:「那時我還比較牛,不讓他們發出聲音——你們發什麼聲音,你們不就是我編出來的嘛!你們都是我的世界裏的人物,我就是法律的制定者,我不需要你們討論通過的!我說的就是標準,我把這

個字說錯了，你們誰都不能說把它說對。」[5]但到了長篇小說時期，余華發現小說中的人物越來越不聽話了，開始有了自己獨立的聲音，「到了 90 年代，我的寫作出現了變化，從三部長篇小說開始。……應該說是敘述指引我寫下了這樣的作品，我寫著寫著突然發現人物有他們自己的聲音，這是令我驚喜的發現，而且是在寫作過程中發現的」[6]。他說《許三觀賣血記》後面大約有三分之一的篇幅就是人物自己開口說話了，在《許三觀賣血記》中文版自序中他這樣描述：「在這裏，作者有時候會無所事事，因為他從一開始就發現虛構的人物同樣有自己的聲音，他認為應該尊重這些聲音，讓它們自己去風中尋找答案。於是，作者不再是一位敘述上的侵略者，而是一位聆聽者，一位耐心、仔細、善解人意和感同身受的聆聽者。」余華說這話時我覺得特別「牛」，好像小說不是他創造的，而是自動完成似的。但小說創作絕沒有這麼輕鬆，人物開始有自己的聲音，人物開口說話，這對於余華的小說創作來說具有象徵性，說明他的創作開始變得流暢、開始水到渠成，就像河流一樣，從自為變得自由。余華創作所謂「變化」真正的邏輯和涵義就在這裏。人物的語言符合人物的性格和身分，人物說什麼話？情節如何發展？作家已經不能隨心所欲，這和現實主義非常像，但具體對於余華來說，它並不是來自現實主義的規約，而是一種敘述方式。

5　余華、洪治綱：〈火焰的秘密心臟（對話）〉，洪治綱編《余華研究資料》，天津人民出版社，2007 年版，第 19 頁。

6　余華：〈我的寫作經歷〉，《沒有一條道路是重複的》，上海文藝出版社，2004 年版，第 114 頁。

　　把余華的中短篇小說時期和長篇小說時期進行比較，我們看到，兩個時期的確有很大的差異，比如，中短篇時期的余華在寫作上個性張揚，經常「很酷」，而長篇時期則變得謙虛、誠摯；中短篇小說激情四射，長篇小說則相對沉穩、持重；中短篇小說時期「藝術至上」，玩文學，長篇小說時期則比較重視故事；中短篇小說在形狀上很像文章，分行少，都是大段大段的，表明描寫、敘述多而對話少；而《活著》和《許三觀賣血記》則像詩，分行多，表明對話增多了；中短篇小說雖然篇幅短，但寫作很繁複，《活著》和《許三觀賣血記》則簡潔明快；中短篇小說很多篇章在意義上晦澀難懂，荒誕，而長篇小說則相對主題集中、清楚，樸實、普通，一般人都能理解；中短篇小說在語句上很生澀、特異，也可以說華麗，盡量避免使用「路標」性的語言把讀者指向某種固定的理解與感受，而是使用俄國形式主義所說的「陌生化」的語言，從而保持讀者感覺的新鮮和獨特，在用詞上和語句上一反傳統，非常大膽。《兄弟》上部第六章寫孫偉等人鬧婚禮，余華這樣描述：「這些人從屋子裏走出來說了一大堆難聽的話。」在中短篇小說中，余華一般不會這麼概括，而是直接把「難聽的話」說出來，至於這話是否難聽，則由讀者自己判斷。

　　在長篇小說時期，余華在藝術觀念上不再像從前那樣激進甚至極端，同時非常注意吸收傳統藝術手法，並且把讀者的因素放在顯著的位置，充分考慮讀者的接受問題。在敘述上則變得樸素，渲染減少，不再追求早期那種驚世駭俗的效果，而是追求在平淡中、在不動聲色中的震憾力。有點像打架，從前是虛晃比較多、架勢比較花哨，現在則變得非常實在，不再唬人，而是實實在在的拳頭，並

且不動聲色，顯得更自信、更有底氣。他曾經說：「隨著年齡大起來，閱讀的書多起來，我就感覺到，為什麼要繞那麼多圈子？我用一種很直接的、很準確的敘述方式寫，反而更有力量。……幾乎所有的大作家，我發現，無一例外，剛開始都是先鋒，慢慢地都變得樸素，都是走著這樣一條道路。我指的是二十世紀的那些作家們，他們經歷了一種複雜以後，又變得簡單了。」[7]余華把這種方式簡單地概括為「誠實的寫作」，認為它是最困難的寫作。這是成熟的表現，反映了余華對文學理解的深入，可以說達到了一種新的境界。文學觀念的變化深刻地影響余華的創作，這也是他創作發生變化的很重要原因。

　　但是，余華中短篇小說和長篇小說最大的差別還是故事和場面敘述的不同，中短篇小說可以把現實的故事和場面敘述得像神話似的，荒誕不經，而長篇小說則可以把神話和荒誕不經的故事敘述得實實在在。余華曾說，中國文學因為敘述存在缺陷所以才有了先鋒派，敘事是余華小說重要特色之一，其理論基礎就是余華對「現實」以及延伸性的「真實」問題的獨特理解，它實際上涉及到文學的本質問題。所以，下面我將詳細解讀余華對「現實性」的觀念，以便更深刻地認識余華小說的「先鋒性」以及相關的「轉型」問題。

---

[7]　余華、洪治綱：〈火焰的秘密心臟（對話）〉，洪治綱編《余華研究資料》，天津人民出版社，2007 年版，第 26-27 頁。

二

余華曾說他的作品「都是源於和現實的那一層緊張關係」(《活著》「前言」),文學與現實的關係是他思考非常多的一個問題,所以研究余華關於現實、真實、想像的觀念,對於理解他小說的「先鋒性」是非常重要的。實際上,余華所理解的現實與我們一般人所理解的現實有一定的距離。

余華認為,有兩種現實或生活,一是生活中的現實或者說現實中的生活,二是文學中的現實或者說文學中的生活。文學的確不能脫離現實,但文學又不等於現實,我們過去總是強調文學與現實的緊密聯繫,余華則一再試圖把這二者區別開來,並強調它們之間的本質不同,他說:「一個人的一生並不僅僅是他的經歷構成的,還有他的慾望、夢想和無數的隱私,前者展示了他現實的人生道路,後者所展示的是他虛構的人生道路。」[8]對於作家余華來說,「還有想像,有慾望,有看到的,聽到的,讀到的,有各種各樣的東西,這些都組成了我的生活」[9]。二者的區別在於,現實經歷具有歷史性,是實在的,而文學中的生活是與「現實生活絕然不同,是慾望的、想像的、記憶的生活,也是井然有序的生活」[10]。是「連接了過去和將來」的現實,在文學的現實中,過去、現在和未來交織在

---

[8]　葉立文:〈敍述的力量──余華訪談〉,陳駿濤主編《精神之旅──當代作家訪談錄》,廣西師範大學出版社,2004 年版,第 129 頁。

[9]　余華、洪治綱:〈火焰的秘密心臟〉,洪治綱編《余華研究資料》,天津人民出版社,2007 年版,第 20 頁。

[10]　余華:〈長篇小說的寫作〉,《我能否相信自己──余華隨筆選》,人民日報出版社,1998 年版,第 184 頁。

一起，有它自己的秩序和邏輯，並不混亂。余華認為，文學的現實是真實的，而生活中的現實則「是令人費解和難以相處的」（《活著》「前言」），余華用了一個非常精彩的例子來說明二者之間的區別，他說，兩輛卡車相撞，這是現實；有人從樓上跳下來，這是現實，但兩輛卡車相撞、發出巨大的響聲，以致把公路邊樹上的麻雀紛紛震落在地，這是文學的現實；有人從樓上跳下來，由於劇烈的衝擊，以致牛仔褲都繃裂了，這是文學的現實。這主要是從細部特徵和審美特徵上來區別的，但文學的現實與生活的現實更根本的區別還在於想像與實在的不同。

對於文學來說，發生的現實只是這個世界的一極小部分，並且其中很大一部分對於文學是無意義、無價值的，人的生活還有很大一部分是虛幻、想像，是心靈的無限擴張、是廣闊的精神領域，文學的重要作用和價值就是展示這個領域，從而延伸和豐富人類的生活。縱觀文學史，我們可以看到，文學正是在想像世界和虛構世界的意義上前進和突破的，文學的每一次突破和進步都意味著人類在想像和虛構上有了新的進展。

余華特別強調想像對於文學的意義，他認為想像更有價值，他富有詩意地、抒情性地給我們描述了想像對於文學現實的建構意義：「在現實中死去的人，只要記住他們，他們便依然活著。另一些人儘管繼續活在現實中，可是對他們的遺忘也就意味著他們已經死亡。而慾望與美感、愛與恨、真與善在精神裏都像床和椅子一樣實在，它們都具有限定的輪廓，堅實的形體和常識所理解的現實

性。我們的目光可以望到它們，我們的手可以觸摸它們。」[11]余華對 20 世紀現代主義文學的理解是：想像力重新獲得自由。我認為這是對 20 世紀現代主義文學最精闢、最精髓的概括和解釋。文學從現實主義走向現代主義，最根本的變化就是文學不再模仿現實、不再嚴格地依附於現實，也就是虛構和想像的合法性得到重新尊重。在現實生活中，余華也許是一個俗人，但一旦進入文學敘事和表述，余華就是一個標準的文學家，想像和虛構讓他的寫作飛翔起來，從而具有巨大的力量。

所謂「強勁的想像產生事實」，就是說想像可以改變人們對生活的看法、改變作家與現實之間的關係，「想像和傳染一樣，都試圖說明局外者是不存在的，一切和自己無關的事物，因為有了想像，就和自己有關了」[12]。每每回憶過去的經歷，余華總喜歡在敘述前面加一個狀語「在我的記憶中」，這說明他的回憶有很多想像成分，在「余華作品集」中短篇小說各卷的「自序」中，他說：「我的寫作喚醒了我記憶中無數的慾望，這樣的慾望在我過去生活裏曾經有過或者根本沒有，曾經實現過或者根本無法實現。我的寫作使它們聚焦到了一起，在虛構的現實裏成為合法。」「當我現實的人生越來越平乏之時，我虛構的人生已經異常豐富了。」正是這種滲進了想像、慾望以及虛構的人生使他的生活異常複雜、豐富，從而對他的寫作發揮了至關重要的影響。

---

[11]　余華：〈虛偽的作品〉，《我能否相信自己——余華隨筆選》，人民日報出版社，1998 年版，第 164 頁。

[12]　余華：〈強勁的想像產生事實〉，《音樂影響了我的寫作》，上海文藝出版社，2004 年版，第 116 頁。

　　與兩種現實相對應，也有兩種真實，一是事實的真實，也可以說「歷史的真實」或者「發生的真實」，二是文學的真實，也可以稱為「內心的真實」。文學的真實雖然是虛構的，但它卻可能比事實更加真實，倒不是因為它符合「本質」和「規律」，而是它更具有文學性，更符合情感和情緒的邏輯，更加細節化，更具有想像力和震憾力，更具有藝術的匠心，更讓人流連忘返，更給人深切的感受。余華說：「我覺得我所有的創作，都是在努力更加接近真實。我的這個真實，不是生活裏的那種真實。我覺得生活實際上是不真實的，生活是一種真假參半、魚目混珠的事物。我覺得真實是對個人而言的。」「所以在我的創作中，也許更接近個人精神上的一種真實。我覺得對個人精神來說，存在的都是真實的，只存在真實。在我的精神裏面，現實裏其他人會覺得不真實的東西，我認為是真實的。」[13]所謂「個人的真實」或者「精神上的真實」，把它限定於個人寫作的範圍，這是謙虛的表達，實際上它具有普遍意義。所謂「個人的真實」、「精神上的真實」，就是文學的真實，就是文學作為一種想像的精神活動的真實，它不同於現實的真實。現實生活中有很多現象被認為是假象，因而被摒棄或者說被否定，但在文學中，它可能恰恰因為具有藝術性表現力而具有真實性。所以，什麼是真實的，文學的標準不同於生活的標準，科學和規律是生活真實的標準，而慾望的表達、藝術的表現和審美原則則是文學真實的標準，在文學中，實實在在發生的事實未必是真實的，而兩個死去的人睡在一起並做愛，這在生活中不可能的事卻是真實的。余華說：

---

[13]　余華：〈我的真實〉，吳義勤主編《余華研究資料》，山東文藝出版社，2006年版，第3頁。

「常理認為不可能的，在我作品裏是堅實的事實，而常理認為可能的，在我那裏無法出現。」[14]因為文學以想像性和虛構性為合法性根據，所以「常理」不再是衡量其真實性的尺度。

〈虛偽的作品〉是余華一篇非常重要的文學理論文章，寫於1989 年，處於余華創作從中短篇小說向長篇小說轉變的間隙，余華自己說：「這是一篇具有宣言傾向的寫作理論，與我前幾年的寫作行為緊密相關。」[15]但更重要的是它對余華後來長篇小說創作的開啟性，所以它對余華的意義和價值一方面在於對當時的先鋒文學進行了理論上的總結，另一方面在於為後來的長篇小說創作進行了理論上的準備，《活著》某種意義上說正是這種理論思考的產物。我認為，余華這篇文章最大的貢獻就是對真實進行了文學的定義，試圖以他自己的文學經驗把文學的真實和現實生活的真實區別開來。雖然理論上哲學家們早就探討了這一問題，但余華以他的創作經驗來談論，卻讓我們更加信服，它不是理論家的總結、演繹、玄思，不是純邏輯性的東西，而是對一種新的寫作的總結和歸納，也是對未來寫作的設想，是一種新文學理念的表達。

「所謂的虛偽，是針對人們被日常生活圍困的經驗而言。這種經驗使人們淪陷在缺乏想像的環境裏，使人們對事物的判斷總是實事求是地進行著。」[16]余華這裏講得很拗，其實，所謂「虛偽」就

---

[14]　余華：〈虛偽的作品〉，《我能否相信自己——余華隨筆選》，人民日報出版社，1998 年版，第 168 頁。

[15]　余華：〈《河邊的錯誤》跋〉，長江文藝出版社，1992 年版，第 346 頁。

[16]　余華：〈虛偽的作品〉，《我能否相信自己——余華隨筆選》，人民日報出版社，1998 年版，第 158 頁。

是相對科學、新聞以及日常生活來說的，而對於文學來說，「虛偽」
恰恰是真實的，因為對於文學來說，虛構和想像是合法的，是前提
和條件，二者構成不同、準則不同，所以真實的情況也不同，在文
學中，想像力獲得了解放和承認，所以書桌的走動、藥片自動跳動
都是合理的，因為想像的前提就是不受現實物理規則的束縛。正是
因為想像和虛構構成了評價文學的尺度，所以文學可以違背現實、
真實原則而獨立建構一種真實，「我不再忠誠所描繪事物的形態，
我開始使用一種虛偽的形式。這種形式背離了現狀世界提供給我的
秩序和邏輯，然而卻使我自由地接近了真實」[17]。這裏的真實顯然
只能屬於文學，即內心和精神的。

　　由此我們看到，余華是非常重視文學的現實性以及真實性的，
但他的現實性與真實性與傳統的現實性和真實性既有聯繫又有所
差別，正是這一點決定了他的小說一方面具有某種傳統性比如現實
主義的特徵，另一方面又具有「先鋒性」，具有現代特徵。傳統的
文學觀總是強調文學世界與現實世界的二合一，即使像《西遊記》
這樣的作品我們也把它往現實方面解釋，比如說「三頭六臂」不過
是在常人的身上增加了兩個頭和四支臂膀而已，孫悟空不過是現實
反抗者的一個縮影而已，都是現實世界的反映。傳統的現實主義文
學也寫人的慾望、夢想等，但它們都是現實的折射，是被理性照耀
的慾望與想像，並不具有現實本體性。余華始終強調文學世界與現
實世界的區別、強調文學世界的獨立性、強調想像與虛構的文學本
體性、強調文學現實與文學真實的特殊性，所以余華實際上把文學

---

[17] 余華：〈虛偽的作品〉，《我能否相信自己——余華隨筆選》，人民日報出版
　　社，1998 年版，第 160 頁。

的現實擴大了，把傳統的現實與非現實都納入了文學現實的範疇，是一種大現實觀。以此為前提，他的寫作品質也迥異於傳統。余華的文學世界與現實世界始終是「若即若離」（余華語）的關係，這是他的小說雖然是先鋒小說，但仍然有廣泛讀者的一個非常重要的原因。

三

　　真正的大作家從不重複自己。對於作家來說，寫作沒有變化，就意味著藝術生命的枯萎，至少是停止不前。一成不變可能也是好作家，也能成氣候，他可以把某一種類型的小說寫好，成為「一種作品主義」的典範，但不能成為大師。比如英國作家羅琳，她的《哈利波特》就主要是量上的重複，《福爾摩斯探案》雖然有很多集，但它實際上只是一篇作品。偉大的作家都有變化，都敢於突破自己。余華的《活著》出來之後，影響巨大，只要願意，我相信他還能寫出這樣的作品，並且可能寫得更精緻、更有可讀性，銷售可能會更好，但余華的優秀品質就在於，他向自己挑戰，寫出了另一種風格的《兄弟》。不管評論界如何爭議，我認為這是一種進步。倒不是從讀者的角度來說的，相較而言，很多讀者更喜歡《活著》和《許三觀賣血記》，而不適應《兄弟》，而是從作家的角度來說的，對於作家本人來說，這卻是一次進步，把過去忘記，放棄熟練的、

輕車熟路的寫作方式，換一種風格、換一種寫作思路，這太難了，
需要付出極大的心智。

　　的確，余華的寫作有很大的變化，這種變化既表現在內容上，
也表現在形式上，但這種變化不像一般人所理解的那樣，具有脫胎
換骨性，像換了一個人似的，而具有延續性，仍然是「先鋒」的，
並且我認為這種「先鋒性」是余華小說最重要的價值之一。在一次
訪談中，余華明確否認了所謂「反叛」的說法：「他們對我的評價
太高了，我覺得我還沒有那麼大的能力去反叛先鋒文學，同時也沒
有能力去反叛我自己，《活著》應該說是我個人寫作的延續。」[18]《活
著》包括後來的《兄弟》都具有余華寫作的一貫性。所以我非常贊
同張清華的看法：「其實沒有哪一個作家會輕易地就完成一種『轉
型』，余華直到現在也並沒有成為一個『現實主義』作家，《活著》
和《許三觀賣血記》這樣的作品也絕不是現實主義的小說。」[19]「現
實主義」只是「轉型」的一種說法，可能狹隘了點，但即使把「現
實主義」改為「寫實」或者「敘事」之類的詞，同樣也不合適。

　　在敘事上，余華的《活著》，特別是《兄弟》有了更多的歷史
畫面描寫，但這並不意味著他轉向了現實主義，對此余華的解釋
是：「中國的一些歷史事件作為背景在我的小說中出現，是因為福
貴或者許三觀這樣的人經歷了這些事件，而不是我想表現中國的現
代歷史。」[20]就是說，余華感興趣的並不是中國歷史，而是中國歷

---

[18] 余華：〈「我只要寫作，就是回家」——與作家楊紹斌的談話〉，《我能否相
　　信自己——余華隨筆選》，人民日報出版社，1998 年版，第 239 頁。

[19] 張清華：〈文學的減法——論余華〉，《南方文壇》2002 年第 4 期。

[20] 葉立文：〈敘述的力量——余華訪談〉，陳駿濤主編《精神之旅——當代作

史很好地表達了他的文學敘事。《活著》和《兄弟》延續了中短篇小說的敘述特點，僅在風格上有所變化。有人把余華的變化概括為「敘述人主體性向人物主體性的轉變」：「余華早期作品中，人物沒有任何個性，被嚴重物化，只作為一個形式符號而存在，成為作家空洞意念傳達的工具，聽由敘述者隨意安排、支配。從《細》開始，余華的敘事目的轉向為塑造立體鮮活的人物服務，把描寫的對象從符號化的人轉向實體性的人，通過創造栩栩如生的生命形象來展示自己對人類生命本真的探索。」[21]我覺得這是準確的，但這種變化顯然不能稱為「轉型」。

　　在現實上，由於個人的經歷，余華過去「一直是以敵對的態度看待現實。隨著時間的推移，我內心的憤怒漸漸平息，我開始意識到一位真正的作家所尋找的是真理，是一種排斥道德判斷的真理。作家的使命不是發洩，不是控訴和揭露，他應該向人們展示高尚。這裏所說的高尚不是那種單純的美好，而是對一切事物理解之後的超然，對善和惡一視同仁，用同情的目光看待世界」[22]。這只能說明余華更老成了，也非常明顯地說明了他與傳統現實主義的本質不同，傳統的現實主義就是控訴和揭露，就是懲惡揚善，就是嫉惡如仇，就是道德判斷，它追求通過現實的客觀描寫來干預現實。

家訪談錄》，廣西師範大學出版社，2004 年版，第 124 頁。

[21] 田紅：〈負載生命本真的形式──論余華長篇小說的敘事轉型〉，《中國文學研究》2005 年第 1 期。

[22] 葉立文：〈敘述的力量──余華訪談〉，陳駿濤主編《精神之旅──當代作家訪談錄》，廣西師範大學出版社，2004 年版，第 128 頁。

　　把余華創作的兩個階段進行比較，我們看到更多的是相同、是承續。中短篇小說時期，余華非常重視細部描寫、非常重視心理描寫，長篇小說雖然增加了對話，甚至可以說對話成了小說的主軸，並推動著情節的發展，但中短篇小說時期的細部描寫和心理描寫的優長仍然很好地被保留，仍然是余華長篇小說藝術性最重要的方面。比如《活著》描寫老福貴的臉：「臉上的皺紋歡樂地遊動著，裏面鑲滿了泥土，就如佈滿田間的小道。」寫老丈人氣極了，大罵福貴，余華描述道：「那聲音聽上去都不像是他的了。」非常簡潔、乾淨、直接，其力量要超過大段大段的描寫。小說寫戰場上幾千傷號在寒冷的夜晚死去：「到了後半夜，坑道外面傷號的嗚咽漸漸小了下去，我想他們大部分都睡著了吧。只有不多的幾個人還在嗚嗚地響，那聲音一段一段的，飄來飄去，聽上去像是在說話，你問一句，他答一聲，聲音淒涼得都不像是活人發出來的。那麼過了一陣後，只剩下一個聲音在嗚咽了，聲音低得像蚊蟲在叫，輕輕地在我臉上飛來飛去，聽著聽著已不像是在呻吟，倒像是在唱什麼小調。」余華寫了很多死亡，這是側面寫大死亡，是用小場面寫大場面。輕輕地描寫，死亡的恐懼、慘烈、殘酷以及痛苦的過程似乎都是輕輕的，死亡就像一段音樂一樣飄散。這種近似冷漠，甚至優雅、輕快地敘述死亡正是余華中短篇小說的一貫風格，同樣具有驚心動魄性。

　　在內容上也是如此，《活著》、《許三觀賣血記》包括《兄弟》，仍然延續了中短篇的死亡、殘酷、絕望、暴力、苦難等，這一點批評界已有相當充分的論證，不同在於，長篇小說寫死亡、暴力等不再是以一種極端的方式進行的，而是非常隱晦和壓抑，多了一份柔韌，筆調更加冷峻、不動聲色，情感更加隱匿、更加單純，也更加

豐富與寬廣，表現為有時不直接寫死亡和暴力的場面，不再鮮血淋漓，而是寫死亡與暴力的周邊，寫死亡與暴力的「近親」，寫生存的艱難與困苦以及磨難，渲染死亡和暴力的氛圍，不再像從前那樣「自由」（余華對卡夫卡寫作的一種總結），「愛怎麼寫就怎麼寫」。

　　的確，在長篇小說中，余華的寫實性明顯加強了，小說故事變得單純、清晰，從閱讀的角度來說可以說是流暢多了，不論是《活著》還是《兄弟》，在外形上都非常像現實主義小說，但仔細分析，它們並不符合現實主義的要求，在描寫上表面上很客觀，其實很主觀，現實主義表面背後是骨子裏的先鋒，現實不過是表象和工具。比如《活著》，大家在閱讀時被它的細節和故事吸引了，而常常忽略了他的表達和敘述。少年福貴可以說無惡不作，一無是處，但從輸掉賭局那一刻起，他就完全變了一個人，變得善良、通情達理、善解人意、忍耐、平和，簡直無一處不好，這種轉變沒有任何緩衝，顯然不符合現實主義的性格理論。再比如小說最後寫福貴和老牛的故事，我覺得真是神來之筆。當福貴所有的親人都死了之後，讀者的悲傷可以說達到了極點，小說用一個本來也應該死亡的老牛和福貴相伴，似乎稍稍減弱了一些閱讀上的難以承受，讓讀者走出這個過於悲苦的世界。這裏，老牛顯然是一個意象，一個悲天憫人的象徵，這明顯不是現實主義的方式。小說寫老牛「知道」自己要被殺，「歪著腦袋吧嗒吧嗒掉眼淚」，「哭得那麼傷心」，「腦袋底下都有一灘眼淚了」，當福貴買下牠之後，「它知道是我救了它的命，身體老往我身上靠，親熱得很。」這顯然不是現實主義的寫法，它符合情感的邏輯，但不符合生活的常規。它是真實的，但不是現實的真實，而是文學的真實。

　　余華這樣評論卡夫卡的《審判》：「卡夫卡用人們熟悉的方式講述所有的細節，然後又令人吃驚地用人們很不習慣的方式創造了所有的情節。」[23]細節與情節也是余華寫作非常注重的兩個方面，稍有不同的是，余華的中短篇小說基本上是採取《審判》的方式，即用人們熟悉的方式講述所有的細節，然後又令人吃驚地用人們很不習慣的方式創造了所有的情節；而長篇小說則有所改變，是用人們熟悉的方式講述所有的細節，然後又令人吃驚地用人們很習慣的方式創造了所有的情節。而所謂「人們熟悉的方式」，就是寫實。所以，作為一種寫作手法，「寫實」不僅廣泛存在於余華的長篇小說中，也廣泛存於余華的中短篇小說中，繁星先生認為《十八歲出門遠行》仍然是以「傳統的寫實手法為主」[24]，而《現實一種》、《一九八六》、《鮮血梅花》這些典型的先鋒小說，其實充滿了細部的寫實。當然，余華的寫實不同於傳統現實主義的寫實，它包含了很強的想像性或者說虛構性，《一九八六》裏寫瘋子用生銹的鋸子鋸自己的鼻子和腿，故事雖然是虛幻的，但細部卻相當逼真、細膩，如在目前。這種手法在《活著》中我們仍然能夠看到，並且運用得更為熟練。比如《活著》中有一個細節，兒子有慶死了，福貴極度悲傷，小說不描寫福貴的悲傷，而轉向福貴的目光，「我看著那條彎曲著通向城裏的小路，聽不到我兒子赤著腳跑來的聲音，月光照在

---

[23]　余華〈長篇小說的寫作〉，《我能否相信自己——余華隨筆選》，人民日報出版社，1998 年版，第 186 頁。

[24]　繁星：〈人性惡的證明——余華小說論（1984-1988）〉，吳義勤主編《余華研究資料》，山東文藝出版社，2006 年版，第 58 頁。

路上，像是撒滿了鹽」。余華本人對這種寫法感到很滿意，但顯然，這是想像的，現實生活中不可能有路上撒滿鹽的現象。

　　余華的中短篇小說在內容上很虛幻，像神話似的，但這主要是故事和情節上的，而在細部上卻非常現實，比如對於死亡與血腥的描寫，我們把它看作是余華小說「先鋒性」的最重要標誌，但對於余華本人來說，那恰恰是非常貼近現實生活的，余華多次談到他兒時的生活經歷與感受，比如他談對哭聲的感受：「在我幼年時，在無數個夜晚裏，我都會從睡夢裏醒來，聆聽失去親人以後的悲哀之聲，我覺得那已經不是哭泣了，它們是那麼的漫長持久，那麼的感動人心，哭聲裏充滿了親切，那種疼痛無比的親切。」對於早期的小說為什麼寫了那麼多的暴力、死亡、恐懼、血腥，余華的回答是：「我曾經請他們去詢問生活：為什麼在生活中會有那麼多的死亡和暴力？」[25]也就是說，余華早期小說中的暴力與死亡寫作正是源於他的個人經歷和感受，對於讀者來說，他所描寫的暴力和死亡似乎很虛幻，但對於他本人來說，卻很真實，他不過是很自然地寫出了童年的記憶與感受。

　　余華非常重視細部描寫、非常強調細節的真實，這使他的中短篇小說具有很強的現實感，他曾經說：寫作「使我逐漸失去理性的能力，使我的思想變得害羞而不敢說話；而另一方面的能力卻是茁壯成長，我能夠準確地知道一粒鈕扣掉到地上時的聲音和滾動的姿態，而且對我來說，它比死去一位總統重要得多」[26]。又說：「如

[25]　余華：〈《現實一種》前言〉，《我能否相信自己──余華隨筆選》，人民日報出版社，1998 年版，第 152、151 頁。

[26]　余華：〈我能否相信自己〉，《我能否相信自己──余華隨筆選》，人民日報

果細節不真實，那作品中就沒有一個地方可信了，而且細部的真實比情節的真實更重要，情節和結構可以荒誕，但細部一定要非常真實。」[27]對細部的偏愛並貫穿在寫作中，這是余華小說重要的特色，也是余華小說雖然「先鋒」但仍然具有很強可讀性的重要原因。所以，從寫作的角度來說，余華的小說是非常寫實的，具有很強的現實感，只是這種「現實」在余華中的短篇小說和長篇小說中存在著差異，用余華本人的概括就是：「過去是一塵不染，現在則是塵土飛揚。」所謂「塵土飛揚」就是說有了很濃的生活氣息。

綜上所述，我認為，余華 90 年代創作的變化與文體有關係，開始注重寫現實、寫歷史，並且單刀直入，文風也變得質樸、簡潔，但這構不成對前期「先鋒」的否定，恰恰相反，它承續前期「先鋒」而來，骨子裏仍然是先鋒的，只不過形式上由「虛偽」變得「逼真」了。正是骨子裏的「先鋒性」使他的小說和傳統的現實主義小說具有根本的區別。余華的這種變化不是「類型」的轉變，所以用「轉型」來命名是值得商榷的。什麼是「先鋒」？我認為「先鋒」就是前衛，就是獨創，就是走在時代的前面，就是不模仿別人，也不重複自己。先鋒從來都不是固定的，是千奇百怪的，也是千變萬化的，余華說：「先鋒是不可以摹仿的，也是摹仿不到的。」[28]在前衛、

出版社，1998 年版，第 8-9 頁。

[27] 葉立文：〈敘述的力量——余華訪談〉，陳駿濤主編《精神之旅——當代作家訪談錄》，廣西師範大學出版社，2004 年版，第 129 頁。

[28] 余華、洪治綱：〈火焰的秘密心臟〉，洪治綱編《余華研究資料》，天津人民出版社，2007 年版，第 30 頁。

獨創和不可模仿的意義上，余華的長篇小說仍然是「先鋒」的，並沒有「轉型」。

　　　　　　　　　本文原載《文藝爭鳴》2008 年第 8 期。

殘雪〈民工團〉文本細讀

　　如何解讀殘雪，這個問題一直困擾著一般讀者，也困擾著大多數的評論家。殘雪的小說一向以晦澀著稱，充滿了荒誕、象徵和怪異，是非常典型的先鋒派小說。但另一方面，殘雪的小說也不是像有的學者所說的是「自我欣賞的文字遊戲」[1]，「甚至連情緒性的方向也找不到」[2]。我也不主張過分誇大所謂殘雪的心理不同於常人心理這樣一種說法，認為殘雪的個人經驗過於獨特，具有不可通約性，不能為大多數人所理解，認為普遍的閱讀經驗是無效的，「不僅讀不懂，而且無任何閱讀意義」[3]，這並沒有真正理解先鋒小說的實質，實際上還是按照傳統現實主義小說的標準在衡量殘雪的小說。

　　我認為，殘雪的小說是有意義的，只是這種意義不像傳統小說包括一些現代主義小說那樣清晰、明確和單純，殘雪的小說不論是在對話上還是在情節上都有太多的空白，所以它具有多種解讀的可能性。與傳統的小說相比，殘雪的小說給了讀者更多創造和想像的

---

[1] 趙學勇、王建斌：〈「先鋒」的墮落──重讀殘雪的小說〉，《蘭州大學學報》1999 年第 4 期。

[2] 閻真：〈迷宮裏到底有什麼──殘雪後期小說析疑〉，《文藝爭鳴》2003 年第 5 期。

[3] 佘丹清：〈關於殘雪研究中的幾個問題〉，《湖南文理學院學報》2003 年第 6 期。

空間。殘雪小說的確具有反時間性、反空間性和反邏輯性（即非理性），但仔細地分辨和搜尋，我們是可以找到其深層邏輯的，是可以清理出其時間結構和空間順序的，只是殘雪小說的時間和空間不同於傳統小說的時間和空間，它不是直接敘述和交代的，而是隱蔽在意象和情節之間，具有抽象性、隱喻性，高度「蒙太奇」化，其「座標」是隱形的，不符合我們的俗常感覺。

對於殘雪小說的意義，我們顯然不能用傳統的「懂」的標準來要求。我們很難說我們完全理解了殘雪，也很難說我們完全理解了她的作品。但這只是一方面，另一方面，我們不能因此把殘雪小說的意義無限地神祕化、模糊化、虛化，我們雖然不能直接把殘雪小說的時間和空間具體地複述出來，但我們能夠感覺到它們的方向；我們很難明確地把握作家的寫作意圖，但我們能夠感覺到作家寫作中的情緒方向；我們雖然不能清晰地複述小說的情節，但我們能夠體味到作品在敘事上的內在緊張；我們雖然不能準確地描述和分析其作品的主題，但我們能夠大致感受到作品的思想傾向性，我們能夠感覺到作家想在作品中表達某種抽象的哲理。殘雪的小說實際上只是提供了某種意象和情節的框架，只是營造了某種情緒的氛圍，而大量的空白包括情節的空白、細節的空白、形象的空白、意義的空白等則需要讀者去想像、去創造、去補充，從而予以填充，殘雪的小說在文本上是未完成或者說是殘缺的，因而是開放的，這和傳統小說的封閉性、完整性、透明性、邏輯性以及高度的形而上性是有很大不同的。〈民工團〉是殘雪的一篇新作，載於《當代作家評論》2004 年第 2 期。在這篇小說的後面，有兩篇評論。對於殘雪小說的解讀來說，這種很空泛、很主觀而具有某種隨意性的解讀是

合理的，並且很具有策略性，但我總覺得這兩篇評論對於小說解讀得過於玄虛。所以，本文嘗試對〈民工團〉作另外一種解讀，並且試圖通過這種解讀表達我對殘雪的另一種理解。

這篇小說與殘雪過去的小說有所不同，但又一脈相承。相同在於，寫得晦澀、朦朧，意象荒誕、情節荒誕，意象和情節一如既往地缺乏邏輯的連貫性，有太多的空白。內容上表現暴力，氣氛壓抑、鬱沉。不同在於，小說的時空相對穩定、故事的輪廓相對清晰，具有一般意義上的現實感，並且具有內在的緊張性。我認為，小說大致表達了在惡的世界中的「不惡」的掙扎和失敗這樣一個主題，但這個主題表現得非常朦朧，以致於我不敢絕對地肯定它，只能給它以「解讀」的定性。對於殘雪的小說，我們是不能像對待傳統小說那樣進行主題、情節、細節、人物性格分析的，我這裏使用這些概念其實具有「權宜性」，按照德里達的方法，這些概念其實都應該打叉。下面我主要採取「講解」的方式來對這篇小說進行文本細讀。

小說的開頭部分寫得非常俗常，也很故事化，其中第一段文字是這樣的：

> 我是 2 月 3 日跟隨大隊人馬到達這個大城市的。我記得那天傍晚天下著大雪，整個城市陰沉沉的，街上行人稀少。走一段就看見一個高檔的餐館，裏面熱氣騰騰，燈火輝煌，人頭攢動。為頭的帶著我們這一群人在雪地裏走了將近一個小時才到達信的地方，我們的行李鋪蓋全都被雪花弄得濕淋淋的，臉都被凍得麻木了，說話結結巴巴的。

　　這種很「現實主義化」的開頭在殘雪從前的小說中是不多見的。殘雪從前的小說，多數第一段話就非同凡響，給人強烈的荒誕感，同時也為小說定下一種基調。比如〈霧〉的開頭：

> 自從降霧以來，周圍的東西就都長出了很長的絨毛，而且不停地跳躍。我整天大睜著雙眼，想要看清一點什麼，眼睛因此痛得要命。到處都是這該死的霧，連臥室裏也充滿了。它們象濃煙一樣湧進來。從早到晚佔據著空間，把牆壁弄得濕漉漉的。白天還勉強能忍受，尤其難受的是夜間。棉被吸飽了水分，變得沉甸甸硬邦邦的，而且發出一種「吱吱」的叫聲，用手一探進去冷得直哆嗦。家裏的人一齊湧向儲藏室，那裏面堆滿了濕津津的麻袋。角落裏放著一個電爐子，烤得熱氣騰騰的。媽媽一進去就把門反鎖了，大家擠在一處流汗，一直流到早上。

　　〈民工團〉為什麼要以俗常化的方式開頭，林舟先生的解讀是：「隨著小說的展開，你會逐漸意識到，開頭的樸素和常態不過是提供了一個過渡性平臺，讓你不致於一開始就被嚇跑。」[4]這當然不失為一種說法，且有一定的道理。但我更願意做另外一種解讀。我認為，小說開頭部分很現實化的敘述和描寫實際上是一種交代、一種背景。「我」（小說用第一人稱敘述方式，從後面的敘述中知道姓瑤）隨民工團來到一大城市打工，被安排在車庫地下室的宿舍裏，六個人一個房間（約 10 平方米），工頭（後來知道姓楊）非

---

[4] 林舟：〈權力與慾望：精神強力的形式——對〈民工團〉的一種解讀〉，《當代作家評論》2004 年第 2 期。

常兇惡粗暴，清晨三點過五分就吼叫我們起來去幹活，第一天的活是背水泥，背了幾趟之後腳就發軟了，稍有閃失便有生命危險。這種交代和背景為小說的主題以及故事情節奠定了基礎，也使小說的價值和意義具有強烈的現實性，它讓我們的理性和感覺相對集中而不致於過分游離，它使我們的閱讀和理解始終在一定意義的範圍內滑動。

民工每天清晨三點就起床幹活，其累或痛苦的程度是可想而知的。為了能夠換取輕一點的活，民工中流行一種告密的風氣，告密者可以得到獎賞，即幹輕一些的活，而被告密者則要受到懲罰，即幹更重的活，這是民工團的「第二十二條軍規」。這一「規則」在小說中非常重要，小說的故事就是從這裏開始的。但「我」卻不遵守這一「正常」的生活倫理，既不告密，也不反擊告密，這樣就打破了民工團的生活「規則」，造成了不和諧，並且危及民工團的安定，衝突由此而起。楊工頭終於沉不住氣了，有一天主動找「我」談話，第一句話和燒餅鋪老闆娘的話一樣：「我說你啊，怎麼會落到這步田地的呢？」然後誘導我告密，並且希望「我」告灰子的密。所謂「落到這步田地」其實是給「我」的生活現實予以定位，同時也是告誡「我」，既然到了民工團，就應該按照民工團的方式生活。但「我」並沒有接受他的勸告：「我是不管別人的事的，我只想做好自己份內的工作。」

灰子住在「我」的上鋪，他現在總是躲著「我」。一個中年漢子告訴「我，有人告了「我」的密，果然「我」又被派去背水泥，但「我」並無怨言，也不打聽是誰告的密。晚上在回地下室的途中，工頭突然從轎車裏冒出來，告訴「我」說是灰子告的密，並且特別

讓「我」休息一天，不過不是在宿舍，而是在「公園」。自此，小說就完全進入了荒誕和離奇的景況，故事也在這種荒誕中緊張地展開。

　　晚上「我」睡了一個好覺，第二天起來之後，楊工頭讓我去伙房吃飯，吃小竈，菜很好，廚師也不催（從前是稍吃慢一些，師傅就奪碗）。吃完飯後，楊工頭派了一輛吉普車專程把「我」送到「公園」。「我」上車時，司機沒有和「我」說話，到了「公園」時，也不叫「我」下車，「我等待司機對我發指令，可是司機繃著一張臉不吭聲，忽然他站起來，上半身越過我，用他的拳頭『嘭』地一聲打開了我這邊的車門。」「見我不下車，司機就火了，他掄起一把扳手要來砸我，嚇得我滾了下去。」最後司機給了「我」一句話：「我五點鐘來這裏接你回工地。」冷漠、暴力、敵視，這在民工團中是「正常」的生活方式，對於司機的描寫，並沒有什麼特別的涵義，它不過是順便性地強化了民工團的現實。小說中，楊工頭是一個兇狠、粗暴、野蠻的人，這時他對「我」很友好，這是「反常」的，這種「反常」從另外一方面顯示了民工團的平靜被打破了，這說明，在楊工頭這一方，衝突也正在激烈地展開。楊工頭正常處理問題的方式是「惡」或「暴力」的方式，但他現在採取了「善」的方式，由此也可見衝突的激烈。

　　所謂「公園」，其實是「勞改農場」，但「勞改」對於民工團來說，恰恰是「快樂」的，所以被稱為「公園」。也正是因為如此，作家對這個地方在空間方位上寫得很恍惚。司機把「我」拉到郊區的一座紅色的牌樓下面，這裏是大片的黃土，沒有房屋，也沒有樹。「我」失去了方向，漫無目標地走，「我一邊胡思亂想一邊走到牌樓下面。抬頭一望，右邊是一個皮革服裝廠，左邊是一個亭子，亭

子裏有一群漢子在打牌賭錢。那些漢子也是同我一樣的鄉下漢子，不知為什麼，我覺得他們當中有兩個人似乎有點面熟」。「我」向一個年紀大一些的漢子打聽如何到城裏，他說：「你不會去問灰子麼？」原來灰子在皮革廠裏。「我」找到灰子時，灰子正站在染皮革的黑水裏。灰子帶「我」到一個雜屋（即灰子的住處），到了房裏，「灰子吃吃笑個不停，我問他笑什麼，他好半天才停下來，回答我說，他不是笑，他是在打嗝，可能受了涼。我一摸他的手，比死人的手還冷」。灰子就睡在廢紙裏。在這裏，灰子告訴「我」，他告了「我」的密，但並沒有得到獎賞，原因是他沒有滿足工頭的願望，小說是這樣描寫的：房間裏很冷，「我」就和灰子一起跺腳，跺腳時「我」伸手觸了觸他的胸膛，那裏頭有個圓東西在往外鼓，很嚇人。

> 「這是什麼？！我指著他一動一動的衣服前襟問道。」
> 「是，是我的心嘛。」他喘著氣回答，「我的心是長在外面的，我娘做了布袋子幫我兜起來，這事村裏只有幾個人知道。前天工頭看見了它，要我解下來讓他看個清楚，我沒同意，他就決定送我來這裏。」

灰子已經變成了一個標準民工團人，完全適應了民工團的生活，並且生活過得「平靜」、「諧意」（他後來抱怨「我」把他的生活搞亂了可以為證）。手比死人的手還冷以及心裝在布袋裏，都具象徵性，這特別讓人聯想到《百年孤寂》中人長豬尾巴的意象。

「我」從灰子那裏出來之後，又漫無目標地散步。「便民超市」的老闆告訴我，這裏根本就不是「公園」，而是「勞改農場」，只有

犯了錯誤的人才到這裏來，如果五點還不能被車接回去，就要參加賭博，如果賭輸了，晚上就要發生血案，所謂「血案」，小說中沒有交代，但它實際上就是說有可能被殺死。但五點鐘時，車按時來接我，並且準確地停在我的身邊，奇怪的是司機已經不是早上的那個司機。這一回合的較量，對於楊工頭來說，似乎是一種心理戰，與前面的利誘不同，它更帶有威脅和恐懼的意味，但「我」無動於衷。至此，鬥爭還處於膠著狀態。

回到宿舍，情況發生了變化，一個漢子佔據了「我」的床鋪，晚上「我」和漢子兩人擠在一起睡覺，床很窄，根本沒法睡。「我」罵了句粗話，漢子馬上問：「你一定對上級有很多不滿吧？」「我」趕快否定，說是罵從前的一個壞人。早晨「我」發現灰子的床是空的，「我」建議漢子以後上去睡，但漢子不同意，說是楊工頭交代的：「這不是由我決定得了的。上鋪的人有可能冷不防就回來了，楊工頭就是這麼說的。」後來知道，灰子晚上果然曾回來在床上躺了一個多小時，隨後被吉普車強行拉走了。漢子顯然是工頭的間諜，用來監視「我」、騷擾「我」、引誘「我」，收集「我」的罪證。「我」和漢子擠在窄窄的床上，不堪忍受，而上面灰子的床鋪正好是空的，這是一個明顯的陷阱，一方面是逼我上去，一方面是引誘「我」上去，只是「我」上去，「我」馬上就是犯了錯誤，但「我」就是不上去。「我」罵了句粗話，漢子馬上如獲寶貝，問「我」是不是對上級不滿，但被「我」巧妙地否定了。「我」仍然死報「我從不做對不起別人的事」這一宗旨，以不變應萬變，不犯錯誤，不給對方「把柄」，從而處於一種主動的地位。

　　小說在下面就進入了最為精彩的部分，同時也進入了最為動人心魄的衝突。上午回宿舍換鞋子，發現同鋪的漢子還躺在床上（由此可以進一步證明他的任務是來監視「我」的），他對「我」說：「沒有用的。」「這麼拼死拼活工作，沒有用的。工頭在心裏已經把你除名了。」但「我」的態度仍然非常堅定：「呸！除名！又沒犯錯誤！我昨天還領了工資呢！」殘雪的小說常常有很多省略，這裏也是這樣的。「沒有用的」作為一句對話的開頭，似乎很突兀，但聯繫具體的語境，它的意思其實非常明確，並且具有簡明性。它其實是漢子勸「我」向工頭投降，向民工團這一現實投降，即按照民工團的「規則」行事，包括巴結工頭、告密、尚惡、尚暴力、視痛苦為「正常」等。「沒有用的」一語也反映了漢子的無奈。

　　吃晚飯後，在食堂門口碰到燒餅鋪老闆娘，她說有個寶貝讓「我」去看。她把「我」帶到一間房子裏，「我」看到「屋樑上垂下一根繩子，繩子上綁著一個小伙子，他的長頭髮遮住了面部，在半空晃蕩著」。老闆娘解釋說：「這是我兒子，我請人將他掛上去的。他呀，哀求我幾天幾夜了。你說，誰能經得住這樣死纏不休啊。現在他的企圖得逞了。你站到一邊去，不然他會朝你吐唾沫，他是一個沒有教養的傢伙。」老闆娘還特別叮囑，這件事不能向外人說，否則她兒子會感到沒有面子的。第二天吃晚飯時「我」又想起這件事，再次來到燒餅店，這次迎接「我」的是兒子，而吊在房樑上的是老闆娘，兒子向我解釋說：「她總算生了我，也沒有枉活一世了，對吧？這種關起門來的祕密活動，除了你這種多事的人，別人也不會注意到的。我媽不是一般的女人，有好多年了，我幫她做燒餅賣錢，我們賺了些錢，她的心思不在這上頭，她屬於那種心高氣傲的。

現在我要去把她解下來，她就會大發雷霆，因為還沒到她忍耐的極限。」兒子還告訴「我」，他們娘兒倆只喝水，不吃飯。（這再次讓人想起《百年孤寂》中的不吃飯，只吃黏土的細節。）老闆娘是楊工頭的情婦，但更是楊工頭的一個幫手或工具，向「我」展示「以苦為樂」或者說「自虐」不過是楊工頭的另一個預謀，但「我」對此不以為意，並不欣賞，也絲毫不為所動，這使老闆娘感到很沒有面子、感到很失敗，這大概是她後來出走的原因，所以「我」後來再見到老闆娘時，她的臉「腫得像紫茄子一樣，鼻子歪向一邊，被人打歪了似的」，精神也不振，眼神黯淡。

「我」同鋪的漢子仍然不停地對「我」展開心理攻勢：「你這樣刻苦，其實沒有用。」但「我」仍然我行我素。對於楊工頭來說，鬥爭事關民工團的命運，也威脅到自己作為工頭的地位和威信。但經過幾個回合的較量，楊工頭對「我」毫無辦法，「我」的「無動於衷」、「泰然處之」明顯處於上風，而楊工頭則明顯氣餒、心虛，有一種失敗感。他總是躲著我，經過我身邊時也不看我。但楊工頭並沒有放棄，而是採取了新的攻擊策略，這一次是他親自上陣。

晚上漢子帶「我」來到一處院落，裏面到處都是嘆息聲和哀嚎聲，陰森恐怖。楊工頭也在這裏。

> 「他要有這雅興，讓他站在那裏旁聽一下也是件好事。」
> 那是楊工頭的聲音。他的聲音很快就被窒息了，我聽見了「啊……啊……」的掙扎聲，似乎是有人在掐楊工頭的脖子，可能是起先說話的那個人。房裏大亂，一片桌椅翻倒之聲，同鋪的漢子也不知到哪裏去了。

楊工頭昏過去了，這些人叫我過去幫忙做人工呼吸。

我戰戰兢兢地摸到那群人面前（好像有五六個人）。他們將我牽往躺在地上的楊工頭，要我將他的脖子托起來。那脖子軟綿綿的，腦袋怎麼也扶不正。他們說不管他的呼吸了，先做心臟按摩再說。於是七手八腳扒掉他的上衣。他們都不動手，要我做，說是往他胸口拳擊就行了，用腳踩也行。我心理發悚，脫了鞋，勉強踩了幾下，我感到自己像踩在一堆柔軟的爛泥上一樣。

「好！」他們齊聲稱讚我。

我鼓起勇氣又踩了幾下，大家又說好。但是我害怕極了，我覺得工頭已經死了。我這樣踐踏他，是為了報復他對我的迫害嗎？其實，我一點都不想報復他，畢竟，他沒有從肉體上折磨過我，也沒扣過我的工資，怎麼談得上迫害？

所以我停止了動作，但明顯遭致了批評，有人說：「看來老瑤對他的工頭評價不高？」過了一會兒，又聽到楊工頭說話：

「打我的腦袋吧，你們打啊，用力打！給我一把刀，讓我把腦袋割下來！」

「他說得多麼動聽啊。」有一個嗓子尖尖的人稱讚道。

有人按住工頭不讓他動，他又用力掙扎起來。這一次，連床都弄翻了。工頭的力氣真大啊，三個人都按不住！於是又掐脖子，又喊救命。我想趁亂逃跑，就開了門。

　　但「我」又被守門人拖了回來。守門人告訴「我」，這是私設的刑堂，並且誇耀說：「有些刑具的花樣沒人能想得出。」但「我」還是走了。「我」走時聽到楊工頭仍然在求人打他的腦袋。在整個小說中，這段情節最為扣人心弦，也最令人心醉神迷。所謂「刑堂」，就是暴力世界的「天堂」，這根本就是一個和現實顛倒的世界，在這裏，一切以殘暴為準則、以痛苦為樂事，不僅以施暴和它虐為快，而且以受暴和自虐為快。楊工頭的自我摧殘、承載痛苦以及享受痛苦贏得了眾人的喝彩，「我」加入這樣一個暴力的世界，拳擊楊工頭的胸、用腳踩他的身體，得到眾人的齊聲稱讚，相反則遭到批評。花樣翻新的刑具本來是罪惡和恐怖的象徵，但卻被炫耀。把「我」引入行刑室，這顯然是楊工頭的一個預謀，是一種「網捕」即陷阱，但「我」並沒有陷進去。「看來老瑤對他的工頭評價不高？」實際上是說「我」並不欣賞楊工頭的「受刑」表演，楊工頭的暴力極盡展示並沒有征服「我」，這對楊工頭來說可以說是一個巨大的打擊，對於民工團來說也是一個巨大的打擊。所以，這之後，情況發生了根本性的逆轉，民工團因此而完全失去了慣常。

　　吃早飯的時候，同鋪的漢子顯得很萎靡，他哭喪著臉對「我」說：「你昨天那一跑啊，把工頭害苦了。」「你這種態度讓我覺得我們沒有希望。」上午勞動的時候，葵叔說「我」「已經佔了上風」，「你昨天那一走啊，搞得他沒臉見人了。你那一招真厲害啊」。整整一天，工頭都遠遠地躲著我，站在原地方看著我幹活。第二天又是這樣，他甚至不再直接給我派活，而是通過別人傳達，活也很輕，我做得也很慢。上廁所在民工團通常被當作是偷懶，而我上了兩次

廁所，楊工頭也不管，相反地，他自己絕不上廁所，整整一上午都
像雕塑一樣站在那裏。

　　「我」實在不好意思，主動找他表示歉意，「我」說：「真對不
起啊，那天夜裏的事！」工頭倒抽了一口冷氣，眼神變得呆滯起來，
問「我」：「你，是不是懷疑我的誠意？」「我」問：「你真的想死嗎？」
他點了點頭。「我」說：「那就去死罷。」他卻又搖頭，臉都發白了。
工頭遲疑了半天才說：「你，對我失去了信心麼？」說完這話，他
絞著雙手，顯得異常沉痛。這裏，我們可以看到，說話的權勢完全
在「我」這邊，相反地，楊工頭在精神上可以說徹底崩潰了。小說
中有一段很重要的議論：「此地是一個大冷庫，不管誰到了這裏，
他的心都要被凍僵。然而還是有原因不明的激情在暗中活動。工頭
啦，灰子啦，廚師啦，葵叔啦，不論是誰，都懷著這種古怪的激情，
也許他們僅僅為這而活。」現在的楊工頭可以說被「我」弄得失去
了生活的信心和激情。後來的事也應證了這一點，老石告訴「我」，
上午工頭肚子痛，痛得從腳手架上栽了下去，幸虧下面是個沙坑，
才沒有受重傷。

　　晚上灰子突然回來睡覺了，灰子埋怨「我」把楊工頭搞得一點
自信心都沒有了，楊工頭現在不管他了。第二天早上灰子躺在床上
不起來，「我」問他為什麼，他說對他來說生活已經沒有意義了。
賈平凹的長篇小說《懷念狼》中有一個細節：狼不被獵人追打時，
反而失去了靈性，失去了矯健、勇猛和威嚴。這兩個細節其實具有
相同的象徵意味。灰子曾說過一句話，「有人勸我回去，他們根本
不瞭解我。」灰子是獨子，回家其實可以過得很舒服，這是人們勸
灰子回去的原因，灰子說別人不瞭解他，表明他實際上對生活有另

一種理解，他並不願意過舒適的日子，而願意過民工團的非人生活，正是在殘暴和痛苦中他體會到一種生活的激情。「我看見他吐出的全是紅色的東西。我心裏想，他活不過這個冬天了。現在他就是願意幹活也幹不了了。當我仔細觀察他時，我發現他並不沮喪，甚至還有點興奮的樣子。他同漢子站在那裏，臉上的神氣就好像他們是某樁事情的主謀策劃者，那種優越感是顯而易見的。」「我對他的憐憫全是多餘的，他很有主見，太有主見了。他使自己的身體受苦，甚至致殘，其實是為了達到一個我沒法瞭解的目的。」灰子的人生信念現在完全變成了嗜惡，所以當灰子知道「行刑」這件事之後，異常興奮，非要「我」帶他去，後來即使只看到了斷垣殘壁也激動不已，嘴裏不停地說：「來得真是及時啊。」

　　老闆娘的兒子是一個著名的惡棍，現在也來民工團做工。這傢伙什麼也不會做，但整整一天他都不停地指責「我」、諷刺「我」。這顯然是楊工頭用來對付我的又一個手段。但「我」的一句話就讓他萎靡了，「我」說：「你前一陣可比現在顯得年輕啊。」這句話擊中了要害，原來，他媽媽出走了，「她把鋪子留給我了。我可繼承不了她的事業，沒這個能耐，所以我就成了閒漢」。就「我」的解讀，老闆娘的兒子整天遊蕩、到處幹壞事時，充滿了活力和激情，但一旦讓他做正人君子的時候，他便對生活失去了興趣，便精神萎縮了，人一下子也變老了，這讓人聯想起金庸小說《天龍八部》中的天山童姥這個人物。這之後的楊工頭很久都不訓人了，他每天都坐在工地上的空坪裏一根接一根地抽煙。晚上來查鋪，態度出奇地好，滿臉堆著假笑，說話也非常客氣。顯然楊工頭已經徹底沒有了信心，完全失敗了。

　　但故事情節卻在意想不到的地方發生了戲劇性的轉折。

　　「我」感到太累了，感覺到快要倒下了，鼓起勇氣向楊工頭求情，楊工頭真是喜出望外，最後安排給「我」一個非常輕鬆的活。「我」的工作就是待在正在修建的樓房頂層的值班室裏，晚上通宵把燈開著，不做任何事情，不用管事，也不負任何責任，當然也有限定，就是不能下樓，活動限於平臺上。每天有人把飯菜送上來。「我」在這裏過得非常舒服，就像住在療養院裏一樣，也非常平靜。但第四天的時候，出現了一隻狼狗，「我」認定牠是一條瘋狗，「本來我如果閂上門待在房裏的話就什麼事也沒有，可是我的意念出現了偏差。不知道根據什麼我自信地認為我可以除掉這隻瘋狗。於是我拿起放在門後防賊的木棒出去了」。結果，狗當然是被打死了，但「我」的腿也被狗咬傷了。「我」試圖下樓去醫院，但出不去，腿變得麻木，再也站不起來，呼吸也很困難，傷口還向外溢出黃色的泡沫，後來就昏睡過去了。再後來是楊工頭把「我」推醒，老闆娘給「我」治腿傷，治傷的方式也是典型的民工團方式，她用匕首在「我」的小腿上剜下一塊帶血的肉，小說接下去是這樣描寫的：

> 我的小腿那裏出現了一個洞，卻並不流血，我甚至看見了裏面的白骨。經她這麼一刺激，所有的感覺全恢復了，腿鑽心痛。「你可以試著站起來走一走嘛。」她得意地看著我說。
> 趁我沒注意，她猛地一把將我拉起。我晃動了一下，居然站穩了，當然那種痛是沒法形容的。我本能地要坐回床上，可是她不讓，她橫蠻地將我拖到房子中間，拽住我手不放。我牙齒磕響著，告訴她我受不了。

　　但老闆娘根本不管我，還說我嬌氣。並說已經把我治好了。這之後，我的腿一直劇痛，不斷暈過去，又不斷醒來。最後是慢慢適應了這種劇痛。

　　對於狗是如何出現的，小說當然有一些交代和推測，但這明顯都是一些伎倆。狗在這裏應該是一種象徵和工具。至於它具體有什麼涵義，這並不重要，重要的是「我」也變得惡了、變得殘暴了、變得富於攻擊性了。我也陷入了痛苦之中，慢慢學會承受痛苦了，並且在承受痛苦的過程中慢慢習慣了以痛苦為「正常」，小說是這樣結尾的：「我的傷口到今天也沒有痊癒，但也沒有更進一步惡化。正如它所給我的疼痛的感覺一樣。發生變化的只是我的適應力。現在我已經把自己看作一個正常人了。有些重活我已經不能幹，但我能夠勝任的活還是很多的，所以工頭也用不著為派我的活傷腦筋了。我的褲腿遮擋著傷口，別人看不出有什麼異樣。只是當風太大從傷口那裏吹到骨頭上時，我的全身就會發起抖來。」我成了殘暴而能夠承載痛苦的人，一個標準的民工團人，並且是「民工團的寶貝」，其原因自然是這種改造來之不易，所以彌足珍貴。楊工頭曾特別自豪地向新民工介紹說：「這個老瑤是你們的同鄉，你們以後就要同他共事了。他剛來的時候也是跟你們一樣，什麼都不懂，現在他已經變成老狐狸了。到了他這個份上啊，就是不幹活，我們也要花錢養著他！你們好好在這裏學習吧。」這句話實際是暗示了小說的主題，包含了小說的衝突過程，也是對故事結局的一個總結。

　　「我」作為「異端」被征服之後，民工團又恢復了往昔的平靜，一切都走入了正常。「工頭又變成了一頭兇殘的狼，他將雙手背在後面，鼓起金魚眼，手一揮一揮地向這些人訓話。」燒餅鋪又重新

開張了，老闆娘又回到舖子裏去了。「我」也「正常」地回到了工地，「我」雖然疼得每走一步就像踩在刀尖上，但卻沒有昏倒，傷口也沒有惡化。「自從老闆娘用匕首從傷口剔出腐肉之後，傷口還從來沒包紮過呢。那個深洞始終沒長攏，骨頭就這樣露著，看一眼都讓人毛骨悚然。」但「我」慢慢習慣了。

所有的小說都是不能敘述的，托爾斯泰曾說：「如果我想用詞句來說出我原想用一部長篇小說去表現的那一切思想，那麼，我就應當從頭去寫我已經寫完的那部小說。」[5]對於殘雪小說來說尤其如此。〈民工團〉的故事雖然相對殘雪其他的小說來說比較清晰，但仍然非常隱祕，以上的敘述不過是我的一種發掘或解讀，是以大量的遺漏作為代價的，所以誤讀在所難免。但我並不以「誤讀」為錯誤，因為殘雪的小說充滿了荒誕，再加上非理性、模糊、意象的跳躍、意義的空白等特點，它根本就沒有所謂「正解」，誤解不僅具有合理性、合法性，同時還恰恰是一種創造的表現。也正是在這一意義上，本文對〈民工團〉進行了另一種解讀。

殘雪深愛魯迅，從這篇小說中也可以看到作家受魯迅影響的痕跡。我認為，這實際上是一篇仿擬〈狂人日記〉的作品，但這種仿擬只是形式上的，而在藝術精神、思想內容上都有實質性的差別。魯迅的〈狂人日記〉是現實主義的，而殘雪的〈民工團〉則是現代主義或後現代主義的。狂人是反抗的，而「我」則是無奈的，最後都是失敗，但失敗的性質不同，狂人是病好了，而「我」則是鬥爭

5　托爾斯泰：〈致尼・尼・斯特拉霍夫〉（1876 年 4 月 23 日），《文藝理論譯叢》1957 年第 1 期，第 231 頁。

的失敗、是屈服。小說的衝突是緊張而激烈的，但這種緊張和激烈是內在的，即心理的。由此我們也看到了另外一種講故事的方式。

本文原載《雲夢學刊》2005 年第 2 期。
《中國現代、當代文學研究》2005 年第 6 期複印。

沒有雕飾的小說

——評《組織部長和他的同事們》

　　組織部並不是一個特殊的部門，但對於有的人來說是一個很陌生的地方，以致好多年前，還有文化水平並不是很低的人以為組織部的「組織」就是為宣傳部開大會召集人馬、佈置會場。而對於另一些人來說，它又是一個很神祕的地方。在文學創作上，它不僅神祕，而且敏感。1956 年，王蒙發表短篇小說《組織部新來的年輕人》，開組織部題材小說之先河，但自從被批判以後，組織部作為文學的題材，則成了不成文的禁區，再少有人問津。當然，除了題材本身比較敏感以外，作家對組織部門的生活缺乏深入的瞭解與體驗，也是組織部題材的文學作品缺乏的很重要的原因。最近由珠海出版社出版的陽生著《組織部長和他的同事們》則是在這一題材上具有開拓性的長篇小說。我不敢肯定它是不是組織部題材的第一部長篇小說，但在長篇小說方面專題寫省委組織部並輻射到省委、省政府的政治生活，這是第一部。

　　不論是從內容上還是從藝術技巧上，這都是一部很有特色的小說。

　　小說以省委組織部為中心而又輻射開去，從基層組織建設到高層組織運作，從領導到群眾，從政治生活到家庭生活，從提撥到被

提撥，從考察到被考察，從工作到休閒，政治上的升降沉浮，個人生活的情感糾葛、愛情恩怨，小說既寫了普通幹部的日常工作與日常生活，又寫了高級幹部的精神內心與政治生涯，可以說是一部全面反映組織部生活的長篇小說。同時，組織部又從各個方面與下層和上層之間有著千絲萬縷的聯繫，「組織部往往會處在矛盾的焦點上」，小說通過對組織部作為「矛盾焦點」的描寫廣泛地反映了社會生活的各個方面，容量很大，具有豐富的內涵。

　　小說反映的生活不僅廣泛，而且深刻。作家生活經歷豐富，對生活有切近的感受和體驗，對生活所包含的哲理意義以及政治內涵有著深刻的認識和理解。小說是作家集幾十年生活的心血，它是作家生活經驗和生活體驗的濃縮。作家是帶著強烈的感情寫作的，對正義和邪惡具有鮮明的傾向性。在風格上，它不是悲劇的，它不追求給人以一種震撼的力量，而是善惡分明、愛憎分明，道德評價與歷史評價有機統一，有正面的教育意義。因此，小說既表現出了一種歷史的進步性，又給人一種巨大的倫理、道德的感染力。

　　從內容上說，小說既有廣度，又有深度，既具有現實使命感，又具有歷史厚重感，是一部力作。生活與藝術的關係，這是一個不能再舊的話題。藝術來源於生活，生活是文學創作的源泉，這是盡人皆知的道理。但說起來簡單，做起來難。很多作家，並不是不重視生活，也不是不明白其中的道理，而是其生活的範圍本身限制了他的視域。很多作家對中國現行的權力運作和官場內幕非常感興趣，也想在這一題材方面有所創造和開掘，但這並不是一件容易的事。組織部的生活是比較特殊的生活，若非生活於其中，不能感受體驗其中的況味。對於一個身處場外的人來說，恐怕只能看到其外

表，對於其內在的路數則難以參透其詳。陽生先生是一個具有特殊經歷的人，他對組織部內部從上到下、從個人私生活到公共政治生活，以及組織部與其他部門，特別是領導和被領導部門之間的複雜關係的廣泛而深刻的反映，這是坐在書房裏的作家無論如何也想像不出來的。這不完全是藝術的問題，某種意義上是生活本身的問題。生活本身是很精彩而生動的，很多作家寫不出來，主要原因在於他們是作家，他們沒有生活在生動與精彩之中，而是生活在書房裏。文學的本性在於創造，藝術之美以各種方式呈現，我們絕不能否定藝術形式的探索，有的作品就主要是以藝術形式的富於探索而名垂青史。但《組織部長和他的同事們》則顯然是以生活本身的獨特以及內涵的深刻取勝。

小說最精彩的可以說是人物之間的對話。說話是一門學問，對於領導來說，它是一種領導藝術，小說把說話作為一種領導藝術表現得可以說淋漓盡致。面對一個複雜的場面，如何迅速地把握全局，抓住問題的實質和要害，如何通過觀察對問題進行準確的判斷並迅速地作出應變的基本措施，這是作為領導的基本素質，它是沒有止境的追求，領袖人物大多在這方面表現出超人的天才。職業就是和人打交道的組織部的人，似乎比一般的人在這方面更有敏感性。組織部重要的工作就是開會，很多重要的幹部任免和要事調整都是通過商討研究決定的，所謂商討研究其實就是以「話」服人，因此，組織部的會看似和其他的會議一樣平靜，其實卻暗藏著激烈的衝突矛盾和鬥爭，有時甚至暗藏著殺機，很多人的命運就是在這種會議上被不經意地決定了。小說描述了大量的這樣的研究會場面，唇槍舌劍，充分顯示了領導們的說話藝術。什麼身分說什麼話，

什麼場合說什麼話，什麼時候說話，說話要達到什麼目的，話該怎麼說，如何才能簡明扼要，如何才能擊中要害，如何表達不同意見，如何做到既要表達自己的意見又不冒犯對方，如何以最簡明的道理說服或者擊敗對方，如何把自己的私心以最堂皇的方式說出來，如何最大限度地讓對方雖心不服但口服，如何調和，如何折衷等等，小說給予了充分的展示。

　　第四十一章，寫省委常委聽取對省人事局領導班子考察的彙報，這是小說矛盾雙方一次尖銳的交鋒。省委書記冷子冰顯然是有備而來，並且準備「在這次彙報會上狠狠地批一通組織部和喬林的」，但考察組的考察彙報漏洞百出，被組織部一一反駁，冷子冰也非常被動。從氛圍上來說，組織部和喬林應該是滿意的，對於如何處理人事局的班子，喬林顯然取得了主動，他以會議主持人的身分把球踢給冷子冰：「你說說吧，你說說以後，我們的彙報會就結束了。」冷子冰因為處於被動，所以表示出謙讓：「『你先說說吧，需要定的你說說你的意見，大家沒有什麼意見就算定了。』冷子冰表現出非常尊重喬林的樣子。」他不得不表示出尊重喬林的樣子，既顯示了一種平易民主的作風，其實也是以退為進、以守為攻。最後雙方都表示同意省長郭若路的意見，都說以對方的意見為定，但其實都表示了自己的意見，並且顯然都要說了算。喬林的意見是：「我沒有什麼說的，省長說對人事局的班子採取交流、下派的辦法解決，我原則同意，劉森是個年輕幹部，需要鍛鍊，可以到某個縣去任副書記，戶口不轉，工資也不轉，職務不免。」把下派當副縣長改為當副書記，並且加了很多的附加條件，這可以說是在邊緣處作文章，在「原則」的空白處做對自己有利的最大可能的解釋。冷

子冰的意見則是：「任宏田這個人有毛病，群眾有意見。宋丹同志，你找他談談話，嚴肅地指出他的問題，限他半年改正，否則調離，另行安排工作。」這本質上把實際問題虛化。這裏，所謂尊重對方，只是沒有反對對方，各說各的意見而已，喬林減了對劉森的處罰、冷子冰減了對任宏田的處罰，最終是都滿意又都不滿意。在無關緊要的事情上盡量遷就對方，但實質問題上誰也沒有讓步，真意都隱藏在冠冕中。

　　與此相類似，第三十六章寫省委書記辦公會聽取應慶安關於省電力廳廳長楊慶山貪污和男女作風問題調查情況的彙報。楊慶山貪汙和男女不正當關係事實確鑿，應慶安的「初步意見是撤職，正廳級降為正處級，開除黨籍」，這時，省長郭若路發表意見：「過去有人向我反映楊慶山有男女作風問題，他向我彙報工作時我對他說，有人反映你有男女作風問題，如果有就要向組織上交代，可以從輕處理，如果沒有也要注意這方面的問題。」這既是表明一種事實，也是表白自己對工作的負責，更重要的則是暗示他與楊慶山之間的關係。其他人當然一聽就明白，再加上他的身分以及與到會者的關係，所以誰也不好說什麼，最後還是聽他的。郭若路的最後意見是：「楊慶山是重犯，開除他的黨籍也不冤枉他，罪有應得。但是全面地看他，這個人的工作還是不錯的，他對咱們省電力建設是立了功的。聽說那兩個女的也不是好東西，當然楊慶山要負主要責任。我看老應說的處分重了一點。我的意見在老應說的意見基礎上加一級，減一級。」所謂「加一級，減一級」即正廳級降為副廳級，開除黨籍改為留黨察看。閃爍其辭，貌似公正，表面一分為二，符合辯證法，但個人意圖的實質仍非常明顯，「一加一減」，話說得輕鬆，

但和初步意見可以說是天壤之別。當然，作者這樣寫的時候未必意識到它所包含的如此意義。但仔細揣摩，這些話的確具有豐富的涵義、具有深長的意味，值得玩味。

　　第二十四章寫冷子冰與宋丹談話，這也是非常精彩的。當時，冷子冰對組織部的反感已經很深，對宋丹也有看法，但還沒有失望，宋丹對冷子冰有意見也是非常明顯的。所談的問題又非常敏感，誰也不願意讓步，弄不好就會激化矛盾，從而對雙方都不利。特別是對宋丹來說，作為下級，既不能喪失原則，放棄自己的觀點，又不能頂撞冷子冰，冷子冰畢竟是一省書記，直接頂頭上司。而且是冷子冰找他談話，談什麼事先不知道，無法準備。開門見山，沒有調劑、沒有緩衝。這對宋丹來說是一個巨大的考驗。但談話卻很順利，可以說雙方都比較滿意，冷子冰的意見得到了尊重，宋丹該說的話都說了，該提的意見也提了。冷子冰當然有水平，而宋丹的說話藝術尤其得到了充分的表現，比如對在部長會議上傳達討論冷子冰關於任宏田信的批示的問答，宋丹的回答是：「是的，我將你和喬書記的批示還有任局長的信向部長們作了傳達。我的目的是研究如何落實你的批示。部長們對你的批示沒有意見，但是對任宏田的信卻有意見，認為他向領導反映的問題基本上不是事實，他這樣不實事求是地向你反映情況是不對的。我們準備向你寫個報告說明情況。」傳達討論冷子冰的批示對於宋丹來說具有非常複雜的心理，「落實批示」只不過是說得通而已，但絕不能涵蓋其全部內涵，但作為回答冷子冰的提問，這是唯一的答案。此時此刻，此情此景，它有無窮的韻味。部長們有意見，特別是對任宏田有意見，既是實情，又不完全是實情，部長們對冷子冰的批示其實也是有意見的。

公開信件及批示其實有給冷子冰難堪的意味，因為批示並不恰當。從讀者的角度來看，宋丹的回答具有反諷的意味，但設身處地想想，宋丹也只能這樣回答。對於宋丹把他的批示在部長會議上傳達並討論，冷子冰未必不明白宋丹的微妙用意，但他明知故問，實際上是試探宋丹、考察宋丹，沒想到宋丹反過來把難題又交給了冷子冰，讀到此，真是令人拍案叫絕，也為作家的高超藝術擊節讚嘆。

小說最突出的特點也可以說是最大的成功，是會議場面的描寫和人物的對話。無論是大人物還是小人物，無論是正面人物還是反面人物，都各懷心思，大腦飛速地運轉，心理活動異常複雜，想說的話很多，但外表上卻表現得很平靜，話說出口並不多。最關鍵的是這些話每一句都擲地有聲，既平和、理性、圓潤，又抓住要領、擊中要害，讓讀者驚嘆、佩服。特別是高級幹部的說話，充分顯示出領導的藝術，說話既不違背原則，符合有關政策和精神，又要照顧到各方面的關係和情緒，樹立形象、團結同志，同時還要達到自己的目的，滿足個人的願望包括個人私心願望。目標明確，有理有節，表現出水平。小說對高級幹部的心理描寫也非常精湛，話說得越多，越是高談闊論，越是滔滔不絕，說話越是無關緊要。重大問題，話反而說得少。越是內心緊張，越是外表輕鬆。最重要的思想往往是以最平庸的方式表達出來的。把心理活動描寫和語言行為描寫有機地結合起來，心口對比，顯示了深度。小說把高級幹部寫成了真正的高級幹部，這是那些坐在書齋裏的作家想像不出來、虛構不出來的。

人物塑造上，冷子冰、喬林、宋丹、任宏田、劉思生、古明、張曉華都很形象。特別是冷子冰，刻畫得非常成功，給人的印象最

深。在南江省，他是第一號人物，在貢獻和資歷上，其他人都無法
和他相比。他的性格有多面性，一方面，他有高度的政治責任心，
有強烈的歷史使命感，有很高的政治水平和領導能力，可以說是一
個強力人物。另一方面，特殊的經歷、地位及權力以及特殊的時代
條件又培養了他的性格弱點，人性的另一面可以說得到比較充分的
釋放，他專斷、霸道、感性。他說話的口氣、方式包括工作作風顯
然是學習某個領袖人物，且學習得很到位。冷子冰在性格上具有非
常明顯的弱點，但絕不能說他是反面人物。在用人上他有主觀的一
面，但在工作上又非常注意調查研究；工作上有時很感性，但並不
是不講策略，有時也非常理性；他有專斷霸道的一面，也有親切的
一面。他是一個很複雜的人物，正是其複雜性使這個人物具有豐富
的內涵，從而讓人回味和深思。

　　宋丹是作者極力褒獎的人物，他正直、關心人、責任心強、對
工作熱情，有豐富的工作經驗，有很強的工作能力，是典型的德才
兼備的幹部。喬林給人印象最深的是其人城府很深，穩重、老練，
做事不露聲色，體現了一個老黨務工作者的優良品質和特點。任宏
田作為一個政治流氓有很大的代表性。劉思生為人厚道、誠懇，工
作勤奮、任勞任怨，深得同事們的愛戴。古明是權力鬥爭中的一個
失敗者，應該說，他也是一個權力鬥爭的高手，他給冷子冰通報組
織部討論於惠的情況反映了他的鑽營能力，他給任宏田的出謀劃策
也是高招，他的應變能力也是非常強的，在鬥爭中他表現出智勇和
機敏。但他是小聰明，缺乏大謀略、缺乏遠見，行事草率，沒有足
夠的領導能力。他失敗的根本原因在於道德的缺失。相反地，張曉
華則體現了一種善即德的品格。在她身上，作家傾注了更多的道德

評價。張曉華的性格用一句話概括就是：人好。與人無爭、與世無爭，關心體貼同事、關心體貼家人，勇於做自我犧牲，所以深受同事們的好評。她的愛情悲劇表現了一種倫理的力量。作家在張曉華身上用了很多的筆墨，但給人的印象不是很深，作為人物形象，總讓人感覺有某些不足。性格單一，這恐怕是不太成功的關鍵原因。但她的意義是非常耐人尋味的，小說表現了現時的一種人才觀，即倫理的人才觀。時代在張曉華身上投下更多的積澱，它表現了價值與歷史的衝突。

小說在結構安排上很緊湊，圍繞著張曉華的「上」和任宏田的「下」兩個具體事件來寫，把各種矛盾彙集在一起，層層展開，鬥爭激烈而緊張，情節生動，具有強大的吸引力。在我看來，小說並沒有採取什麼特別的藝術技巧，平鋪直敘，自然展開，既沒有設懸念也不吊胃口，沒有烘托、沒有渲染，但仍然給人以驚心動魄之感。情節一波三折，道高一尺，魔高一丈，反覆鬥爭沒有結果，有點像金庸的武打小說，讓人手不釋卷。小說敘述簡潔，用白描的手法，從不拖泥帶水，情節安排合理、材料剪裁得當，不追求情節效應，事件複雜，故事曲折反覆，最終的效果是給人以緊張感。在這一意義上，小說顯得很大氣，像大手筆所為。

作家長期在組織部門工作，對組織部有著深厚的感情。小說的素材大多來自作家的親身感受和經歷，作家本人的身影也不時在小說中晃動，對於小說中的人物和事件，作家的感情偏向是非常明顯的。但公正客觀地說，作家所極力褒揚的人和事並不一定在道德上無可指責，作家所批判的人和事在道德上未必一無是處。作家對真善美的歌頌和對假惡醜的鞭撻，作為一種情感傾向是值得充分肯定

的，這事實上也是小說具有感染力的一個很重要的原因。但必須承認的是，作家在小說中所直接表現出的道德評價帶有很多個人的因素。小說中，通過人物的口，有很多議論，這些議論很多是很精闢的，有的作家贊成，有的作家不贊成。第七章劉思生和張曉華談話時說：「現在的人際關係又很複雜，許多矛盾並不是因為工作上的問題，往往是人際關係的矛盾。」這是劉思生不經意地說出來的，話很平實，但卻道出了普遍的真諦。在和平時代，所謂政治鬥爭，很多都是人事鬥爭，真正的「政治」鬥爭可以說很少，很多矛盾和衝突都是由人際關係引起的，真正因為政治觀點不同而造成的矛盾倒是少之又少，但具有諷刺意義的是，很多人事鬥爭都冠以政治鬥爭。第十一章，何為發牢騷說「現在是小幹部找靠山，大幹部換親信」，作家認為這是「離譜」的話，但它實際上非常精闢。作家一再通過人物的口說組織部沒有權力，說組織部只有建議權，而這建議權的一半還是人家給的，但通觀整部小說，組織部的權力其實是相當大的，很多人的命運就是通過組織部而被改變了。古明在品質上存在著明顯的弱點，作為黨的高級幹部，缺「德」，這是很大的缺陷，應該批判，但發表不同的意見，這是古明的權力，說洪昌有病因而張曉華不適宜當副部長，這當然是很荒唐的理由，但這只是表明他的態度，他不同意張曉華當部長是本質，至於什麼理由並不具有實質性，其他人拿他表面上的理由而不拿他的態度作文章，其實是避重就輕。洪昌的死，原因是很複雜的，但人們把它和古明不同意張曉華當部長這件事捆在一起，從道義上對他進行譴責，其實是沒有理由的。難怪古明會感到恐怖。小說的第四十五章，古明徹底失敗，他有一段議論：「古明承認他在這場自編自演的權力鬥爭

中失敗了。權力鬥爭從來就是兩個結果：勝利和失敗。勝利和失敗均屬正常，不管落個什麼下場，他都不後悔。」這真是切膚之言，它是古明用寶貴的政治生命換來的，是真言，沒有什麼不對，也無可厚非。

　　所以，通觀《組織部長和他的同事們》，我們看到，作家的思想感情和傾向和他所反映的生活實際上存在著矛盾，這種矛盾使小說具有一種內在的張力，正是這種張力使小說的意義遠遠超出了作家的主觀意圖，變得豐富而複雜。因此，我們實際上可以從多方面對這部小說進行解讀。在這一意義上，小說的意義溢出了「組織部」。

　　　　　　本文原載《小說評論》2000 年第 6 期。

都市的豐富與空虛

——讀央歌兒中篇小說《來的都是客》

　　都市文學可以說是 90 年代文學中一片耀眼的風景，並且被很多人誤認為是一種新興的文學。其實，都市文學在 30、40 年代就非常繁榮，並且形成了中國現代文學的一個高峰。但不論是內容上還是藝術上，90 年代的都市文學都不同於 30、40 年代的都市文學，根源在於：時代在變化，都市在變化，藝術也在變化。從文學體裁的分類來說，都市文學主要就題材而言的，大凡以都市為題材、反映都市生活、表現都市精神的文學作品，都可以歸類到都市文學。所以，都市文學是一個非常寬泛的概念，內涵豐富而複雜。就 90 年代的都市文學而言，尤以小說和電視文學最為突出。但有趣的是，與 90 年代電視文學的大眾化不同，90 年代都市小說開始表現出來的是先鋒性、前衛性，是以純文學的形態出現的，這與 30、40 年代都市小說有驚人的相似性。但 90 年代的都市小說也有一個發展的過程，其中一個明顯的變化就是向通俗化、市民化、商業化方向發展，這可以看作是都市小說的某種回歸，即向都市生活的本位回歸，向都市文學消費的本位回歸。當然這種變化也與都市生活的發展本身有關，也與時下文學在精神上的總體趨勢有關。

　　讀央歌兒的中篇小說《來的都是客》（原載《特區文學》2001年第 2 期），則給人一種新的感受，感覺到這篇小說與過去的都市小說有相同的地方，又有不同的地方，感覺到有熟悉的一面，又有不熟悉的一面，覺得小說顯示出了都市文學的某種新的質素。但這「不同的地方」、「不熟悉的一面」、「新的質素」究竟是什麼，一時又說不出來。本文試圖對此做一個初步的探索。

　　我認為，《來的都是客》最突出的特點就是表現或者說反映了現代都市病，即都市表面上繁榮與豐富背後的空虛與無聊。中國隨著工業化的發展和經濟的增長，城市正在極度膨脹，城市越來越多、越來越大，城市的人口也迅速增長，人們蜂湧而至，匯集到城市這片狹小的天地裏。城市的確給人提供了各種各樣的機會，也能滿足人的各種各樣的慾望，特別是世俗的慾望，但城市也把生活簡化、庸俗化了。城市在竭力滿足人的物質上的滿足的時候，則把人的精神的需求壓得很扁，人的高尚的精神生活最後都被轉化成了世俗的物質享樂，人似乎變得很豐富、很充實，但其實是更空洞了。小說女主人公袁姐漂亮、精明強幹，事業心強、有追求，整天都很忙，忙碌得連家庭和孩子都沒有時間照顧。可是再深入地追問，忙些什麼呢？恐怕連她自己也難以給一個很堂皇的回答。也許，為了賺錢是比較勉強的答案。為了賺錢，可以有友誼也可以沒有友誼，可以講道德也可以不講道德。人在金錢面前迅速地分解與組合。讀池莉、方方、劉震雲的新寫實小說，我們能感受到城市市民的平庸、瑣碎，但這種平庸與瑣碎更多地屬於生存或生活的無奈，透過這種無奈，我們能感受到這些小人物內心的痛苦。讀《來的都是客》，我們同樣感受到了城市生活的平庸、瑣碎，同樣感受到了城市生活

的缺乏內涵，但卻沒有痛苦感。就袁姐來說，她所從事的工作其實並沒有多大的價值和意義，其工作的目的就是多招攬遊團，多賺遊客的錢，所遵守的只是商業原則，至於是否符合道德的原則，這並不重要。旅遊之所以有價值，值得去從事工作，僅僅是因為它是城市的一個行業，對於旅遊的價值和意義，袁姐並不去思考，也無需她去思考。所以，在小說中，帶團旅遊雖然表現出很荒誕的色彩，但袁姐卻是很投入地去從事它，並且充滿了成就感。這裏，其實也表現了作家對某種價值觀的認同。這種認同是使小說具有新色調的重要原因之一。

不管作家是有意還是無意，我認為作家把旅遊寫得很荒誕、很滑稽，極富意味。旅遊並不是什麼新鮮事，專門性的遊山玩水以及事務性的出門遠行，是任何時代、任何國家都存在的現象。從審美、消閒和開闊人的眼界的角度來說，旅遊有它特殊的價值和意義。但把旅遊當作一種消費、當作一種產業，以致演變成一種時尚，則是現代城市的產物。我曾寫過有關旅遊美學的專著，也曾有過「某某山水幾日遊」之類的旅遊體驗，我實在不能理解現代一窩蜂性的旅遊有什麼意義，也很難想像現在的旅遊者究竟能從旅遊中得到了什麼。不論是從袁姐帶團的角度來說，還是遊客的遊玩的角度來說，似乎都可以把一路上所見所聞以及經歷看作是對生活的豐富，但這種豐富本質上是生產和製造出來的，具有泡沫性，內在恰恰表現了城市生活的空虛與無聊，也表現了城市在內涵上的流俗。

對於城市市民來說，袁姐也許是一個可愛而可親的人物，她除了漂亮、精明強幹、有所追求以外，還通人情世故、重愛情，有某種道德感和正義感，並且小有幽默。但從根本上，她其實是一個俗

氣的女人，她也爭風吃醋，與其說是她愛耿志，還不如說是耿志能夠滿足她的某種虛榮心，「袁姐覺得跟這樣的男人在一起掙足了面子」，和耿志在肉體與精神上的快感其實是這種虛榮心的一種延伸。在人際關係上，她同樣很市儈，這種市儈之所以不被人討厭，原因在於，對於城市來說，這種市儈已經習以為常，已經被普遍性地認同。我們可以把這看作是人的精神的某種麻木，也可以看作是中國文化精神的某種淪喪，但不管怎麼看，市儈作為城市的通病，這是現實。都市小說似乎越來越流於俗氣，越來越平面化，似乎在進一步迎合市民的趣味，這給都市小說帶來了某種新的氣息和前景，但它明顯也是都市小說的隱憂。

城市應該是現代文明的象徵和集中地，是文化的負載者，但現代城市卻普遍表現出文化沙漠的景象。中國現在似乎遍地都是城市，但令人傷心的是，遍地城市都沒有文化。經濟的確發達了，物質的確豐富了，商業構成了現代城市繁榮的最明顯的表象，但燈紅酒綠所掩藏的是精神的匱乏以及精神的物態化。麻將和性似乎構成了現代城市精神生活的主體。袁姐的丈夫鄧凡軍有麻將癮，一打就是三更半夜，明明輸多贏少，但卻嘴硬：「你怎麼老想我輸呢，啥時候輸過呀！」從不和家裏人玩麻將，嫌碼小，贏了也沒什麼「成就感」。這裏，「成就感」真是絕妙好辭，活脫脫地勾勒出一個精神空虛與內涵貧瘠的都市市民形象。此人可以說是一個麻將的意象，也可以說是一個城市的精神意象。

美國心理學家馬斯洛把人的需求劃分為遞進的許多層次，其中生存是第一需要，也是最基本的需要，緊接著生存需要的是生理的需要，即性的需要。性作為人的生理及繁衍本能，絕對是合理的，

但性的過度和放縱則是腐化與墮落的表現，是人向動物的倒退。想想我們的現實生活吧，小蜜、要小姐、茶餘飯後的黃段子、暈段子，太普遍了、太慣常了。性在現代都市的氾濫似乎表明中國人已經擺脫了生存危機，但這裏的所謂「擺脫」更是嘲諷性的，因為性在現代都市既是最低的需要同時也是最高的追求。在現代都市，性成了一種消費，一種具有物質性與精神性的雙重性消費。性成了很多人的人生終極目的。老沈在做團的時候錙銖必較，非常算計，旅行社的人都叫他「沈摳兒」，但他對情人卻很大方，情人似乎就是賺錢的目的。

在性愛問題上，袁姐似乎有所超脫，丈夫的粗暴性行為被看成是「性騷擾」，她拒絕了老沈的性挑逗，而馬來西亞的麥兆昌的一見鍾情，死纏硬磨地要和她「洞房花燭夜」，則讓她忍無可忍，怒不可遏。但這並不能證明袁姐在性愛問題上的克制、理性以及超越時尚，丈夫的性要求被看作是「性騷擾」，是因為他缺乏柔情；老沈的性要求只能侷限於口頭範圍之內，是因為他是老闆，不成體統，且老沈長得像隻鸚鵡，一句話，「袁姐實在沒瞧上老沈」。就麥兆昌來說，他對袁姐是真誠的，也符合現代商業社會性作為消費的原則，用現代道德標準來衡量，麥兆昌的要求並不為過。但從袁姐的角度來說，這種性行為在精神上絕對是痛苦的，因為它對人格是一侮辱。而只有耿志能夠給她帶來身體與精神上的滿足，一種具有雙重滿足的消費。「流行現代的愛，能買也能偷」，麥兆昌的性是「買」，袁姐的性是「偷」，不同在於，「買」是單向性的，「偷」是雙向性的，但本質上都是消費。所以當耿志感嘆這種「偷」在感覺上的確不同時，「袁姐想那感覺能一樣嗎，一個叫夫妻生活，一個

叫偷歡。生活是要細水長流過下去的，而偷歡則只是一次性消費，只圖盡興，當然若能透支最好」。過去，我們可以把袁姐稱為「中間人物」，甚至是「多餘的人」，但這種評論標準或者話語方式對這篇小說顯然不適用，《來的都有是客》根本就是另一種意識形態，它可以說是現代都市生活的一種平面化方式表達。在這一意義上，作為都市小說，它傳達了一種新的訊息。

社會發展了、經濟發展了，物慾橫流，人情世故、道德觀、價值觀，人與人的關係都發生了很大的變化，這似乎具有必然性。但我總覺得，現代社會可以是另一種樣子的，生活在內容上的日益豐富不應該以精神上的相對貧乏作為條件，也不應該以傳統價值的喪失作為代價。也許是我本人過於傳統了，或者是我的精神還沒有完全麻木，我對中國現代都市文化總是懷著某種憂慮。「社會真是發達了，連調情都無需人工而代之以機械化大生產了。」這充分反映了現代都市物質繁榮所表現出來的內在的空洞。旅遊界沒有永遠的朋友，也沒有永遠的敵人。其實，整個都市都是如此，在經世俗維繫的社會裏，人人都有朋友，但都沒有永遠的朋友，人人都可以是朋友，人人也都可以是敵人。也是出於性的消費，袁姐在和耿志偷歡時充滿了激情，情趣盎然，但耿志的「淫床」顯然不是單獨為袁姐而設的，天知道曾經有多少人曾經在這張床上情願、半是情願半是被迫、被迫地消費或被消費。不管耿志出於何種心理，對於袁姐來說，她消費的目的達到了。袁姐對於耿志的性愛的確是純情的，但這種純情因消費而變得庸俗，庸俗的深處則是人的空虛與無聊。袁姐無論怎麼說都是一個俗人，「算卦的都說我晚年孤獨，但有錢。有錢就行，屁股底下坐一金山，誰陪著我我給誰鑿一塊」。她對於

老沈老婆的想法是：「你要是不想離婚就打斷牙齒和血吞，學學人家希拉里。不想離卻又出來抖落丈夫的隱私，把夫妻關係都弄夾生了，到頭來害的是自己。」令人悲觀的是，這種想法現在已經被普遍地認同。

　　作者央歌兒還是一個比較陌生的名字。我相信這篇小說和余華以及一些先鋒性、探索性的作家所寫的小說不同，它不是一種有意識的探索和思考。作家更多地是寫下了她的觀察與感受。我更讚賞作家的才氣、天資和敏銳。當其他作家們還是憑藝術的慣性套路性地寫都市小說時，作家則憑真切的感覺寫小說，因此別開生面，這是作家自己都未必意識到的。列寧曾稱托爾斯泰是俄國革命的一面鏡子，意思是說托爾斯泰的小說客觀地反映了俄國革命前的現實。作家本人未必同意我對這篇小說的解讀，相信大多數讀者的閱讀感受都會與我的看法有差異。但我更願意撇開故事本身而去發掘它深層的內涵和意義。我認為小說客觀地再現了現代都市的弊端性生活，在故事輕鬆活潑的背後其實隱藏著對現代都市文明的深深憂慮。

本文原載《特區文學》2001 年第 6 期。

「心路」與「歷程」

——讀彭誠散文集《永遠的神女》

　　仔細地讀完彭誠老師的散文集《永遠的女神》，內心有一種說不出的感慨。總的感覺是，很多篇章都寫得很優美、靈動，樸實的外表中隱藏著情感上的清秀，在看似不經意的日常生活和思緒的敘述中卻顯示出藝術的精心與巧妙。就各篇什來說，「人生感悟」、「昔日情懷」、「異國情思」中的大部分文章我都喜歡。並且，以我本人多年從事文學理論研究的經驗，我認為作者對文學理論問題也是富於卓見的。作者長期從事文學工作，曾經擔任劇團編劇，有詩集和小說集出版，著作逾百萬字。文學創作經驗和理論研究使作者對許多重大的文學理論問題都有自己的獨特見解。這都給人留下了深刻的印象。

　　但也許是出身與經歷的某些相似和對人生的信念以及生活態度的相近，我更喜歡作者抒寫對生活的感觸和敘述自己經歷的那些文字。通過這些文字，我們不僅可以看到作者坎坷的經歷，而且可以讀出作者面對命運的磨難所表現出來的堅強剛毅、不屈不撓的精神，也就是說，這些散文不僅敘述了作者的經歷，而且袒露了作者的心路。這些文字對於我來說，似乎有一種個體性或者特殊性，它

不僅勾起了我對往事的無限回憶，對過去苦難童年身世的感慨，同時對於我的人生信念來說，也似乎是一種印證，從作者的成功中，我的人生價值也通過閱讀的方式得到了證實。這大概就是文學理論上所說的「共鳴」現象吧。

作者兩歲時母親去世，特殊的時代再加上偏遠農村的地理位置，飢餓一直是作者早年苦苦掙脫的「敵人」。沒有飯吃，只能挖蕨根打蕨粑、吃野菜，過著半飽半飢的日子。想吃肉，有一天隊裏的豬婆發病死了，爹爹去買婆豬肉，從午後一直等到黃昏，凍得直流清鼻涕，還是沒買到。五一節學校給每位寄宿生半斤糯米、三兩臘肉，作者捨不得吃，踏著星夜，步行八十多里山路趕回家，以便和父親分享。當人身處其中的時候，這種面對生存和處理的方式很正常，至多有點可笑，但時過境遷，在現在的境況下回頭看，這則是生存的變異，不是可笑而是可憐和無奈。讀到這樣的細節，回想自己從前的日子，不覺潸然淚下，真的很感動，父女情深，當然是這感動的一方面原因，但更深層的感動則是作者面對困境時所表現出來的一種精神品格。苦難對於生活來說，當然是災難性的，但更大的災難則是被苦難所摧毀，在苦難面前失去人的尊嚴、失去了人性，最可怕的是苦難導致人的異化，從而產生悲劇。

在這一意義上，我認為作者在平淡的「憶苦思甜」中具有很濃的抒情性。也正是在這一意義上，作者的很多描寫和敘述其實包含著很深層的情感性。比如作者說：「我常去菜園裏穿梭，看見青青的南瓜藤上開著金燦燦的南瓜花，我好欣喜，那金色的南瓜花，那長長的南瓜藤，豈只為當年的阿爸解飢，它一直長久地開放在我的心田。每當我涉足菜場，觸見那黃黃的花兒，便使我想起那個難忘

的歲月。」(〈秋日心語〉)從審美的角度來說,南瓜花的確太樸實了,但南瓜在作者最為艱苦的歲月裏曾有救「飢」之恩,所以作者對南瓜有一種特殊的情感。由瓜而花,所以現在見到南瓜花感到欣喜,這極在情理之中。這就和那些「風花雪月」似的描寫花草以及那些才子佳人方式的嬌情的欣賞自然顯然有本質的不同,這是以很深的個人經歷和人生體驗作為積澱的,背後有很深的情感內涵。

就人生來說,作者無疑是成功的,在事業上卓有成就,特別是在文學創作上取得了豐碩的成果,這很令人羨慕。但更令我敬佩的是作者對生活的態度,特別是面對困難、挫折而堅強、進取、不停地追求的精神,值得學習。對於人生,成就固然是重要的,但成就同時也是相對的,因為成就與一個人的先天和後天的條件有很大的關係,所以,成就的大小並不是衡量人生價值的絕對標準,重要的是成就如何取得以及取得的過程,那些克服了重重困難和阻力,克服了許多先天和後天的不足條件,經過艱苦的努力而獲得的成就尤其值得人欽佩。對於我來說,作者的特別可仰可敬還在於她敢於夢想並鍥而不捨地實現她的夢想。作者從小就立志求學,知道只有通過求學才能實現自己的理想,為了籌措「學費」和「生活費」,小小年紀就下河「撈石子」,就事實而言,這無異於愚公移山、精衛填海,河裏的石子能值多少錢,對於一個孩子的學費和生活費來說,漫說一個孩子,就是一個成年人長年去挑也未必能解決問題。但我們應該理解一個求學心切的孩子的天真與無奈,同時也應該敬佩孩子的勇氣與行為。

作者說:「生活的艱難磨煉了我的意志。」(〈紫陽河〉)由於出身於貧寒的家庭和落後的山區,加上家庭的不幸,作者的童年是伴

隨著苦難而度過的，對於一般的人來說，這樣的條件也許早就認命了，但作者卻怎麼也不願意向命運低頭。十二歲時，作者獨自擔著被子和小木箱，走上了求學之路，清晨就出發，一直到天黑才到學校，一天走了八十多里的山路，還擔著東西，對於一個幼小的女孩子來說，這需要多大的毅力啊。一個十二歲的孩子就有這樣的毅力，未來的路如何走又有何愁呢？作者後來考取大學，並且在踏上社會之後人生一直很順利，就既在意料之外，又在意料之中，絕不是偶然的，而具有必然性。

我本人也是從很貧窮的農村山區裏走出來的。對於一個家境貧寒的農村孩子來說，通向理想的道路可以說就是通過層層的路障，任何一個路障不能過去都會無功而返，成功不是一時的衝動和某種奮勇一搏所能奏效的，它需要堅韌的毅力和鍥而不捨的努力。這就需要一種精神作為個性的品格。所以，我特別欣賞作者的人生態度。作者說：「殊不知真正的女人也是山，有山的挺拔、山的高峻、山的堅韌、山的風骨，任風吹雨打，任電閃雷鳴，始終如一，不逢迎，不阿諛，不獻媚，不敬且偷生，不低頭屈膝……」「真正的女人……以卓越的成績宣示自身存在的價值和意義，以豐碩的成果獲得社會的承認，與男人們並肩戰鬥、促進時代的前進。」（〈女性，也是山〉）作者從女性的視角來看問題，這我能理解。但我覺得，並不是所有男人都是山，男人中像水甚至比水更恍惚的大有人在。不管是男人，還是女人，只要是山，都值得崇敬，「山」在這裏不是性別特徵，而是人格特徵和精神特徵。不同在於，女性是山更不容易。作者抒寫神女峰，歌頌神女：「瑤姬那種敢於逆天帝之命的叛逆精神，的確驚天動地。她為追求人世間的美滿幸福，不為一時

的榮辱而屈從，不為權勢而折腰，不為誘惑而喪志，不為利欲而沉淪，寧可為百姓消災造福活上片刻，化為岩石，也不願為個人苟活萬世。她擒龍攬月，賓至如歸的氣魄與豪情，怎麼能不撼人心魄呢？」（〈永遠的神女〉）這是對自然景物的抒寫、是對神話傳說的神往、是對人間巾幗英雄的歌頌，但也有自況的意味，至少有一種自我激勵的意味。

　　人的自我價值是什麼？具體地，女性的自我價值在什麼地方？這其實是一個終極性的問題，古今中外無數哲人曾對這些問題做過思考。但作者的思考仍然給人很新鮮的感覺，「女人紅顏易逝，青春難留，遠不及山野裏一株常青樹。」「外表的美是時光的風景，而內在的美才是自己的永恆。」（〈女人的風景〉）內容上非常富於哲理、表述上非常優美。「外表的美是時光的風景」是詩一般的句子，讀起來非常上口和動聽。

　　作者說：「無論散文，無論詩歌，還是小說，我都力求平實自然，做到文美情更美。」（〈我的文學觀〉）散文集在總體上體現出一種樸實、自然、貼近生活的風格。就內容而言，散文所敘述和描寫的多為作者生活的日常瑣事，是作者人生經歷和心路過程的真實寫照。雖然苦難的歷程不堪回首，回憶起來不免令人傷痛。現實生活中的不公、不平令人憤激，但從文字中，我們可以看到，作者的心境是平靜的，即使是強烈的情感，也不直接抒發，而更多地是隱藏在平實的敘述之中。但在這種總體風格中，各篇又表現出不同的特點，手法上也豐富多樣，可謂琳琅滿目。

　　有的散文富於哲理，比如〈劇團的一朵雲〉。劇團裏的雲長得漂亮，圍著她的男人不知有多少。深愛著她的宏，生怕失去了她，

見有男人跟她說笑就生氣、鬧彆扭，結果真的失去了她，最後雲對他說的話是：「誰叫你不放心呢？像你這樣帥的男子，我也不放心啊！還不如找個阿醜……」再比如〈一片月光〉，夜行軍後，因為天黑大家都摔得滿身是泥，只有阿宏潔淨一身，有人問：「阿宏，你有『狗眼』？（傳說狗眼能看見夜路）」阿宏說：「什麼『狗眼』？只是心裏有一片月光……」

　　而有的散文則富於情趣，比如〈艾葉蛋〉。嫂子懷孕了，吃艾葉蛋，我很羨慕。

> 「有喜就可以吃艾葉蛋嗎？」我不解地問。
>
> 姐姐點點頭。
>
> 「我要什麼時候才能吃到這麼噴香的艾葉蛋呢？」我問姐姐。
>
> 「等你當了新娘以後……」姐姐羞澀地說。
>
> 於是，我就盼望自己早點當「新娘」……
>
> 童趣掬然。

　　總的來說，我認為彭誠老師的散文在內涵上非常深厚，給人以啟示。藝術品格上也豐富多樣，有的淩厲，有的沖淡。有些議論很精闢、深刻，發人深思。有些思想深藏在文字的背後，不易發現，需要仔細地體味和分辨。

　　〈月桂〉是一篇抒情性非常濃的散文，我很喜歡。月桂還在十多歲的時候就失去了雙親，和當時只有三歲的妹妹跟著爺爺長天，為了不忍心看著爺爺受累，小學畢業就下學了，整天跟著爺爺上山砍柴、下地種稻禾，早晚煮豬潲餵豬、餵狗。眼下妹妹快十歲了，還沒上學。月桂只得南下打工。可是，除了到南方掙錢這個意向以

外，她對南下打工其實什麼也不知道，她不過是隨人流而已。路途中，僅有的 20 元錢也被小偷偷去了，她沒吃任何東西，沒有哪家工廠願意收她。但這是月桂的錯誤嗎？一聲哭泣：「爺爺，我對不起你，妹妹，我對不起你……」，既哭盡了人間的善良，又哭盡了人間的不平。

不過，整部散文集中，我最喜歡的還是〈朝聖者〉，我覺得這篇散文寫得雋永、很簡潔，可以說很有意境，雖然以敘事為主，但讀起來，給人濃厚的抒情意味。「阿媽往常從不信佛的」，但這一天天還未亮，山嬸便把福伢子拉起來赴衡山朝聖，空著肚子步行了兩天兩晚，來到南天門，「山嬸堅持著爬到了中天門，一個趔趄躺倒了，人事不省」，並且始終沒有醒來。燒香的人說：「你阿媽真是有福，她到這兒升天當仙人去了！有福，好命！」三天後，果然福伢子的家裏有人帶信來，說福伢子考上了大學。眾人說：「山嬸升天當仙人了，顯靈了，要不，福伢子哪會考上大學呢？」就故事來說，這很像一個意象性小說，並且在意義上可以作各種解讀，山嬸的迷信和無知、看客的麻木和愚昧，諸如此類的認識和印象都是閱讀的正常感覺。但我更願意把這篇散文看成是一個慈母的故事。福伢子自幼喪父，由母親山嬸拉扯成人，並且完成了高考。對於一個農村的寡母來說，這其中的艱難和忍耐是可想而知的。生存尚且困難，還要供孩子讀書考大學，母親可以說把所有的力量都使完了，考完歸來對於兒子來說似乎已經完成了使命，現在上山求神保佑對於母親來說似乎是竭盡全力的一搏。這在知識女性看來，我們可能把它稱作愚昧或無知，但對於事實上沒有文化的母親來說，這卻既不是盲目，也不是衝動，它是一種偉大的母性和獻身精神。對於母親來

說，她並不把求神拜佛看作是無益的，她相信心誠能感動上蒼，她把這看作是另一種辛勤，即精神上的辛勤，似乎只要用她的苦痛便能換來孩子的幸福。這裏，母親的拳拳之心、慈愛之心是不能用「知識」來進行評判的。這是一個感人心肺的故事，也是一個沉痛的故事，但這裏的「沉痛」不是來自對母親行為反思的精神性迷茫，而是對母親堅定地走向「犧牲」的最為崇高的敬意。

最後，祝願作者寫出更多更優美的作品。

本文原載《理論與創作》2003 年「文藝研究專刊」。

諷世彌深

──楚良小說論

　　提到楚良，學文學，特別是學中國現當代文學的人，大多數都會記起〈搶劫即將發生⋯⋯〉，這篇短篇小說在當時紅極一時，曾獲得 1983 年全國優秀短篇小說獎。這篇小說以及這篇小說的獲獎給楚良的人生帶來了巨大的轉機，這之後，他便走上了專業文學創作的道路，從此獻身於文學作為一種事業。在創作上，楚良是一個非常勤奮的作家，但他更是一個多才多藝的作家。自 1983 年以來，他創作中短篇小說和長篇小說三百多萬字，著有大型戲劇、電影、電視劇以及廣播劇多部，曾獲文華劇作獎、小說百花獎、全國小品創作獎等多種文學獎勵。

　　回顧楚良近二十年的文學生涯，其小說創作可以說經歷了一個駝峰形的發展與變化。1983 年左右是他小說創作的一個高峰期，其代表性的作品除了〈搶劫即將發生⋯⋯〉以外，還有中篇小說〈瑪麗娜一世〉、〈合成人〉等，特別是〈搶劫即將發生⋯⋯〉，其題名的搶眼、其開頭的新穎別致、其在結構和故事情節上的緊湊、其在內容上的緊貼時代性以及對社會問題的敏感性，即使今天看來，仍然具有很強的可讀性，仍然有許多地方值得我們的作家們去研究和

借鑒。這之後，楚良在小說創作上，很長一段時間相對來說比較沉寂，這可能與作家這一段時間的創作興趣的轉移有關係，也可能與作家個人的生活經歷有關，還可能與作家進行創作積累，以便完成某種轉變或蛻變有關係。而近幾年的小說創作則不僅在數量上有所增加，而且在藝術成就上有所超越，進入了一個新的境界，可以說形成了又一個高峰。這一時期代表性的作品有長篇小說《天地皇皇》（浙江文藝出版社 1998 年版），中篇小說《泥海》，短篇小說《稻草湖》、《清明過後是穀雨》等。

　　把楚良這兩個時期的小說進行比較，我感到作家近幾年的創作有很大的變化，總體上說，在內容上變得複雜和深沉了，在藝術上變得嫻熟和老辣了。他對人生、對命運、對現實、對社會有了更深刻的思考，寫作立體化了。這種變化不論是對於文壇來說還是對於作家本人來說，都是可喜可賀的。這對於楚良來說，尤為難得。作為作家的楚良，其經歷比較獨特，他從小家境貧寒，小學畢業之後就再無力上學，好心的老師把他送到縣簡易師範受訓了半年，然後就是教書，邊教書邊種田，一直到 1984 年，其身分始終是農民。如果說作家 1983 年左右的小說主要體現了他對現實的關注、對命運的抗爭、對自我經歷和感受的一種再現，那麼，作家近幾年的小說則更多地表現了作家對人生、對社會的深層思考。長篇小說《天地皇皇》給人異常沉重的感覺，對於土地的眷戀、對於耕耘土地的農民的深深同情深藏在故事的敘述之中，但同時作家又是理性的，他承認「經營土地」的合理性以及它對於推動社會進步的意義。從情感上，作家傾向於傳統的土地倫理，對在耕耘土地過程中所表現出來的勞動人民的美德予以了熱烈的讚頌，但從理智上，作家又認

識到現代農業文明的先進性，特別是現代商業活動對於現代社會進步的意義和價值。作為農民和農民的兒子，他對耕耘者懷有深厚的感情，同情農民、愛戴農民，但同時，他又意識到農民意識對於現代文明的阻礙和侷限。情感與理智的矛盾是這部小說最可愛的地方之一，正是這種矛盾使小說在內涵上具有複雜性和深刻性，從而顯得非常厚重。

　　讀楚良近年的小說，我感到，作家處理生活的方式以及敘事的方式都明顯地有變化。過去，作家本人就置身於生活中間，並且在生活中扮演著重要的角色。對於作家來說，生活是切實的、是貼近的，是安身立命之所在，和自己的命運休戚相關。作家觀察生活是內視角的，是由內向外的一種擴張，寫作就是表現他對生活的切身感受和體驗。外面的世界很精彩，但對於作家來說，它是想像的、是理想性的、是虛幻的，是未來、是追求的目標。但現在，作家與他所表現的生活在主客體關係上發生了某種位移，他更多地是以作家的眼光看視生活，作家更是哲人，具有了更開闊的胸懷與更寬廣的視野，作品中所反映的社會生活更多地表現為一種觀念的形態，也就是說，作家現在更側重表達對生活的思考，而不是對生活的感受與體驗。在作家的內心深處，故土仍然是親切的，故土的人和事仍然是親切的，但對於脫離了身臨其境的作家來說，思考似乎是更切近些，而生活本身則具有了一層朦朧的色彩。作家過去更側重描摩生活，現在則更側重反思生活，生活在作家的眼光中成了對象，而不再是存在的條件、不再是生存本身。對於任何一個作家來說，這都是進步和跨越，是深刻的表現，對於楚良來說，尤其是一種超越。

　　《清明過後是穀雨》寫一個叫穀雨的農村女青年到城裏打工，和老闆清明相處得很和諧，但卻被老闆的丈夫立夏「強姦」，並且懷孕生子。對於立夏的「強姦」，穀雨也並非完全不自願，而更重要的是穀雨所生的兒子對於清明、立夏，特別是婆婆來說，都是正在尋求的。小說描寫了穀雨在這個家庭中所處的尷尬位置，這可以說是所有的農村青年到城市之後的尷尬，農民進城其實是以某種犧牲作為代價的，這種犧牲對於農民來說是無可奈何的。《房農》的故事與此相類似，農村女青年沈小鳳出於生存的原因，半被迫半自願地嫁給一個城市殘疾青年柳國彪，但實際上卻是給柳國彪的哥哥柳國虎當暗室。對於沈小鳳來說，其心理是異常複雜的，一方面，她在人格上是被損害者、被侮辱者，在精神上有所失；另一方面，在物質上她得到了巨大的補償，她不僅自己過得養尊處優，而且還供弟弟讀完了大學。在內心上，沈小鳳是非常痛苦的，以致於在小說的最後，她試圖擺脫這樣一種尷尬的處境，尋求愛情上的自由、尋求人格上的獨立。但現實是無奈的，她是自願回來的。愛和情是重要的，但愛情在現代社會是有限定的，它要受到物質環境的制約，愛情作為現象似乎變得越來越複雜。

　　作家長期以農民的主體精神在農村生活，是憑藉其堅毅的努力一步步從農村走出來的，對於農村，他有深厚的感情。但同時，作家也深深地體會到外面世界的廣闊性以及更大作為的可能性。《點驗》中，吳麼爹算盡機關逃兵役，單就逃避來說，吳麼爹可以說是成功的，但站在一個更高的角度，歷史地來看，吳麼爹卻是失敗的，不過是小農意識，是小聰明，是農民的奸猾。逃避兵役，對於這些身強力壯又具有聰明才智的吳家兄弟來說，其實是逃避歷史所給予

的機遇，其實是躲避命運之神。躲過兵股，不過是老死蓬蒿，遠不及戰死沙場有價值和意義。所以，小說結尾安排接受了挑選的兩兄弟榮歸故里，特別有一種警世的意味。

　　楚良是憑著其過人的文學天才加勤奮從農村裏奮鬥出來的，他深知農村，特別是對農民落後的一面，他有切身的體會和感受。對於農民意識的批判，應該說是楚良小說的主題之一，這種批判早在《合成人》中就顯示出了某種端倪，小說講述的是一個荒誕的故事：一個農民和一個副市長同時死亡，省醫院的龐教授創造性地把兩人的器官進行移植，結果弄出了一個合成人。此人市長儀態，頭腦卻是農民的，雖身處市府大樓，卻心懷農家，結果鬧出了一堆笑話。作為荒誕小說，它當然可以進行多種解讀，但我認為，表現城市與鄉村在價值觀上的衝突以及對農民意識的某種程度的批判是這部小說的一個重要特點。《故鄉是非》則是有意識地表現出對於農民意識的批判。一群父母官，個個精明能幹，但卻全是滿腦子的農民意識。現代領導集體變成了具有團伙性質的派別，一個鄉鎮的黨政權力幾乎被一個班的同學所掌握，這裏，同學關係和友誼原則成了為官的最高準則，而黨紀國法和幹部的神聖職責則退居其次。鎮黨委書記趙君福犯了法被判刑，同學們或者同事們不從政治原則上檢查趙君福和檢查自己，而是一味地譴責檢舉者、揭發者。「君福進去了，應該是人心大快呀？而事實剛好相反，眾矢之的射向揭發者，讓對立面唯恐躲閃不及。」這反映了作家對這一問題的深刻思考。倒是趙君福在監獄裏看了一些書之後有所醒悟，可是他再也沒有機會做父母官了。農民的農民意識是可怕的，黨和政府官員的農民意識則是更可怕的。

　　對於鄉村與城市以及傳統美德與現代意識的矛盾、衝突的反映和思索，是楚良近年小說創作的一個顯著特色，但楚良的思索遠不限於此，他的思考範圍是非常寬泛的，有時甚至比較抽象，具有某種終極性。這裏我特別要提到中篇小說《泥海》，無論是從題材上，還是從結構上，還是從主題上，還是從語言上，還是從思考的深度與力度上，它都是多年來不可多見的優秀小說。其構思奇特、想像奇特、內涵豐富、可讀性極強，給人以無限的啟迪和遐想。這是一篇明顯的荒誕小說，但卻具有強烈的現實意義。小說描寫一艘載有一千人的客輪突然陷入了泥海，實際上是陷入了一種「極安全的危險」。說它「極安全」，是因為船上的每一個人都沒有生命危險，不僅沒有生命危險，並且不用勞動，食物從天上掉下來，有吃有喝，越活越年輕。說它「危險」，則是它和陸地失去了聯絡，陷入了孤絕。小說描寫了在這種「極安全的危險」中的各種人的表演，可以說是一個諷世大寓言。海難可以說是文學中常見的題材，遠的且不說，近的如《泰坦尼克號》、《完美風暴》，這些是大家都還記憶猶新的。傳統海難題材大多是置人物於極度的恐懼和危險中，從而表現人性、人情，通過與大自然、與死亡決鬥表現人的生命精神和崇高或卑下的人格。應該說，在生死存亡中表現人的品格和精神，也是楚良所擅長的，比如《稻草湖》就是以 1998 年的長江大水為背景，通過面對災難來刻畫人物，反映時代及其精神。但《泥海》更別出心裁，它設計了一個沒有危險的海難，比起《稻草湖》，在這樣一個特定情境中的眾生相更有一種耐人尋味的意味。它具有一種強烈的荒誕感，但同時又具有強烈的現實感。

　　經過多年的探索與積累，楚良在小說創作上已經形成了他自己的風格，特別是在構思、想像、結構以及主題和人物形象上有他自己獨特的藝術追求和思考。楚良是一個非常勤奮的作家，是一個不斷追求、不斷超越的作家，相信他在藝術上還會有更大的突破，相信他會有更多的優秀的作品問世。

　　　　　本文原載《鄂州大學學報》2002 年第 3 期。

懺悔與不懺悔

——讀成堅《審問靈魂》

　　以農民出身以及近二十年的農村生活經驗，還有父母兄弟仍然一如既往地苦苦地耕耘在土地上的現實，我對某些知青作家寫的知青題材的小說在情感上始終難以認同。這些小說把知識青年的上山下鄉運動看作是某種荒謬理念對知識青年精神和肉體的雙重懲罰，他們大篇幅地描寫並渲染知識青年在農村生活的艱苦和勞動的繁重，在他們看來，這是難以忍受的苦難和非人的生活，是荒唐的，是強加於他們頭上的不公正待遇，是青春的浪費和人生的犧牲。所以，他們籲求、他們訴說，其怨天尤人、聲嘶力竭以及無可奈何，簡直有點祥林嫂式。我從不懷疑這種生活以及情感本身的真實性，也承認他們這一代人命運的乖訛。可是，從我本人對農村生活的體驗以及對農民生存狀況的瞭解，不論是在精神的貧乏上還是勞動的強度上，這都算不了什麼。農民世代生活在狹小的土地上，過著沉重的體力勞動和沒有精神的生活，難道這是公平的麼？他們是勞動者，可是他們卻比大多數非勞動者承受著更多的忍飢挨餓，他們沒有希望，他們只能像阿 Q 似的無奈地、絕望地生存。他們又向誰訴說？荒唐的歲月對大多數人都造成了傷害，但受傷害最深的並不

是知識青年，而是農民。老幹部、知識份子包括知識青年，他們其
實只是利益受到了損害，精神上受到了打擊和挫折，而農民則是面
臨著直接的生存上的危機，面對的是死亡的威脅。我始終認為，知
識青年上山下鄉的痛苦很大一部分是來自於他們身分感和地位認
同，深刻的差異在於：知識青年把上山下鄉看作是荒謬、看作是不
應該，把回城看作是理所當然、看作是天經地義，而農民則把山上
和鄉下的生活看作是理所當然、天經地義，而把進城看作是意外、
看作是飛來的橫福。

　　但讀成堅的《審問靈魂》則沒有這樣一種反感。我認為，這是
一部非常深刻的反映知青及其生活的小說，其深刻性主要在於它不
是表面性地宣洩知青的情緒，特別是那些難以從心靈上抹去的肉體
和精神上的痛苦的情感，而是通過知青生活反映了整個動亂歲月的
荒唐、愚昧、瘋狂以及種種罪惡，作者說：「正是這無法理解與想
像的故事還原了一段真實的歷史，還原了文革的愚昧、畸形、扭曲、
瘋狂和種種罪惡。展開血色的歷史，我們看到的是心靈破碎，理想
畸化，是非顛倒，人性壓抑，尊嚴掃地，醜惡當道，百姓遭殃的真
實記錄。」（後記），當然，也反映了面對這種種惡行時人的良知、
道德和自我求贖。小說當然用了大量的篇幅描寫知青生活的艱難和
精神上的痛苦，作家對整個知識青年上山下鄉運動的否定也是不言
而喻的，但總體上，小說中知識青年在農村裏的勞動和生活只是作
為一種背景，作為一種表現人的靈魂和精神的一個場所，作者並不
是為了表現知青生活的殘酷與慘烈，也無意於發洩自己的不滿以及
追憶自己逝去的青春年華，而是把人置於最為惡劣的環境中，通過
人的直面生存的困境、直面死亡，從而表現人的靈魂的善良與醜

惡。作家描寫了知青的不幸，特別是對待不幸所表現出來的冷酷、虛偽和自私，但它更深層的意義則在於表現特定時代的人的心靈、精神以及行為的畸形和荒誕。在這一意義上，這是一部知青題材的小說，但更是一部道德小說，「紀實」主要是在人的心靈史的真實意義上而言的。

　　小說實際上是圍繞著懺悔與不懺悔這樣一對矛盾而展開故事情節的，故事的引人入勝很大程度上源於懺悔與不懺悔的衝突和引伸。小說中，喬光是人性善的化身，而趙立則是人性惡的代表。喬光帶著微笑和坦然離開了人世，而趙立則伴隨著孤獨、恐懼、不安而備受生的折磨並最終以悲劇為結局。小說似乎向人們昭示以一種道德的立場，生未必比死更有價值和意義，生未必比死更快樂。小說中的幾個主要人物趙立、孟舒帆、向和平可以說都有罪，都曾出於某種無知或者自私的目的而出賣過靈魂，從造成的後果來看，都可以說罪孽深重，所不同的是，孟舒帆、向和平懺悔了，而趙立則拒絕懺悔。小說曾借人物的口有一個議論：「生存重要還是人性重要？」「現在最重要的是活命，活下去才有出路。」如果說在特定的歷史條件下出於生存的考慮或者出於無知或幼稚而做出了某種荒唐的事還情有可原的話，那麼，事過境遷，懺悔和相應的悔過自新以及自贖則構成了對罪孽的最起碼的道義，這是人作為人的本性，是人不泯的良知。孟舒帆也是一個罪孽深重的人，她出賣同學，是愛情騙局的積極參與者，喬光死後，她仍然和趙立野合，但她到底難以違抗良心的譴責，臨死做了最為艱難的懺悔：「歷史會饒恕了我們的荒唐嗎？可我不能自恕。我走上靈魂的法庭，請求審判。我甘願遠離生活的快樂，請求鞭笞！不必別人戳我的脊骨，我甘願

背上懺悔的十字架。」這是驚人的、需要極大勇氣的懺悔，具有震憾人心的道德力量。

　　趙立是小說中非常複雜，也是有深度的人物形象。在人性上，他有很多弱點，但又不是一個完全喪失了道德感的人。出於人生的某種抱負和不甘願沉落，更是出於生存的本能和不願墮落與沉淪的慾念，出於某種可以告人的目的，他使用了很多極不光彩的手段。如果說這些罪惡還可以歸因於時代的話，趙立後來則可以說是在罪惡的泥灘裏越陷越深，不能自拔，最終眾叛親離。趙立性格的複雜性在於，一方面，他喪失了良知，惡行種種，並且對這種種惡行缺乏反省和審問；另一方面，他又沒有完全喪失道德和理智，他對隨時可能到來的悲劇感到恐懼和不安。這兩方面以一種分裂的方式存在於他的性格之中，所以他孤獨、浮躁、迷惘、痛苦。趙立的悲劇是倫理道德的悲劇。卑鄙是卑鄙者的通行證，惡的時代是趙立的惡得以施展的溫床，小說把罪責置於特殊的歲月從而把荒誕深層化了，這是小說的深刻之處。但小說更深刻的地方則在於它表現了人性和道德的深度，「年輕的時候，我們曾經荒唐。更加荒唐的時代，造成了我們的更加荒唐。我們自己的人性劣根，導致了這場家庭悲劇」，不能把責任全推卸給那個時代。這樣，小說就具有一種複雜性、抽象性，其意義和價值也具有擴展性。這是《審問靈魂》作為知青題材的小說與其他同類題材的小說有所不同的地方，也是它具有魅力的原因之一。

　　　　　　　　　　　本文原載《文藝報》2001 年 6 月 9 日。

愛情的倫理

——讀張寶璽的長篇小說《潛流》

　　讀完小說《潛流》，掩卷深思，感到作家對作品是進行了精心設計的，體現了一種藝術的匠心。小說以林雨屏設想建渡假村開頭，以這個設想的計劃最後審批下來結尾；以林雨屏和朱宏宇的新一輪的愛情糾葛開頭，以這一愛情最後終於達到一種靈與肉的昇華結尾。這是一個完整的故事，但更是一個完美的故事。建渡假村從設想到最後審批下來，充滿了艱難和曲折，林雨屏和朱宏宇的愛情昇華的結局同樣充滿了艱難和曲折，小說把這兩種艱難和曲折有機地穿插在一起，交相輝映，相得益彰。事業上的艱難和曲折正印證著愛情上的艱難和曲折，事業上的成功同時也暗示著愛情上的成功。正是憑著堅忍、毅力、智慧和勇氣，林雨屏和朱宏宇戰勝了各種各樣的困難，在事業上取得了巨大的成功，同樣，這種堅忍、毅力、智慧和勇氣也是他們愛情美麗的原因。沒有對事業的熱愛和執著，不可能有事業上的輝煌與成就，同樣地，沒有對愛情的摯灼與追求也不會有愛情的甜蜜。作者把林雨屏和朱宏宇的事業生活與愛情生活交錯地展開，這是很有藝術韻味的。

　　小說在內涵上非常豐富。小說以林雨屏和朱宏宇設計渡假村以及二者之間的愛情作為主線，著力描寫了他們為了渡假村而到處奔波以及在這種奔波中心心相印從而更加相愛的故事，同時又輻射開去，反映了當代中國生活的各個方面。工廠、公司、機關、家庭、公共生活、私人生活、娛樂場所、官場、商場、酒場、情場，作者都有非常深入的反映和思考。在這眾多的描寫、表現和思考中，我認為作者對愛情的表現和思考尤其具有力度和深度。

　　愛情是一個古老得不能再古老的話題，古今中外，不知有多少思想家、哲學家、文學家曾經對這個問題進行了絞盡腦汁的思索，就所達到的深度而言，未必都是陳言和舊話。古今中外多少風流人物包括普通的百姓曾經演出無數的悲歡離合的愛情故事，但愛情這是一個永遠新鮮的話題，對愛情的思索也永遠沒有完結，只要有人存在，就有人的愛情存在，就有愛的哲學和愛的文學，愛情的故事是沒有窮盡的。人在變化、時代在變化，人們的愛情觀念也在變化，因此愛情故事也在變化。

　　小說通過對幾個家庭、幾個主人公特別是朱宏宇和林雨屏之間的愛情糾葛的描寫，充分展示了現代人複雜的精神生活和情愛的內心世界，並對愛情在當下境遇所面臨的種種困惑做了深入的追問和反思。作者非常深刻地表現了現代愛情精神倫理與物質倫理之間的衝突。愛情作為一種純粹的精神能否存在？婚姻似乎是愛情的必然性結論或者說產物，愛情既然通常以婚姻作為歸屬，那麼，愛情是否意味著責任和義務，當愛情作為一種精神實際死亡的時候，婚姻是否還應該繼續維繫？婚姻與愛情、與社會、與法律、與道德究竟是一種什麼關係？相愛在精神上絕對是一種平等，可是一旦愛情以

婚姻作為歸結，這種平等還絕對地存在嗎？特別是當雙方的社會地位和物質地位發生變化的時候。既愛自己的妻子，同時又和另一個被愛著的人去做愛。社會允許嗎？法律允許嗎？道德允許嗎？不組建家庭、不結婚、不要性愛，把愛情神聖化、精神化、靈魂化，只要心中有愛就有一切，這可能嗎？沒有性愛的愛情是真正的愛情嗎？或者說，真正的愛能沒有性愛嗎？

　　小說借人物的口說：「愛情和婚姻既有聯繫可又是兩碼事。有的雖然建立了家庭，可並不一定就有愛情；有的雖然有了愛情可並不一定就非得建家庭不可；有的既有愛情又建立了家庭，可他不等於對她人就沒有愛和愛情。而對愛情的一般理解可能就是非得做愛或非得結婚不可，能不能有不做愛、不結婚的愛情呢？」錢莉莉根本就不愛李旭，完全是被李旭的「窮追」所感動而嫁給他，他們之間的愛情從一開始就是不平等的，一開始就缺乏基礎，對於李旭來說，愛情實際上是乞求來的、是被錢莉莉施捨給予的，所以，愛的得到不僅沒有使他感到幸福和滿足，恰恰相反，願望的實現反而加劇了他心理的失衡，他自卑、自虐，愛成了他巨大的精神負擔，並且導致他整個性格和現實生活的失去常態。錢莉莉與李旭的愛情是畸形的，不能說李旭不愛錢莉莉，恰恰相反，他的愛是發自內心的、是真誠的，並且也無可厚非，從根本上，不論是愛還是被愛，都是人的固有的權利，是人性合乎人道主義的美好品質。但問題的關鍵在於，愛可以是單向的，但愛情和婚姻卻必須是雙方的和諧與統一。錢莉莉一直暗戀著朱宏宇，並且發展到非要把它吐露出來才快慰的地步。現實中，朱宏宇和錢莉莉的關係不構成悲劇，因為這樣一種精神上的聯結對誰都沒有傷害，相反地，它還成了一種精神的

依託，至少對錢莉莉是這樣，正是對朱宏宇的愛構成了她努力工作的動力。但錢莉莉和李旭就不同，對於錢莉莉來說，她實際上把愛情誤會為同情，並且以為如同物質施捨會得到感激和回報一樣，愛的施捨也會得到感激和回報，這種對愛情的誤解和草率是錢莉莉婚姻悲劇的深層原因。錢莉莉的「施捨的愛」與李旭的「乞求的愛」具有同等的畸形，所以，建立在這種畸形愛情基礎上的婚姻也必然是畸形的。他們的愛情悲劇應該說是有代表性的，也是發人深思的。

　　林雲霞和白乾的婚姻是典型的死亡婚姻，他們之間已經完全沒有愛情可言，誰也不愛誰，但這個家庭卻還在維繫著。對於白乾來說，林雲霞的價值在於她還可以被利用，她構成了白乾向作為林雲霞姐姐的林雨屏這個大老闆借錢的媒介。對於林雲霞來說，之所以不和白乾離婚，似乎純粹是為了一個名義上的家、為了孩子，這既可以看作是林雲霞性格的軟弱，但也可以從道德的角度進行一種倫理的審視，從深層上說，林雲霞似乎在維繫一種社會的道德。但從事實上來看，這恰恰是最不道德的。事實上，這種維繫既傷害了林雲霞和孩子，同時也助長了白乾的墮落和毀滅。這同樣是令人深思的。

　　小說中，朱宏宇和林雨屏明顯是作家理想化的人物。兩人在事業上都非常成功，都聰明過人，機智、穩重，受人尊重，在道德上都稱得上是完人。但兩人非同尋常的愛情卻構成了小說故事的「緊張」。朱宏宇在事業上一帆風順，並且前途無量，非常美好的仕途前程正等待著他，繼續做實業同樣也前程似錦。他有自己的美滿家庭，妻子不僅漂亮，且能幹賢慧、善解人意、溫柔多情。對於朱宏宇來說，他是愛他的妻子的，是真誠的、純潔的，沒有半點虛假，可他同樣愛林雨屏，同樣沒有半點虛假。他每天都想著林雨屏，都

想擁抱她、撫愛她、親吻她，但不能這樣做，也沒有這樣做，原因正如他所說：「我們都是真正的人。」所謂「真正的人」，即有道德觀念、有社會觀念的人。對於林雨屏來說，對朱宏宇的愛同樣充滿了矛盾和困惑，她曾試圖通過逃離朱宏宇而逃離對他的愛，但她發覺這根本就做不到，這只能加重她對朱宏宇的思念，所以，她最後還是回到朱宏宇的身邊。她試圖尋求一種既不破壞朱宏宇的家庭，又不損害他們之間的美好感情的愛的方式，可是沒有。她努力把她和朱宏宇的愛情精神化，可是這根本就不可能，這更加劇了她得到他的慾望。這裏，小說深層地表現了現代愛情的倫理性衝突。愛情是什麼？「愛情是溫暖明亮又常為烏雲遮蓋的太陽」，「愛情是又香又美又長尖刺的玫瑰」，「愛情是既甜且還帶苦味的松果」，「愛情是足以毀滅人的思想、意志，甚至道德的毒品，愛情是能使人變得純潔、高尚、聰明的良藥」，一句話，愛情具有二重性。具體對於朱宏宇和林雨屏來說，這是一個甜蜜而帶憂愁的動人愛情故事。

　　小說在人物刻畫上也很成功，其中尤以韓成功的形象給人留下非常深刻的印象。如果說朱宏宇和林雨屏是理想化的人物的話，那麼，韓成功則是一個漫畫式的人物。作者雖然著墨不多，但形象卻非常生動，栩栩如生。韓成功為人陰險，缺乏起碼的道德修養，為人為事品質惡劣。但在仕途上卻也算成功，曾經在要害的組織部門工作，上層中不乏欣賞他的人，在康達實業公司可以說身居要職——副總經理，僅在朱宏宇之下，並且還有提升的趨勢。此人的拿手功夫就是耍兩面派，當面一套，背後一套，當面撒謊不臉紅、不心跳，尤其以拍馬屁見長，不怕肉麻，無論多麼「麻」的話，他都能很利索而又一本正經地講出來，自己從沒有「麻」的感覺，也

可以說演技很高。他對朱宏宇早就有野心，圖謀其位置已久。但越是仇恨朱宏宇，卻越是拍朱宏宇的馬屁。小說寫他奉承朱宏宇：「朱總經理，您在家就好，在家就好。從晚上七點鐘一直到現在，我的心始終懸著，生怕您出什麼事。……說實話吧，不怕您笑話，我急得都要哭了。不是因為別的，就是我對您的感情太深了……您聽我說，先聽我說，不行！多現在必須得把我的心情表達出來，因為，只有這個時候，五六個小時找不到您的時候，我才知道您在我心中的位置，我和您的感情深到什麼程度？急呀、苦呀、惱呀，煩呀，簡直要用頭去撞牆，不知自己怎麼活下去才好啦。只有這個時候，我才知道您對我該有多麼重要。……」而事實上，這五六個小時裏，韓成功正在使盡渾身解數地謀劃整治朱宏宇。真是絕妙的漫畫。其諷刺的藝術性可見一斑。同時也反映了作者對生活的熟悉。

　　而可貴的是，作者不只是平面性地刻畫韓成功的性格，同時還對他的性格做深層的文化和社會根源的挖掘。「他從懂得語言開始，便懂得了欺騙。從爸媽善意地哄他晚上不要出去，出去要被狼咬的時候；老師善意地說夏天不要出去游泳，游泳會被淹死的時候……韓成功得到了一個結論，要想升官就得會拍馬屁。而欺騙則是拍馬術中的祕訣。特別是碰上那個昏官，你越拍他，越欺騙他，他越把你當成心腹，越愛聽你虛報的政績。並在你說大話、說假話的時候，視你為忠良、為哥兒們。因為你為他的攫取高官鋪墊了資本啊。不說假話辦不成大事，做官一輩子都在說假話。韓成功一生學的就是吹、拍、騙、捧！官場上如此，商場上如此，情場上也如此。」韓成功這樣的人在任何時代都不乏其人，但當代中國這樣的人尤其多，這真的與我們的教育方式沒有聯繫嗎？這真的與我們的

社會環境，特別是官場上的不正之風沒有聯繫嗎？在這一意義上，作品具有警世性。

本文原載《文藝報》2002 年 3 月 23 日。
收入《張寶璽作品評論集》，中國文聯出版社，2004 年 12 月版。

《雷雨》的倫理學解讀

　　「文學倫理學批評」作為一種文學批評方法[1]具有廣泛的適用性，特別是對那些以倫理問題作為線索和主題的文學作品來說，更具有「本體」性，能夠解開很多祕密。本文即嘗試運用這種方法對中國現代戲劇的顛峰之作《雷雨》進行解讀。

一

　　《雷雨》是一部倫理劇，這是非常明顯的事實。《雷雨》的整個氛圍是壓抑而抑鬱的，隱含著一種原罪性的東西，和《伊底帕斯王》以及《哈姆雷特》有很多近似。但遺憾的是，我們過去總是撇開倫理本身而去分析倫理以外的意義，比如「暴露大家庭的罪惡」、「階級矛盾和階級鬥爭」、「對人的生存處境的探索」等，我認為這實際上是捨近求遠。一味地求「深層」，反而把「表層」、把最基本的東西忘記了。《雷雨》的意義和價值就在倫理之中，而不在倫理

---

[1]　見聶珍釗〈文學倫理學批評：文學批評方法新探索〉，《外國文學研究》2004年第 5 期；〈關於文學倫理學批評〉，《外國文學研究》2005 年第 1 期。

之外。「暴露大家庭的罪惡」當然具有深刻的悲劇意義，但倫理故事本身同樣具有深刻的思想性和高度的藝術性。事實上，倫理和道德是人類最古老的文明規則，也是人類永恆的文學主題，是文學最熱衷的話題，倫理性強的故事往往最富於悲劇性。世界上許多文學名著都是以此為題材，並得益於此。

　　曹禺寫作《雷雨》時才二十歲剛過，不論是在生活的閱歷上還是在思想的深度上都很有限。曹禺自己也說他寫這個作品時完全處於混沌狀態，他實際上只是寫了一個優美動人的、具有高度概括性的悲慘故事，並「發洩著被壓抑的憤懣」。對於「怎樣寫」、「寫什麼」，「連我自己也莫名其妙」，「我對於雷雨的瞭解只是有如母親撫慰自己的嬰兒那樣單純的喜悅，感到的是一團原始的生命之感」。所以，不論是思想上還是藝術上，《雷雨》都可以從多方面進行解讀。但無論怎麼解讀，都不能脫離故事本身。曹禺在〈序〉中曾對他寫作《雷雨》時的情緒進行描述，比如他說：「《雷雨》可以說是我的『蠻性的遺留』，我如原始的祖先們對那些不可理解的現象睜大了驚奇的眼。我不能斷定《雷雨》的推動是由於神鬼，起於命運或源於哪種明顯的力量。」[2]我認為，這實際上表現了他面對人類倫理困境的一種焦慮和困惑。實際上，《雷雨》的很多問題都可以從倫理的角度進行解釋。

---

[2]　曹禺〈《雷雨》序〉，《曹禺全集》第 1 卷，花山文藝出版社，1996 年版，第 6、7 頁。本文所引《雷雨》中的文字，均用此《曹禺全集》本。以下所引《曹禺全集》，不再一一注明版本。

　　《雷雨》中，人物與人物之間最重要的關係就是倫理關係，父母兒女、兄弟姐妹的血緣關係顯然是最重要的，它決定著人與人之間的遠近親疏。

　　魯貴很不喜歡魯大海，「王八蛋」、「雜種」是他經常罵魯大海的話，「誰知道哪個王八蛋養的兒子」，話裏面就直接表明了他不喜歡魯大海的原因：魯大海不是他的親生兒子。相反地，魯貴最親近的四鳳，原因顯然在於四鳳和他具有血緣關係，他口口聲聲「我的親生女兒」、「你可是我的親生孩子」，話說得非常直接。魯貴可以說處處為四鳳著想，雖然在我們看來，他的這些「著想」是典型的市儈。他用自己的方式保護著四鳳，當四鳳被解聘之後，他去要脅蘩漪：「誰欺負了我的女兒，我就跟誰拼了。」他實際上一直在暗中監察四鳳，他之所以沒有對四鳳與周萍的不相稱戀愛採取措施，那是因為他覺得這是好事，是求之不得的事，四鳳可以因此走上幸福的生活。同時，找一個闊女婿，這也正是他希望的，是他最大的願望。

　　魯大海並沒有理由仇視魯貴，畢竟魯貴是他的養父，具有養育之恩。除了性格以及人格的原因以外（魯大海更多地繼承了母親的人格），魯貴不是他的生父顯然是重要的原因。他對四鳳說：「他是你的，我並不認識他。」並鄙夷魯貴「忘了他還是個人」，竟敢當面罵魯貴：「你死就死了，你算老幾！」在劇中，魯大海是一個性格粗暴、行動野性的人，但「粗暴」、「野性」主要是對魯貴、周樸園、周萍這些「外人」的，對自己的母親和妹妹卻是非常柔情的，特別是在處理四鳳與周萍的戀愛關係上，有理有節，生怕妹妹受到傷害，其親情躍然。在魯大海這裏，血親關係顯然是他情感傾向最

重要的尺度。我們免不了要假設：如果他知道周樸園就是他的生父、周萍是他的親兄弟，他還會帶頭鬧事嗎？他還會那樣仇恨周樸園和周萍嗎？這將肯定是一個大大的疑問。

　　和魯大海一樣，四鳳也更多地繼承了母親的人格，對魯貴的所作所為，深以為恥。但她的態度明顯不同於魯大海，她給他錢，並容忍魯貴的不良行為（賭與喝），她對魯大海說：「無論如何，他是我們的父親。」「父親」是四鳳對魯貴關愛和忍讓的唯一理由。在戲劇中，周沖處於倫理關係的中心，蘩漪是他的親母親，周樸園他的親父親，周萍是他的親哥哥，三人和他都有血親關係，四鳳是他所愛的人，並且準備娶她為妻。所以他對誰都有親情，連魯貴都不讓他討厭，可以說處於最幸福的關係之中。曹禺說周沖是戲劇中唯一的「亮點」和「美好」，但周沖「亮點」和「美好」的原因則在於他的家庭關係。

　　周樸園最親近、最愛護的是他的兩個兒子周萍和周沖，作為慈父與嚴父，無可挑剔。相反地，對兩任妻子不論是在生活上還是情感上，都要複雜得多，遠不及對兩個孩子純粹。魯大海是他的兒子，當他不知道時，他的態度是非常惡劣的、行為也是極陰險的。但知道之後，態度就明顯有所變化，當僕人毆打魯大海時，他厲聲命令不要打人，還批評周萍「莽撞」，其內心的痛苦可想而知。從「序幕」和「尾聲」裏我們知道，悲劇發生後他一直在尋找魯大海，十年如此。非常明顯，在周樸園這裏，親子關係高於並優先於其他一切關係。周萍崇拜父親、學習父親，卻因一時糊塗背叛了父親，終身痛苦。蘩漪恨一切，但唯一不恨的是她的兒子，她對兒子的母愛雖然沒有太多的表現，但卻是至深的，喪子顯然是她發瘋的重要原

因。侍萍也是這樣，一切苦難她都能忍受，但唯一不能忍受的是失去孩子，當她知道周萍和四鳳的關係之後，為了阻止死亡悲劇的發生，她甚至採取極端的方式：「你們這次走，最好越走越遠，不要回頭。今天離開，你們無論生死，永遠也不許見我。」這裏，對孩子的愛與保護顯然壓倒了一切。她寧願孩子過一種亂倫的生活，也不願意失去他們。三十年前她之所以忍辱地活下來，也許是因為懷中的孩子。在一起苦難面前她都能保持堅強，但一對兒女的死亡卻徹底地擊跨了她。

極重人倫關係，是中國社會和文化的特點，也是《雷雨》的故事背景。在極重人倫的生活中發生了亂倫，這就是悲劇，《雷雨》就是對這種悲劇的很中國化的表達。「亂倫要遭雷劈」就是《雷雨》的題意。對於「雷雨」，當然可以做多種解釋，比如象徵激烈的衝突，營造恐怖、壓抑的氛圍或背景等。但我認為，「雷」在這裏更多地是因為亂倫而遭受上天懲罰的象徵，也即悲劇的「形式」。第三幕四鳳和侍萍有一段對話：

> 魯四鳳　媽，我答應您，以後我永遠不見周家的人。
> 　　　　〔雷聲轟地滾過去。
> 魯侍萍　孩子，天上在打雷，你要是以後忘了媽的話，見了周家的人呢？
> 魯四鳳　（畏怯地）媽，我不會的，我不會的。
> 魯侍萍　孩子，你要說，你要說。假如你忘了媽的話，——
> 　　　　〔外面的雷聲。

> 魯四鳳　（不顧一切地）那——那天上的雷劈了我。（撲在
> 　　　　魯媽的懷裏）哦，
> 　　我的媽呀！（哭出聲）
> 　〔雷聲轟地滾過去。

　　這裏關於雷聲的設計實際上是非常具有意味的。四鳳答應侍萍以後永遠不再見周家的人，這顯然是說了假話，「雷聲轟地滾過去」實際上是對她說假話的警告。「假如你忘了媽的話」，那將是非常嚴重的後果，但究竟怎麼個嚴重法，侍萍的情感是非常複雜的，她顯然只是要四鳳向她做一個保證，她不能「詛咒」女兒，她不好表達，「外面的雷聲」實際上幫她做了表達。四鳳「不顧一切地」發了一個毒誓，「雷聲轟地滾過去」實際上是上天對她這個「誓言」的回應，並暗示著四鳳悲劇性的結局。事實上，戲劇中的每一次雷聲都是有意味的。周萍最後一次去見四鳳，兩人不顧魯媽的勸告而偷歡，外面雷聲滾滾，霹靂大作，這簡直是「天怒」，實際上暗示著他們將要受到「天譴」。

二

　　亂倫的後果就是孩子的智障，古代人缺乏科學知識，認為這是上天的懲罰。在非常重視傳宗接代的中國古代，亂倫而遭到上天的懲罰這可以說是巨大的恐怖。確立倫理規則，這是人類最早的文明

現象之一。人類最早的倫理主要限於血緣關係，亂倫是最重要的禁忌，這是「自然倫理」，後來進一步延伸和擴展到一般性的人與人之間的關係比如夫妻關係、君臣關係，這是「社會倫理」。中國古代尤其有一套完整的倫理和道德制度。《雷雨》的倫理故事就是從這兩方面展開的。

在戲劇中，周樸園既是悲劇的主角，又是悲劇的源頭。三十年前，周樸園犯了一個巨大的錯誤，一個中國古代倫理和道德的錯誤，三十年之後，他為這個錯誤遭受到了懲罰，並且是「報應」式、倫理性的懲罰。三個孩子都失去了，兩個死亡，一個得而復失，遠離他而去；妻子和兒子亂倫；兩個妻子都瘋了。喪子之痛固然痛苦，但陪伴著兩個瘋妻，則可以說是以「折磨」的方式讓他承受痛苦，讓他每天都直觀地面對悲劇的後果，精神上永遠得不到安寧，這可以說是把痛苦拉長、放大。在一個道德的環境中，死亡和瘋並不是最大的懲罰，承受精神的煎熬才是最大的懲罰。所以，在《雷雨》中，周樸園是最大的悲劇人物，他沒有死亡或者瘋之類的，實際上是讓他一個人承擔所有的痛苦。

過去，我們從階級鬥爭的立場，把周樸園解說得很「壞」，我認為這需要具體地分析。在商業經營上，周樸園固然不擇手段，做了很多傷天害理的事情，但在家庭關係上，周樸園卻只有「罪」而沒有「惡」。周樸園對兩個兒子是慈愛的，既關心又愛護，但他又是一個嚴父。作為父親，這沒有什麼過錯。對繁漪，周樸園的態度並不像我們過去所說的那樣「壞」，他是愛她的，只是由於年齡的關係，不能像年輕人一樣給她浪漫和激情，而這恰恰是繁漪追求

的。周樸園和蘩漪結婚時已經三十七歲[3]，對於男人來說，這正是立業的階段，思想、心境和生活態度都是中年人的。而蘩漪當時只有十七歲，是一個富於幻想、對愛情和享樂都充滿了爛漫想像的青春女性，周樸園卻把她當「老妻」一樣對待，衝突自然是不可避免，這是周樸園和蘩漪兩人之間悲劇的很重要原因。周樸園娶蘩漪，固然可能是因為她「有錢有門第」，但婚後不幸福，應該說與周樸園的事業和年齡有很大的關係，他當時一心撲在事業上，連兒子都是放在外面長大，哪裏有時間和精力去「媚」蘩漪，去讓蘩漪歡愉和幸福？蘩漪如果是一位以物質生活為滿足、很世俗的女人也就平安無事了，但她偏偏是一個有理想、有追求、有思想、重精神的「新」女性。再加上周樸園的心裏抹不去侍萍，並為他的錯誤深深後悔和痛苦，侍萍始終是一個巨大的陰影橫亘在他們中間，成為他們幸福婚姻的障礙，這更加劇了他們婚姻的緊張與脆弱。

對周樸園逼迫蘩漪喝藥的情節，過去我們多認為這表現了周樸園的家庭專制，並把它解釋為蘩漪性格及其悲劇的深層原因。但我認為這個情節並沒有什麼深意，它不過是一個純粹的倫理性事件，也表達故事所發生的倫理性背景，從根本上是周樸園對家庭倫理的維護，不能由此給周樸園定「罪」。妻子服從丈夫，並給孩子們做服從的表率，在中國古代是普遍的事實，即使一個軟弱的男人也得做這種樣子，這是中國傳統的基本家庭倫理，與周樸園的個性沒有太大的關係。周樸園認為蘩漪「精神有點失常」，從他的角度來說，並沒有錯。給她請醫生並要求她就醫，這也沒有

---

[3]　根據陳思和的計算，見《中國現當代文學名篇十五講》，北京大學出版社，2003 年版，第 189 頁。

錯，這應該看作是周樸園對蘩漪的關愛，是讓她保重身體，而不是陷害，至少不像蘩漪所想像的那樣懷有險惡用心。周樸園和蘩漪在精神上完全是隔膜的，蘩漪的各種反抗有她內在的生活邏輯和性格邏輯，但周樸園並不理解蘩漪，更不知道她和周萍偷情的事，所以蘩漪的反抗行為以及因為亂倫而燥動不安的神色在他看來自然是反常的，是精神有問題。

關於悲劇人物，亞里士多德有非常經典的論述，他認為：「第一，不能寫好人由順境轉入逆境，因為這只能使人厭惡，不能引起恐懼或憐憫之情；第二，不能寫壞人由逆境轉入順境，因為這最違背悲劇的精神——不合悲劇的要求，既不能打動慈善之心，更不能引起憐憫或恐懼之情；第三，不應寫極惡的人由順境轉入逆境，因為這種佈局雖然能使打動慈善之心，但不能引起憐憫或恐懼之情。」悲劇最合適的人是：「不十分善良，也不十分公正，而他之所以陷入厄運，不是由於他為非作惡，而是由於犯了錯誤，這種人名聲顯赫，生活幸福。」[4]周樸園就非常符合亞里士多德悲劇人物的這些條件，他當然算不得好人，在家庭生活方面不是壞人，更不是極惡的人，但他犯了錯誤，受到了過度的懲罰，因而具有悲劇性。如果周樸園完全不顧倫理，不後悔，沒有負罪感，他就是一個不折不扣的壞人、惡人，那麼他遭受的懲罰就是「罪有應得」，不會引起觀眾的憐憫和恐懼，因而就沒有悲劇的感人性，缺乏充分的倫理力量。周樸園悲劇的根本原因就在於他一方面犯了倫理的錯誤，另一方面又始終具有很強的倫理意識、罪惡感，並且極力維護現存的倫

---

[4]　亞里士多德：《詩學》，人民文學出版社，1962 年版，第 37-38 頁。

理秩序,這不僅大大加劇了他本人的悲劇性,也大大加強了故事的悲劇性。侍萍說:「人犯了一次罪過,第二次也就自然地跟著來。」這就是周樸園的悲劇命運。

在戲劇中,周樸園是一個家庭倫理感非常強的人,對孩子的教育,既是嚴格的,又是正統的,「我的家庭是我認為最圓滿,最有秩序的家庭,我的兒子我也認為都還是健全的子弟,我教育出來的孩子,我絕對不願叫任何人說他們一點閒話的」,對道德和倫理周樸園可以說充滿了理想。正是這種道德理想和道德感使他對侍萍感到深深地負疚。在家裏他幾十年一直保持著侍萍當年的生活情形,包括生活習慣、家具的擺設,甚至於關窗這樣的細節,他保留了侍萍用過的家俱和衣物,經常把侍萍的照片和衣服拿出來看,這明顯是他對侍萍的懷念,懷念也同時意味著他良心上的不安:「你不要以為我的心是死了,你以為一個人做了一件於心不忍的事就會忘了麼?」過去我們認為這反映了周樸園的虛偽,但我認為,恰恰相反,這說明了周樸園是一個有良知的人,他實際上是通過展示傷痛,讓自己的良心受到煎熬,從而達到某種程度的「彌補我的罪過」。真正的「虛偽」是掩飾罪過、遺忘罪過、迴避罪過、開脫罪過。

《雷雨》中,繁漪沒有太強的倫理感,除了親子之情以外,她既不守「婦夫」之道,反抗和背叛丈夫,也不守「長幼」之序,與周萍私通。於她這一方來說,與周萍私通並不違背自然倫理,如果周樸園不是周萍的父親,她甚至可以堂堂正正地改嫁給周萍。和父子倆人同時具有男女關係,這在血緣上並沒有什麼問題。問題主要是文化上的,它違背了基本的社會倫理道德,不成體統,敗壞了風

氣、紊亂了綱常，在中國傳統「有序」的社會裏，是絕難容忍的。但蘩漪是一個具有反抗性的「新女性」，周沖對母親的評價是：「最大膽，最有想像」，她更看重的是「人性」而不是人倫。在戲劇中，蘩漪沒有倫理上的壓力和痛苦，也較少受到倫理上的傷害。同樣是私通，周萍和蘩漪的感覺完全不一樣。蘩漪說：「我不後悔，我向來做事沒有後悔過。」因為她始終不認同周家，「我也不是周樸園的妻子」，所以對周樸園沒有道義感、沒有負罪感。相反地，她認為周樸園「負」了她，她對周萍說：「你父親對不起我，他用同樣手段把我騙到你們家來，我逃不開，生了沖兒。十幾年來像剛才一樣的兇橫，把我漸漸地磨成了石頭樣的死人。」周萍則完全相反，他對所有的親人都有一種犯罪感，「我是個最糊塗、最不明白的人。我後悔，我認為我生平做錯一件大事。我對不起自己，對不起弟弟，更對不起父親」，不僅後悔，而且痛苦。蘩漪的痛苦不是因為「亂倫」，而是因為愛情，她的悲劇是愛情絕望所致，但導致她愛情幻滅的卻是倫理。

在戲劇中，周萍的倫理關係是最複雜的，父親、生母、後母，同父同母兄弟、同父異母兄弟、同母異父兄妹，各種關係複雜地糾葛在一起。和後母私通，雖然在血緣上並沒有什麼問題，從蘩漪的角度來說，也構不成罪惡，但對父親卻絕對是大逆不道的。沒有血親關係，所以他和後母私通，但大逆不道又讓他感到痛苦和害怕，他後來曾對四鳳表白，說他終於「能放開膽子喜歡一個女人」，這說明他雖然和蘩漪私通，但從來沒有放開膽子喜歡她。為什麼？倫理的問題。當他還年輕的時候，還是新思想的時候，再加上激情和衝動（即「熱」），他勇敢地與後母私通，並且有弒父豪言，「就是

犯了滅倫的罪也幹」，但隨著年齡的增長，以及父親對他在人倫上的教育和影響，道德意識越來越強，這時他感到非常恐懼，他時時感到「心裏隱隱有些痛」，「總是怕父親回來」，也怕見蘩漪，「他恨他自己」，「他喝酒喝得很多，脾氣很暴，有時他還到外國教堂去」。「每天喝酒胡鬧就因為自己恨——恨我自己」，而到教堂去顯然是希望通過懺悔排遣痛苦並拯救自己。

對於周萍來說，後母拋棄父親和自己結合，這是萬難想像的，既不能為家庭所接受，也不能為社會所容許，除了蘩漪的大膽想像以外，整個社會沒有一個人會認同。所以，面對蘩漪的軟硬追求與逼迫，周萍的選擇只能是逃跑或自殺，「我恨我自己，我恨，我恨我為什麼要活著」。在整個戲劇中，周萍的性格是最為複雜的，他的內心也最為活躍，其痛苦要超過蘩漪，蘩漪只有仇恨和追求，周萍則是無盡的痛苦和掙扎。應該說，周萍並不懦弱，他沒有選擇消極的自殺而是選擇了積極的逃跑，「我現在做錯了第一件事，我不願意做錯第二件事」，他鼓起很大的勇氣和蘩漪鬧翻，決定過一種新的生活，但命運卻是有了第一次錯，第二次錯就會跟著來，他希望通過四鳳拯救自己，卻沒想到陷入了更大的罪惡。第一次錯誤已經把他送到自殺的邊緣，這一次錯誤更大，可以說徹底地擊跨了他，面對更大的倫理罪惡，他沒有別的選擇，唯有自殺，他已經沒有再活下去的道德力量。和周樸園一樣，周萍也是一個道德感非常強的人，但正是這種強烈的道德感，才使周萍的死亡具有強烈悲劇性。

三

　　《雷雨》是一個倫理劇，它的意義和價值都與倫理問題有關。如果不從倫理的角度來解釋，作品最後的悲劇性結局就是不值得的，也缺乏藝術，特別是道德上的感染力。如果不以倫理的標準來看大結局，那麼，周萍的自殺就是莫名其妙的，沒有充分的理由，不具有悲劇性；四鳳的死也是多餘的，不具有悲劇性；侍萍的瘋不過是簡單的喪子之反應，同樣不具有悲劇性。這樣，整個《雷雨》作為悲劇的崇高性就將大打折扣。恢復《雷雨》的「倫理悲劇」的本來面目，不僅不會損害它的文學史地位，恰恰相反，還會提升它的文學史地位。從「倫理」的角度來重新審視《雷雨》，只會加深我們對它審美價值的理解，某種意義上說，也可以說是恢復它的審美性。

　　縱觀《雷雨》研究，我認為，早期的評論反而比後來的評論更為準確，更切近文本。實際上，早期的評論更多地是談論《雷雨》的家庭、命運、原罪等問題，只有到了 50 年代以後，人們才更多地談論它的社會意義，特別是階級意義。對於這種談論，曹禺本人是認同的，也是配合的，1951 年曹禺對《雷雨》做了一次大的修改，其中侍萍「是一個敢於直面反抗的具有鬥爭性格的婦女形象」，魯大海是一個具備「應有的工人階級的品質」，「有團結有組織的」罷工領導者，周樸園和省政府的參議喬松生暗中勾結，周萍是「一個玩弄女性的紈絝子弟」，結局是「周萍沒有自殺」，「周沖沒有觸電死亡，四鳳也沒有尋短見」，[5] 這實際上反映了當時的文藝觀點對

5　參見田本相《曹禺傳》，北京十月文藝出版社，1988 年版，第 370 頁。

曹禺的深刻影響。現在看來這種修改很荒唐，但它反映了時代風尚對於《雷雨》在解讀上的誤導與誤讀。

　　曹禺對於時代的迎合，不僅表現在修改《雷雨》，還表現在他本人對《雷雨》的談論上。關於《雷雨》，從最早的〈《雷雨》的寫作〉（1935 年，即《雷雨》發表的第二年）到 80 年代初的〈曹禺談芭蕾舞劇《雷雨》〉（1982 年），曹禺本人無數次談論到它，有時是「談」，談他的寫作過程，比如為什麼要寫？是如何寫的？當時是如何思考的；有時是「論」，自我評論、自我探討，包括對主題的探討、對人物性格的探討等。但我感覺，也許是實在抵禦不過時代的榮耀和誘惑，曹禺對《雷雨》的談論不是越來越深入，而是越來越淺薄，不是越來越接近文本，而是越來越悖離文本，所以，僅就曹禺關於《雷雨》的談論來說，最早的談論就是最好的談論。〈《雷雨》的寫作〉是我們現在見到的曹禺最早比較系統地談論《雷雨》的文章，在這篇文章中，曹禺說：「我寫的是一首詩，一首敘事詩」，「固然有些實際的東西在內（如罷工⋯⋯等），但絕非一個社會問題劇」，而是「老早老早的一個故事」。事實上，曹禺本人也正是從倫理的角度來敘述它的：「雷聲轟轟過去，一個男子（哥哥）在黑得像漆似的夜裏，走到一個少女（妹妹）窗前說著囈語，要推窗進來，那少女明明喜歡他，又不得不拒絕他，死命地抵著門戶，不讓他親近的場面，爾難道不覺得那少女在母親面前跪誓，一陣一陣的雷聲，那種莫名其妙的神祕終於使一個無辜的少女做了犧牲，這種原始的心理有時不也有些激動一個文明人心魂麼？使他覺到自然內更深更不可測的神祕麼？這個劇有些人說受易卜生的影響，但與

其說是受近代人的影響，毋寧說受古代希臘的影響。」[6]所謂「老早的故事」，即人類自原始時代就存在的、超越國別和民族的、具有普遍性的故事。曹禺說《雷雨》是一首詩，這裏的「詩」是借用易卜生的概念，易卜生說：「我所寫的東西並沒有立意要使它成為宣傳的工具。我是個詩人，而不是一般人所相信的我是社會思想家。」[7]所以，在曹禺這裏，「詩」和「社會問題劇」相對，它表明《雷雨》不具有很強的現實針對性，相反地具有藝術的純粹性，是「一個更古老、更幽靜的境界」。為了讓觀眾在欣賞戲劇時和現實保持一定的距離，曹禺精心地設計了「序幕」和「尾聲」：「我的方法乃不能不把這件事推溯，推，推到非常遼遠時候，叫觀眾如聽神話似的，聽故事似的，來看我這個劇，所以我不得已用了〈序幕〉及〈尾聲〉，而這種方法猶如我們孩子們在落雪的冬日，偎在爐火旁邊聽著白頭髮的老祖母講從前鬧長毛的故事，講所謂『Once upon a time』的故事。」[8]僅從劇情上來說，「序幕」和「尾聲」無足輕重，刪去它並不從根本上影響戲劇的內容，但在結構上，它並非可有可無，在藝術暗示和審美導向上，它不可或缺，沒有它，戲劇的現實性就會大大地突兀出來。

　　1936 年，《雷雨》出單行本，曹禺寫了長篇「序言」，在序言中，曹禺主要談了主題和人物兩方面的問題。對於主題，曹禺主要是通過回憶他的寫作動機來顯示的，曹禺說：「《雷雨》所顯示的，

6　曹禺：〈《雷雨》的寫作〉，《曹禺全集》第 5 卷，第 9、10 頁。

7　轉引自鄒紅〈「詩樣的情懷」——試論曹禺劇作內涵的多解性〉，《文學評論》1998 年第 3 期。

8　曹禺：〈《雷雨》的寫作〉，《曹禺全集》第 5 卷，第 10 頁。

並不是因果，並不是報應，而是我所覺得的天地間的『殘忍』。……
這篇戲雖然有時為幾段較緊張的場面或一兩個性格吸引了注意，但
連綿不斷地若有若無地閃示這一點隱祕——這種種宇宙裏鬥爭的
『殘忍』和『冷酷』。」[9]在文章中，曹禺很少談具體的中國、社會
以及階級等，而更多地是談「人類」、「人們」、「情感」、「上帝」、「自
然的法則」等抽象問題，他不是從國家、民族的角度來談論，而是
從人的發展、人與天地之間的關係、人的「命運」的角度來談論。
人物雖然在戲劇中具有關鍵性，但性格本身並不構成戲劇衝突，悲
劇的根源並不是性格，也不是社會，而是「天」。在同一年所寫的
〈《雷雨》日譯本序〉一文中，曹禺明確說《雷雨》「不過寫了一個
普通家庭可能發生的故事而已」[10]，這在觀念上和〈《雷雨》的寫
作〉、〈《雷雨》序〉是一脈相承的。

　　但到了 50 年代，曹禺的觀念就明顯變化了。1950 年，他開始
對《雷雨》做自我批評或者說批判，在〈我對今後創作的初步認識〉
一文中，他給自己扣上了很多帽子，比如說他的思想「模糊而大有
問題」、「躲避真理」、「沒有歷史唯物論的基礎，不明了祖國的革命
動力，不分析社會的階級性質」等，說《雷雨》是「以小資產階級
的情感來寫工農兵」，是「賣狗皮膏藥」，並且開始批判《雷雨》的
家庭倫理性，他說：「在寫作中，我把一些離奇的親子關係糾纏一
道，串上我從書本得來的命運觀念，於是悲天憫人的思想歪曲了真
實，使一個可能有些社會意義的戲變了質，成為一個有落後傾向的
劇本。這裏沒有階級觀點，看不見當時新興的革命力量；一個很差

---

[9]　曹禺：〈《雷雨》序〉，《曹禺全集》第 1 卷，第 7 頁。
[10]　曹禺：〈《雷雨》日譯本序〉，《曹禺全集》第 5 卷，第 22 頁。

的道德支援全劇的思想，《雷雨》的宿命觀點，它模糊了周樸園所代表的階級的必然的毀滅。」[11]這是曹禺 1951 年修改《雷雨》的原因，也是 1951 年版《雷雨》失敗的原因。但從另一方面也說明了《雷雨》的家庭倫理性質，就是說，曹禺寫作這個劇本時，貫穿其中的是「親子關係」、是「命運觀念」、是「悲天憫人的思想」、是「道德」的支撐，而不是「階級觀點」和「社會意義」，「當時新興的革命力量」也不是他關注的對象。

　　對於《雷雨》，50 年代之後，曹禺一方面是自我檢討，但更多的時候則是「曲解」，比如 1956 年的〈《雷雨》英譯本序〉一文說「《雷雨》是一個描寫當時現實的劇本」，這和 30 年代他所說的「一首敘事詩」明顯相矛盾。1979 年，他寫作〈簡談《雷雨》〉一文，在這篇文章中，他明確否定他自己早期的關於《雷雨》的觀點，他說：「我曾經說過我寫《雷雨》是在寫一首詩，當時我對詩的看法是不正確的，認為詩是一種超脫的，不食人間煙火的藝術。……評論家們說我寫這個劇本有比較進步的思想在指導著我，我當時還不大領會。後來我才漸漸懂得，無論寫什麼，一個作家總逃不脫時代精神的影響，或者是反映了時代精神，或者是反對時代精神，跟著時代前進的就是進步的。」[12]這明顯是時代精神的傳聲。其實，曹禺寫《雷雨》時才二十剛出頭，對於所謂時代精神，他能有什麼深刻的感受和理解？

　　從曹禺的自我評價我們看到，從 30 年代到 80 年代，《雷雨》的批評越來越脫離家庭倫理性質而轉向社會和階級性質，它的抽象

---

[11]　曹禺：〈我對今後創作的初步認識〉，《曹禺全集》第 5 卷，第 44、46、45 頁。
[12]　曹禺：〈簡談《雷雨》〉，《曹禺全集》第 5 卷，第 68 頁。

性和純粹性越來越隱退，而時代性和政治性越來越突出。為什麼會這樣？原因當然是複雜的，但時代精神以及批評家強大的輿論力量顯然也深刻地影響了曹禺，曹禺說：「對為什麼寫《雷雨》這一問題，許多人也替我加了注釋。當然，對此我予以承認。」[13]又說：「今天我所說的，已經不完全是當時所想的了，可能已經在合理化，在掩飾當時一些不對的地方了。」[14]由此可見，曹禺實際上是被當時的一些流行觀念所左右，以致他覺得批評家的解釋比實際更具有合理性。

　　50年代之後，對於《雷雨》普遍的觀點是，《雷雨》之所以優秀，根本原因就在於它暴露了封建社會的黑暗、揭示了封建大家庭的罪惡、塑造了鮮明生動的人物形象。而在社會和階級的深度上，曹禺似乎做得還不夠，因而《雷雨》還不完美，應該加大這方面的力度，所以就有了曹禺本人對《雷雨》的修改。修改的失敗本身深刻地說明了這種評論的錯誤性。曹禺後來雖然也寫出像《日出》、《北京人》、《原野》這樣的經典之作，但它們都沒有超越《雷雨》，這應該說與他戲劇觀念的改變有很大的關係。有人主張：「要想把這樣一部《雷雨》改編成為真正意義上的現實主義作品，就必須『拋棄觀念論的天之道的觀念，以純正的現實主義社會學的立場，深入現實，繪寫現實』。」[15]按照這種思路，我們不能說《雷雨》的修改一定會失敗，但這樣的《雷雨》肯定不能超越初版本的《雷雨》，

---

[13] 曹禺：〈《雷雨》日譯本序〉，《曹禺全集》第5卷，第23頁。

[14] 〈曹禺談《雷雨》〉，《曹禺全集》第7卷，第333頁。

[15] 張耀傑、盛紅：〈《雷雨》的誤讀與誤解〉，劉勇、李春雨編《曹禺評說七十年》，文化藝術出版社，2007年年版，第152頁。

肯定沒有現在的文學史地位。萬幸的是，曹禺在最初寫作《雷雨》時沒有這種所謂純正現實主義的觀念，沒有後來那些所謂「進步」的思想和觀念，否則，中國現代戲劇史將會因此減色，將會損失一部傑作，其所達到的藝術高度也會明顯降低。

　　把《雷雨》解釋成反映社會現實和時代精神的現實主義作品，這在當時是「拔高」，但實際上是狹隘化，不能完全說是貶損，但至少是大大限制了它的藝術闡釋和想像的空間，使它的審美價值侷限於時代，成了時代精神的圖解材料，成為時代性的作品、地域性的作品、階級性的作品。我們可以從社會學的角度來解說《雷雨》，但這個「社會學」應該是廣義的社會學，也就是說，《雷雨》的社會意義所包含的時間範圍和歷史價值具有超越性，它超越具體的時代、地域和階級。《雷雨》也在一定程度上反映了時代和階級狀況，但它絕沒有那麼多的現實功利性。比如它也寫到了罷工，但罷工在戲劇中不具有根本性，甚至可以說是無足輕重的，它可以用另外的情節來替換，只要能夠表現魯大海和周樸園的對抗就行。也不能說50年代以來關於《雷雨》的解讀和評論都是錯的，《雷雨》的確具有揭露封建罪惡、反映資本家殘酷的一面，但不能誇大這些內涵。

　　50年代之後，《雷雨》的評論越來越遠離文本，附著上了太多的時代、階級以及具體政治的色彩。1951年曹禺修訂的《雷雨》可以說是迎合這種評論的產物，現在看來這個修改顯然是失敗了，修改的內容除了具有個人歷史價值以外，幾乎就沒有什麼文學價值。現在我們都不提這個版本，也很少有人去看這個版本，沒有人以這個版本為依據，這是事實上對50年代批評觀念的否定。但對於曹禺本人50年代以後關於《雷雨》的看法和觀點，雖然我們明

知道它具有時代的侷限性，卻缺乏必要的質疑和甄別，並且一直把它作為我們評論的一個根據，這顯然是有問題的。今天，我們應該回到文本，回到它的「家庭倫理」初衷，並以此為基點重新研究它的審美價值。

是否具有「永恆的主題」，這是文學理論長期爭論不休的一個問題。我認為「永恆的主題」是有的，《雷雨》的「家庭倫理」就是一個永恆的主題。這個主題在古希臘時期就普遍存在，之後一直延續不斷，並且不斷地產生經典性的作品，而《雷雨》就是這一主題在中國現代文學史上的一種發展、一種延伸。它是中國現代文學向西方學習，中西兩種文化和社會現實融合所開出的奇葩，不僅在中國現代文學史上具有崇高的地位，在整個世界文學史上也具有重要的地位，它是作者對人類生存中基本倫理困惑的表達，其「倫理」意義遠遠大於社會意義。

本文原載《中國現代文學論叢》2008 年第 1 期。

放寬文學視野評價金庸小說

　　如何評價金庸武俠小說，是中國當代文學研究中最富爭議的問題之一。回顧和反思近二十年兩岸三地關於金庸的研究和評論，我認為其成績是巨大的，「金學」事實上已經建立起來並逐漸成熟，且越來越走向「顯學」。有趣的是，批評金庸事實上也在為「金學」添磚加瓦。應該充分肯定金庸小說研究中所提出來的各種問題，這些問題對於金庸小說研究、對於武俠小說研究，乃至對於整個中國現當代文學研究和文學理論研究都富於建設意義。另一方面，我們也應該看到金庸小說研究中存在的各種問題，涉及到批評話語、批評觀點、批評態度、版本、文獻資料、知識「考古」等方方面面，這些問題都深刻地影響金庸小說研究的深入[1]。但我認為，如何定位金庸武俠小說？我們應該用什麼標準來評價金庸武俠小說？這仍然是目前金庸小說研究中的根本問題，也是爭論的癥結所在，亟待解決。本文嘗試對這一問題進行重新研究。

---

[1]　關於金庸研究的狀況及問題，可以參考韓雲波〈關於大陸金庸小說研究的思考〉，《中國雅俗文學研究》第一輯，上海三聯書店，2007 年版。

一

　　我認為，金庸武俠小說作為一種通俗文學，它最大的特點及優長就是娛樂性、消遣性和遊戲性。

　　金庸武俠小說首先是小說，具有一般小說的基本形式和基本內容，比如人物、故事、結構、表現手法、敘事技巧等，在內容上涉及到人性、人情、政治、歷史、宗教、哲學、文化等。但金庸武俠小說同時又是一種特殊的小說，特殊就特殊在它的「武俠」性，它以「武俠」故事為中心，其作用主要是娛樂和消遣。我非常贊成有的學者的觀點：「武藝小說如同一種約定俗成的遊戲，遊戲中的雙方──看書人與寫書人──早已知道自己面對的是什麼。此遊戲的規則自家人早已了然。圈外人若有興致一玩，必須先行認知此中規則才成。」[2]不是說金庸的小說是遊戲，而是說金庸的武俠小說有它自己的規則，這個規則是在長期的文學實踐中由作家和讀者共同建構的，寫作的人要遵守，閱讀的人同樣也要遵守，否則就會像王朔一樣，怎麼也進入不了金庸小說，滿眼所見皆是「打架」和「殺人犯罪」。

　　正是因為特殊的「規則」，所以金庸武俠小說所刻畫的是一個特殊的世界，一個遠離現實的虛擬世界，一個絕對的「烏托邦」，即我們所說的「江湖」。在這個世界裏，生活有自己的邏輯，其中武俠是生活的最重要內容，其有形與無形無處不在。雖然，武俠小說既然是小說，是作家寫作的，那麼，武俠小說所描寫的世界自然

---

[2]　舒國治：〈金庸的寫法〉，江堤、楊暉編選《金庸：中國歷史大勢》，湖南大學出版社，2001 年版，第 208 頁。

與我們的生活世界有著密切的聯繫，但這種聯繫主要是在人情人性上的相通，而在社會結構、生活方式、精神價值等方面則與我們的生活世界有著很大的差別，這種差別不僅僅只是現實生活的誇張、變異，還有「非生活」與「反生活」，比如武俠小說中最重要的內容——「武功」就是在現實武術基礎上的一種虛構和想像，現實生活中絕無所謂「吸星大法」、「玄冥神掌」之類的武藝。武俠世界也不是隱喻的世界、象徵的世界，它就是它自己。所以，武俠世界絕不是現實世界的影子，它既不追求反映現實生活，也不追求表現現實生活。至於有的讀者把金庸小說當作生活教科書來讀，這是閱讀學的範圍，可以通過解釋學來說明，並不能證明金庸武俠小說的現實主義特性。

這種「江湖」世界的「非現實性」尤其表現在小說的故事背景和語言方式兩個方面。

金庸的武俠小說無一反例都是以中國古代為背景，並且主要是以明清為背景。但這裏的古代並不是歷史層面上的古代，而是小說層面上的古代。與古龍的小說不同，金庸小說的故事都有具體的時間範圍和地點範圍，特別是「修改版」《金庸作品集》，作者加進了大量的歷史背景描寫，增加了很多古代知識，達到了「以假亂真」的地步。但無論如何，金庸武俠小說與歷史小說無涉，即使最寬泛意義的歷史小說也不是，古代歷史在這裏僅僅只是道具、是表象，有名無實。

把背景放置在古代，對於金庸武俠小說來說這首先是為了給「武功」營造充分的環境氛圍，從而充分展示和表現「武功」，因為真正的武俠世界最好不要有槍，槍和刀棍是不同類型和級別的武

器，有了槍，武功的力量和精神就要大大地受到限制。金庸自己曾說：「武俠小說的背景都是古代社會。拳腳刀劍在機關槍、手槍之前毫無用處，這固然是主要原因。另一個主要原因是，現代社會的利益，是要求法律與秩序，而不是破壞法律與秩序。」[3]迴避現代社會就迴避了槍、電等現代工具，也迴避了法律、通訊等現代社會制度，一句話，現代社會無用「武」之地。但我認為，金庸武俠小說的古代背景更重要的即根本性的作用還是和現實保持一定的距離，模糊它的現實感，加強它的虛構性、想像性和遙遠感。所以，金庸的武俠世界，既不是歷史的世界，也不是現實的世界，它是一個虛擬的世界，它有它自己的「上層建築」和「意識形態」，它有自己的生活邏輯。當然，武俠世界也可以有槍，但這是另外一個文學世界，即槍戰與警匪的世界，它是另外一套遊戲規則。

　　金庸武俠小說的語言也是非常特殊的，概括起來就是：本質上是現代漢語，但大量使用單音詞和文言辭彙，既不是古人說的話，也不是現代人說的話，有點古味，也可以說是「半文半白」。我認為，這種特殊的表達方式首先是為了與古代背景相諧和，因為既然小說故事發生在古代，那麼小說中人物所說的話就應該與現代人所說的話有所區別，如果人物滿口現代辭彙，地道的現代白話，那就與古代人的身分不相協調。同時，也不能完全用文言來寫作，這除了古人並非就是用文言說話這一原因以外，還與現代讀者這一因素有關，金庸的武俠小說畢竟是寫給現代人看的，且是寫給現代一般讀者看的。但這些都不是最重要的，最重要的仍然是要和現實與歷

3　轉引自呂進、韓雲波〈金庸「反武俠」與武俠小說的文類命運〉，《文藝研究》2002 年第 2 期。

史保持一定距離，因為「半文半白」的世界對於一般讀者來說既是熟悉的，又是隔膜的，既親近，又遙遠，具有陌生感。王朔曾經批評金庸：「使用的文字，看起來是白話文，但其實是脫離口語的，是新版的文言文，有著舊小說的痕跡。」[4]作為描述，這沒有錯，但作為批評，這是錯誤的。王朔顯然沒有理解這種語言對於金庸武俠小說的作用和意義。

文學世界和體育世界具有驚人的相似性。體育運動有某種共通性，比如競賽、能力、技巧等，雖然形式上各不相同，但精神上是一致的。文學也是這樣，比如語言、結構、內容上的精神、情感等，各種體裁和類型的文學是相通的。體育之間存在著很大的差異，每一種體育運動比如籃球、足球、圍棋等都各有它自己的遊戲規則，要進入某種運動，必須遵守這種運動的遊戲規則。文學也是這樣，武俠小說、警匪小說、偵探小說、鬼怪小說、荒誕小說、神話小說等各不相同，它們各有自己獨特的世界，它們的世界各有自己的規則和邏輯，要進入這個世界，必須遵守這個世界的規則和邏輯。

武俠小說在本質上具有遊戲性，我們應該從遊戲的角度來看視武俠小說，也只能以一種遊戲的態度和遊戲的方式來看視武俠小說，否則其中的殺人就是犯罪。王朔之所以批評金庸武俠小說「殺人不償命」，根本原因就在於他不認同武俠小說的遊戲性。說武俠小說近似於遊戲，這絲毫沒有貶損武俠小說的意思。不要忘記了，康得和席勒早就論證了藝術的遊戲本質，他們認為，藝術不僅起源

4　陳新：〈王朔：我無意對金庸人身攻擊〉，廖可斌編《金庸小說論爭集》，浙江大學出版社，2000 年版，第 16 頁。

於遊戲，而且在結構和作用方式上與遊戲具有同構性。正是在遊戲性這一點上，武俠小說中的世界與我們的現實世界既相聯繫又有所區別，有人說武俠小說是「成人童話」，我認為這個概括非常好。閱讀武俠小說不是讓我們「入世」，而是讓我們「出世」，不是讓我們投入到現實世界，而是讓我們淡出現實世界而進入到一個有趣的、幻想的世界。武俠小說讓人類憑空多出了一個世界，這個世界並不是現實世界的影子，而是和現實世界並列的，兩個世界有交叉，但不重疊，有聯繫，但不同一。這不是一個包羅萬象的大千世界，但卻非常有趣，少林寺、武當山，唐門、西域，華山派、峨嵋派、崑崙派、全真派，江湖恩怨、男女情仇等，讓人眼花繚亂，樂不思「現實」，給人以無盡的享受。

　　正是因為想像性、虛擬性和遊戲性，所以，金庸武俠小說與高雅文學，特別是與那種歷史和現實使命很強的純文學有著很大的不同，它不強調揭示現實、反映現實，不強調生活的本質與規律，而是強調消遣性、娛樂性。金庸本人非常看重武俠小說的娛樂功能，他曾說：「武俠小說雖然也有一點點文學的意味，基本上還是娛樂性的讀物，最好不要跟正式的文學作品相提並論」，「一些本來純粹只是娛樂自己、娛樂讀者的東西，讓一部分朋友推崇過高，這的確是不敢當了」[5]。這裏，所謂「推崇過高」如果是在純文學的意義上、在文學的社會功利意義上而言，的確是事實。過去，我們總是強調金庸武俠小說的歷史價值、現實意義，強調他在美學上的貢獻，比如小說結構的宏大、塑造人物形象的成功、反映生活的廣度

---

[5]　林以亮等：〈金庸訪問記〉，江堤、楊暉編選《金庸：中國歷史大勢》，湖南大學出版社，2001 年版，第 112、115 頁。

與深度等，在這些方面，我們對金庸的確是「推崇過高」了。但在文學的一般意義上，把金庸武俠小說放在更為廣闊的文學視野中來評價，從對中國現代通俗文學的貢獻來說，金庸的文學地位不是「推崇過高」而是評價「過低」了。

認為武俠小說不是純文學，具有娛樂性因而就與純文學不能相提並論，這是一種根本錯誤的觀念。娛樂難道就一定低於嚴肅的思想嗎？輕鬆就一定比沉重低下嗎？悲劇就一定高於喜劇嗎？娛樂性也是文學的重要功用之一，而且其作用絲毫不低於文學的教育作用與認識作用，實際上，文學的教育作用和認識作用常常要藉助娛樂的方式來實現，這就是古羅馬文學理論家賀拉斯所說的「寓教於樂」原理。所以，娛樂性也是文學的真正本質，並且是最直觀的本質。如果我們在娛樂方面做得好，具有創造性、具有藝術性，同樣可以產生偉大的文學。章培恒先生 90 年代初寫的文章中就說到：「以消遣為目的的武俠小說，從『享樂的合理性』的角度來看，是不應遭受輕視和排斥而應得到重視和支援的。」[6]我認為這個定位是研究金庸武俠小說的正確方向。金庸武俠小說也具有一般意義上的文學貢獻，比如在抒寫愛情、刻畫人物形象，思想的深度、生命的感受等方面，金庸武俠小說也達到了相當的高度，但金庸武俠小說最根本的貢獻還是在於他的「武俠」，以及圍繞著「武俠」所展開的故事情節、人物形象、語言技巧等，其他文學也有故事情節，也有人物形象，但武俠小說與其他小說最大的不同就在於，它的故事情節和人物形象始終是圍繞著武俠展開的，武俠是它們的核心內

---

[6]　章培恒：〈從武俠小說的發展看大眾文學的前景〉，載《上海文論》1991 年第 3 期。

容，正是「武俠」決定了武俠小說不受現實規則和生活邏輯的制約，決定了它在作用上的消遣性和享樂性。

武俠小說在中國近代時期屬於「正統」文學，但從「五四」開始它受到激烈的批評，「文學研究會」宣佈：「將文藝當作高興時的遊戲或失意時的消遣的時候，現在已經過去了。我們相信文學是一種工作，而且又是於人生很切要的一種工作；治文學的人也當以這事為他終身的事業，正同勞農一樣。」[7]文學研究會作為一個文學流派，反對文學的遊戲性和消遣性，這可以理解，也是合理的，因為文學流派最大的特點就是個性化，主張「為人生的藝術」，反對文學的遊戲性和消遣性，這就是一種「個性化」，無可非議。「五四」新文學出於「啟蒙」和「救亡」的重大歷史使命，出於思想上的反封建、文學上的反傳統，反對文學的遊戲性和消遣性，這同樣可以理解、也同樣是合理的。但文學研究會不能代表所有的作家，「五四」新文學也不能代表文學的全部，「為人生的藝術」是合理的，「為藝術而藝術」同樣也是合理的；新文學是合理的，舊文學同樣也是合理的；「彼時」反叛傳統文學是合理的，「此時」繼承傳統文學同樣也是合理的；強調文學的認識作用和教育作用，這是正確的，強調文學的娛樂和消遣作用，這同樣也是正確的。嚴肅文學具有存在的合理性，以娛樂消遣為主要目的的武俠小說同樣具有存在的合理性。

縱觀「五四」以來對於武俠小說的批評以及具體對於金庸武俠小說的批評，我認為，很多批評實際上都沒有真正理解武俠小說的

---

[7] 〈文學研究會宣言〉，《小說月報》第 12 卷第 1 號（1921 年 10 月）。

娛樂和消遣本質，很多批評實際上是站在純文學的立場上，以新文學為標準來批評武俠小說，可以說在原則、立場、視角、視野、經驗等方面都存在著片面性。鄭振鐸在〈論武俠小說〉一文中曾分析武俠小說為什麼流行：「最重要的原因之一，便是一般民眾，在受了極端的暴政的壓迫之時，滿肚子的填塞著不平與憤怒，卻又因力量不足，不能反抗，於是在他們的幼稚的心理上，乃懸盼著有一類『超人』的俠客出來，來無蹤，去無跡的，為他們雪不平，除強暴。這完全是一種根性鄙劣的細想；欲以這種不可能的幻想，來寬慰了自己無希望的反抗的心理的。」[8]這種觀點影響很大，以致後來不斷地被重複，比如何滿子說：「舊社會裏……天高皇帝遠，縱有清官也管不周全，於是在明君清官之外，還希望出幾個路見不平，拔刀仗義的俠客，除暴安良，為無告的百姓出口冤氣。武俠小說不論花樣如何多端，變化萬狀，實質上就是體現、迎合和鼓吹這樣一種舊社會無助群眾的求助幻想，和馬克思論『精神鴉片』的宗教之作為『無情世界的虛幻的精神撫慰』作用相似。」[9]不能否定這種心理動機，但在武俠小說閱讀中，這種心理期待絕對不是主要的，也不是根本的。在武俠小說讀者中，絕大多數人之所以讀武俠小說，之所以一旦讀上了就放不下，絕對不是因為它可以滿足人們的「復仇幻想」或者說「求助幻想」，也不是因為「求知慾」和「求教慾」可以得到滿足，而是被武打的精彩、驚險以及武俠故事的曲折、緊

8　鄭振鐸：〈論武俠小說〉，《鄭振鐸全集》第 5 卷，花山文藝出版社，1998年版，第 345 頁。

9　何滿子：〈為舊文化續命的言情小說與武俠小說〉，廖可斌編《金庸小說論爭集》，浙江大學出版社，2000 年版，第 45-46 頁。

張等所深深吸引，也就是說，消遣和娛樂才是武俠小說吸引讀者去
看以及看下去的根本原因。

　　金庸對於中國現代文學最偉大的貢獻就在於他把文學的娛樂
和消遣作用發揚光大，他通過他的武俠小說把文學的娛樂功能和
娛樂魅力充分地表現或展示出來，從而改變了人們對武俠小說的
看法，改變了人們對文學的觀念，大大地拓展了中國現代文學的
價值和作用，也改變了中國現代文學的形象。對於「五四」以來的
中國文學，金庸先生有一個基本的定位：「中國近代新文學的小說，
其實是和中國的文學傳統相當脫節的，很難說是中國小說，無論是
巴金、茅盾或魯迅所寫的，其實都是用中文寫的外國小說。」[10]他
認為武俠小說真正是「中國傳統小說的繼承」。我不認為這是在批
評和貶低新文學，「五四」新文學主要是學習西方文學的產物，這
是客觀事實，中國現代文學的成就有目共睹，這絲毫不能抹殺，
但中國傳統文學同樣有它的價值，繼承傳統文學這沒有任何過
錯，它同樣具有廣闊的前景。所以，在繼承中國近代文學傳統、
發揚文學的娛樂功能、使文學真正給大眾讀者帶來享受和快樂方
面，金庸的貢獻是巨大的，他用自己的創作實績把武俠小說從壓
抑和束縛的狀態中解放出來，使它的文學價值得到淋漓盡致的發
揮，使它的魅力得到充分的展示。在這一意義上，金庸絕對稱得
上是大師。

---

[10] 杜南發：〈長風萬里撼江湖——與金庸一席談〉，江堤、楊暉編選《金庸：
　　中國歷史大勢》，湖南大學出版社，2001 年版，第 49 頁。

二

如何評價？用什麼標準來評價金庸武俠小說，這是一個值得深入探討的問題。

縱觀當代金庸研究，我認為，很多對金庸武俠小說的研究包括一些正面評價，實際上並沒有真正理解金庸武俠小說的本質，即並沒有真正理解娛樂性對於金庸武俠小說的根本意義。比如袁良駿先生花了很多文字來論述金庸武俠小說「內功」的不可能性，他的結論是：「動腦筋的讀者難免會問：世界上有這樣的神功嗎？不用說，在現實生活中，這樣的『神功』、『內功』是絕對沒有的，它們遠遠超出了人類體能所能達到的極限。」[11]對於喜愛金庸武俠小說的人來說，這種「提問」和「判斷方式」是不能接受的。提問本身表明，作者還沒有真正理解武俠小說的「規則」，並沒有真正進入金庸武俠小說，他還是用傳統的現實主義小說標準來衡量金庸武俠小說，他對金庸武俠小說還缺乏真正的快樂體驗，還沒有享受到它，相反處處覺得彆扭。我們不禁要問：如果以人的體能的極限作為武俠小說武功的極限，那還叫武俠小說嗎？武俠小說這種文類還可能存在嗎？那還能有這麼多讀者嗎？如果金庸的武俠小說所寫的「武功」只是停留在正常人「打架」的水平上，我們還願意去讀它嗎？

但我更願意把袁先生的批評看作是出自學術真誠，更願意從學理上來討論這些批評。袁先生認為金庸武俠小說的歷史感是它的致命傷之一，他列舉了四個要點：「把宮廷『江湖』化，把帝王將相

---

[11] 袁良駿：《武俠小說指掌圖》，新華出版社，2003 年版，第 244 頁。

武俠化」；「在大的歷史框架中極度誇張武俠的地位和作用」；「先歪曲史實，再拔高武俠人物」；「『亂點鴛鴦譜』，為帝王將相以及他們的子孫後代成雙捉對」。[12]這些批評其實可以用一句話概括，那就是：金庸沒有把武俠小說寫成歷史小說，沒有遵循現實主義的小說原則，或者說，金庸錯就錯在他把武俠小說寫成了武俠小說。

其實，早在 1966 年，梁羽生先生化名佟碩之寫過一篇題為〈金庸梁羽生合論〉的評論，就是從「合理」這個角度來批評金庸的，比如他說：「金庸初期的小說（在《射雕英雄傳》之前），大體上也還是正常武技的描寫，筆下的英雄儘管招數神妙、內功深厚，也還不能算是離譜。到《射雕》之後，則越來越是神怪，其神怪的程度，遠遠超過了梁羽生。《射雕》中的西毒歐陽鋒用頭來走路，手下蛇奴驅趕蛇群從西域來到中原；《神雕俠侶》中的壽木長生功、九陰神功、九陽神功；以至現在《天龍八部》中的什麼天上地下唯我獨尊功等都出來了，真是洋洋大觀，就差沒有『白光一道』了。但其中的六脈神劍，能用劍氣殺人，也近乎放飛劍了。」[13]梁羽生本人是著名的武俠小說家，香港「新武俠小說」實際上是他開創的，他的成就很大，在當時，他和金庸齊名，有「金梁」之稱。他深諳武俠小說的「遊戲規則」這是毫無疑問的，但他的批評也讓人不解。如果從「正常武技」這個角度來看武俠小說，恐怕所有的武俠小說都有問題，包括梁羽生本人的武俠小說，因為即使最簡單的打鬥在「正常武技」中也是不可能的。金庸的武俠小說與梁羽生武俠小說

---

[12] 袁良駿：《武俠小說指掌圖》，新華出版社，2003 年版，第 248-250 頁。

[13] 佟碩之（即梁羽生）：〈金庸梁羽生合論〉，江堤、楊暉編選《金庸：中國歷史大勢》，湖南大學出版社，2001 年版，第 254 頁。

相比是「離譜」的，具有「神怪」的特點，但梁羽生的武俠小說和《三俠五義》相比，何嘗不是「離譜」的？何嘗不是「神怪」的？延推下去，金庸的武俠小說和古龍的武俠小說相比，則是屬於「正常武技」，因為金庸還沒有達到的「離譜」比如「白光一道」、「放飛劍」，在古龍小說中已經成了家常便飯。由此看來，梁羽生所謂「正常」並不是日常生活的「正常」，而是他自己的「正常」，梁羽生並不是不認同武俠世界，只是不認同金庸的武俠世界，當然可以想見，他更不會認同古龍的那個武俠世界。

　　袁良駿先生對金庸的批評和梁羽生對金庸的批評在理論上如同一轍，只不過尺度有所不同。袁先生實際上是按照現實主義的小說標準來批評金庸的武俠小說，按照這種批評，「金迷」認為是金庸武俠小說最精彩、最迷人的部分，實際上也是金庸武俠小說最富於創造性的部分，核心的部分或本質的部分，比如「武俠」和以「武俠」為中心展開的故事情節，還有夢幻般的想像和組織等，在袁先生那裏恰恰是最糟糕的部分。按照這種批評標準，讀者最喜歡的就是最應該批評的，讀者肯定的恰恰是應該否定的。

　　但問題是，金庸武俠小說並不是現實主義的小說，它既不追求反映生活，也不追求表現生活，它既不是按照生活本來的樣子來描寫生活，也不是按照生活應該有的樣子來描寫生活，它的世界是一個遠離現實社會的「烏托邦」。既然金庸的武俠世界是一個虛擬的世界，是一個非現實的世界，那麼，用現實的「真實」標準來要求和評價它就是錯位的，也是無效的。

　　真實對於絕大多數文學類型來說，都是一個適當的標準，並且它還是一個很有彈性的標準，現實中的「真實」是嚴格性地符合客

觀存在；報告文學中的「真實」是實在發生的事，但作家有選擇上
的自由，可以進行文學上的加工；童話的真實主要是生活情理上
的；小說是虛構的，所以小說的「真實」是指符合社會和生活的本
質和規律，因此，不僅按照現實生活本來的樣子來描寫的現實主義
小說具有真實性，對於生活進行了誇張、變形和意象化的浪漫主
義、象徵主義以及其他現代主義的小說也具有真實性。武俠小說也
有真實性的要求，比如小說的情節、人物言行、故事背景、主要思
想等邏輯上不能前後矛盾，但總體上，「真實」不是武俠小說的一個
有效概念，正如有學者所說：「有人謂武藝小說不真實，這便如同以
象棋的規則行使於圍棋之中，一步也走不通。武藝小說原來不主張
科學世界裏講究的『真實』，它是特別國裏的產物，不是科學國的一
員。它只在本國裏通行無礙，原不打算放諸四海求一準。」[14]金庸
多次說過，武俠小說是浪漫主義小說，不是現實主義小說，不能用
現實主義小說的要求來要求它。當然，說武俠小說是「浪漫主義」
小說，這也不準確，因為「浪漫主義」是一個純文學的概念或範疇，
也是一個純文學的標準，它具有特定的文學史內涵，不適合武俠小
說的言說，但金庸說不能按照現實生活的規則和標準來批評武俠小
說，這卻是正確的。只有不懂得遊戲的人才從非遊戲的角度看視遊
戲；只有不懂武俠小說的人才把武俠世界等同於現實世界，才會從
現實世界的角度去看視武俠世界和批評武俠世界。如果有人讀了金
庸的武俠小說，就去闖蕩江湖、行俠仗義，這是沒有真正讀懂金庸。
金庸武俠小說作為娛樂和消遣性的文學作品，它主要不是給讀者提

---

[14]　舒國治：〈金庸的寫法〉，江堤、楊暉編選《金庸：中國歷史大勢》，湖南大
　　　學出版社，2001 年版，第 209 頁。

供給知識、提供人生的指南和教義，它讓人脫離現實世界而不是進入現實世界。如果有人把它當作知識讀本、當作生活指南讀本、當作教義去閱讀甚至模仿，這顯然是選錯了閱讀對象，不是真正的金庸武俠小說欣賞。所以，我認為，「真實」對於金庸武俠小說來說是一個虛偽的概念和標準。

在金庸武俠小說研究和評論中，作家王朔的批評曾引起很大的反響和爭議。我認為，認真地分析王朔的批評，對於如何評價金庸武俠小說是很有意義的。我對王朔是相當地尊重，對於他的小說，我非常喜歡，對於王朔的文學史意義，我也相當有信心。我充分尊重王朔對金庸的批評，但我不同意他的觀點，我認為王朔的根本錯誤是他的批評標準有問題，他實際上是持「粗鄙」的現實主義小說標準來評價金庸，他否定金庸武俠小說的最根本理由是金庸的小說不「真實」，而他的「真實」標準就是生活，並且是一種很狹隘的生活。他說：「我不相信金庸筆下的那些人物在人類中真實存在過。」「我認為金庸很不高明地虛構了一群中國人的形象。」他用的批評話語都是很生活化的，比如他說：「金庸筆下的俠與其說是武術家不如說是罪犯，每一門派即為一伙匪幫。」[15]他稱金庸是「一位專寫古代犯罪小說的」，他對金庸武俠小說的描述是：「才一觸即怒，一怒便不可收拾，永遠打不完的羅圈架，且個個師出有名，殺人便也成了行俠仗義和愛國行為。」[16]他用現實生活中的「打架」的眼光來看視金庸武俠小說中的「武打」，因而把它定義為「粗野」；他

---

[15] 王朔：〈我看金庸〉，《隨筆集》，雲南人民出版社，2004 年版，第 138、139 頁。

[16] 王朔：〈為海岩新作《海誓山盟》序〉，《隨筆集》，雲南人民出版社，2004 年版，第 8-9 頁。

把武俠的「門派」看成是現實生活中的「團伙」，而「門派」之間
的爭鬥則是「無法無天」、「犯罪」。這表明王朔根本就沒有進入金
庸武俠小說，對金庸武俠小說還缺乏最基本的感受和體驗，用張五
常先生的話說：「是他不懂武俠小說」[17]。所以，他第一次讀金庸
「讀了一天實在讀不下去」，後來「捏著鼻子看完了」一本《天龍
八部》，還是沒有感覺。我相信王朔是真誠的，但從武俠小說這一
角度來說，這實在是不可理喻。

　　王朔的小說一般被定性為「通俗小說」，在文類上和金庸武俠
小說非常接近，按說王朔是最能夠理解金庸的。王朔的文學觀念其
實也很不「正統」，他曾說：「我聽到過關於小說最傻的說法之一，
就是從小說裏學知識，受教育。」[18]又說：「我讀小說不是為了更
好地生活，尋找教義，獲得人生哲理指南什麼的，正相反，是為了
使自己更悲觀。」[19]這個觀念和金庸小說所體現出來的文學觀念實
際上非常一致，金庸小說主要不是給讀者提供知識和教義，這非常
符合王朔對文本的要求。在閱讀動機上，王朔不抱著一種學知識、
受教育、求人生哲理的態度，這是讀金庸小說最好的態度，也是最
正確的態度。但王朔就是沒能進入金庸小說，根本原因應該不是「品
第」的問題，而是思想觀念和藝術偏好的問題，王朔喜歡那種「使
自己更悲觀」的小說，但金庸武俠小說顯然不是這種小說。王朔批

---

[17]　張五常：〈我也看金庸〉，廖可斌編《金庸小說論爭集》，浙江大學出版社，
　　　 2000 年版，第 133 頁。

[18]　王朔：〈讀棉棉的《糖》〉，《隨筆集》，雲南人民出版社，2004 年版，第 81 頁。

[19]　王朔：〈序《他們曾使我空虛》〉，《隨筆集》，雲南人民出版社，2004 年版，
　　　 第 1 頁。

評金庸「俗」，把他定位為「四大俗」之一，但他緊接著又補充了一句：「並不是我不俗，只是不是這麼個俗法。」[20]就是說，王朔並不否定「俗」文學，只是不喜歡金庸的這種「俗」文學。王朔曾經說：「我討厭有那樣一個時代，動盪異常，充滿戲劇性和懸念。」[21]而「動盪異常，充滿戲劇性和懸念」正是金庸小說的特點，也是他「俗」的集中表現。王朔的小說是相當生活化的，他對通俗文學是認同的，但他的「俗」是世俗層面的「俗」，即生活層面上的「俗」，就是王蒙所說的「躲避崇高」、「反英雄」，還有其他人所概括和總結的「痞子」，玩世不恭，調侃、油嘴滑舌等。

　　王朔也曾經批評過魯迅，也曾經引起過一陣議論。我的感覺，相比較而言，魯迅和金庸多少他還能夠接受一些，因為金庸的「俗」畢竟和他有點相近，而魯迅的「寫實」以及悲觀主義正是他所追求的。但另外一些文學大師，在他那裏就一無是處了，既不通俗，又不真實；既沒有反英雄、躲避崇高，又沒有玩世不恭和油嘴滑舌。果然，他開了一個「黑名單」，其中就有這樣一些作家：米蘭‧曼德拉、博爾赫斯、瑪麗‧杜拉斯、張愛玲、王家衛、艾略特、金斯堡、貝克特[22]，其中沒有魯迅和金庸，由此可見他對金庸和魯迅還算客氣的。按照這樣一種狹隘的文學標準，絕大多數小說可能都不能滿足他個人的偏好。他不僅不喜歡金庸，恐怕整個武俠小說他都

---

[20] 王朔：〈我看金庸〉，《隨筆集》，雲南人民出版社，2004 年版，第 139 頁。

[21] 王朔：〈鳥兒答問──答讀書週報記者問〉，《隨筆集》，雲南人民出版社，2004 年版，第 86 頁。

[22] 王朔：〈我討厭的詞〉，《隨筆集》，雲南人民出版社，2004 年版，第 107 頁。這個名單有點怪，我相信很多人王朔只是聽說過，並不知道其內涵，想當然了。

不會喜歡。所以王朔對金庸的批評僅僅只是代表了他的一種愛好，構不成對金庸小說的根本性否定。

三

在金庸研究中，涉及到金庸武俠小說的性質和批評標準的另一個問題是「雅俗」定性或定位的問題，這其實也是金庸武俠小說的「合法性」問題。

如何評價金庸的武俠小說，我認為關鍵問題之一是如何評價和定位通俗文學。當我們說金庸的武俠小說是通俗文學的時候，這裏的「通俗文學」不應該有「低一等」的意思，武俠小說最大的特點和功用就是娛樂消遣，但娛樂和消遣並非「低賤」的，它和文學的「認識作用」與「教育作用」具有平等的重要性，並稱「文學的三大作用」。「武俠小說」、「通俗小說」、「消遣」、「娛樂」，這些並不是「低檔次」的代名詞。過去，我們總是強調高雅文學、嚴肅文學的正統性，總是以「五四」所確立的「新文學」小說形式為正宗的小說形式，我們總是用「新文學」的眼光來看視「五四」以來的一切文學現象，以「新文學」之「是」為「是」、之「非」為「非」，這其實是一種偏見。我們現在必須改變這種關於小說的偏見。「純文學」與「俗文學」、「新文學」與「舊文學」、娛樂消遣型的文學與知識教育型的文學，僅只是文學類型的不同，只是在具體的歷史層面上有藝術成就上的差異，但在抽象的意義上，它們之間並沒有

藝術價值上的高下之分，某種意義上我們可以說魯迅和張恨水不在同一個檔次上，但我們不能籠統地說「純文學」與「俗文學」不在同一檔次上，或者說娛樂消遣型的文學與知識教育型的文學不在同一檔次上。「武俠小說」或者「通俗小說」不具有原罪，它們構不成否定金庸的理由。

我們可以把金庸的武俠小說定性為「雅俗共賞」的文學，特別是經過修改以後的金庸武俠小說，其「雅」達到了很高的程度，絲毫不在一般純文學作家之下。但「雅」不是金庸武俠小說的根本屬性，而是附屬性的，金庸作為文學大師，不是因為他在「雅」方面的成就，而是他在「俗」方面的成就，金庸之所以被譽為「文學大師」，從根本上是因為他在通俗文學，更具體地說是在武俠小說方面具有開創性，取得了突出的成績，為人類的文學事業做出了傑出的貢獻。

金庸武俠小說的「合法性」就在於它的通俗性，但我們現在卻轉而從純文學這裏尋求其合法性，這可以說是本末倒置的。金庸武俠小說最讓讀者深愛、最引人入勝的就是它的武俠性，以及由武俠性所延伸的娛樂性、消遣性，但我們現在卻「捨本逐末」——捨娛樂消遣作用而逐高雅純正意義，這同樣是本末倒置。如果我們用通俗文學的標準來要求和評價魯迅和茅盾，大家肯定都不能接受，但反過來，為什麼用純文學的標準來要求和評價金庸，我們就應該接受呢？用純文學的標準和話語方式來評價和研究金庸，有違武俠小說的精神品質，也是和他的藝術成就背道而馳的，並不能真正地準確地給他定位。就像在俗文學面前，魯迅、茅盾不是大師一樣，在純文學面前金庸也不是大師，即使我們說他是大師，也是硬塞給他

的，不能令人信服。令人不解的是，一方面我們大多數學者都承認
金庸武俠小說屬於通俗文學，但另一方面，我們絕大多數人又都是
從純文學的角度來解讀它、批評它。所以，我認為，抱著傳統的美
學觀念和傳統的文學觀念，金庸不可能得到真正的評價，在很大程
度上，金庸被誤讀了。毫無疑問，金庸是大師，但不是我們理解的
大師。金庸的文學地位事實上不是由文學批評家確立的，而是由讀
者「擁薦」的，為什麼有那麼多讀者對金庸武俠小說如癡如醉？它
吸引讀者的最根本原因是什麼？金庸武俠小說中哪些因素是最不能
捨棄的？把這些問題搞清楚了，金庸研究的主要問題也就解決了。

　　在金庸研究中，我們有一個很錯誤的理念就是，我們的批評家
在骨子裏並不把通俗文學和純文學置於平等的地位。我們雖然承認
金庸的武俠小說是中國現代通俗文學的一個高峰，但在我們的意識
中，這個「高峰」、「海波」高度是不高的。所以，我認為，通過把
金庸武俠小說「雅化」來提高金庸的文學地位，是錯誤的，而通過
把金庸武俠小說和其他武俠小說進行比較來凸顯金庸，這同樣是值
得商榷的。在武俠小說乃至整個通俗文學領域，金庸的確是一個異
類，其異類主要表現在兩個方面，首先，金庸具有全面的才能和素
養，因而他的小說在文化內涵和思想力度上都要超出一般武俠小
說，他的寫作非常克制而慎重，具有獨創性，他拒絕重複自己，當
他感覺無法突破時，他就放棄了繼續寫作，這是一種良好的姿態。
其次，金庸的武俠小說都經過了精心的修改。現在看來，金庸的抉
擇是正確的，正是修改使他的武俠小說與其他武俠小說有了「檔次」
上的差別。但是，「檔次」的差別不同於「文類」上的差別，金庸
的武俠小說怎麼修改都還是武俠小說，都還是通俗小說。研究金庸

武俠小說，最根本的目的不是在金庸和其他武俠小說家之間分出一個高下，而是研究金庸武俠小說的成就並進而研究武俠小說和通俗文學的文類價值。現在，我們把金庸武俠小說研究的重心放在「雅」性上，放在文化內涵、思想深度、人物形象、寫作技巧等方面，把金庸武俠小說「純文學」性的一面凸顯出來，而武俠小說最重要的內容——武俠卻被壓抑了，這是「方向錯誤」。其結果是，金庸武俠小說雖然得到了認同，但武俠小說作為文類本身並沒有得到認同，或者說，我們只是承認了金庸，而並沒有承認武俠小說作為文類，這是和金庸武俠小說研究本身南轅北轍的。

在金庸研究中，嚴家炎先生是一個舉足輕重的人物，他的倡導大大推動了金庸武俠小說的學術研究，他的《金庸小說論稿》一書具有真正的開創性，是今天研究金庸的必讀書。但我覺得，嚴先生的金庸研究在「雅俗」觀念和思路上尚值得商榷。嚴先生對金庸的基本定位是：「以精英文化改造通俗文化的『全能冠軍』」，「金庸小說的出現，標誌著運用中國新文學和西方近代文學的經驗來改造通俗文學的努力獲得了巨大的成功。……金庸的藝術實踐又使近代武俠小說第一次進入文學的宮殿。這是另一場文學革命，是一場靜悄悄地進行著的革命。」[23]說金庸的武俠小說在品性上具有雅俗性，在欣賞上具有雅俗共賞性，這沒有錯，問題是，對於金庸武俠小說來說，究竟是「雅」更具有根本性還是「俗」更具有根本性？金庸作為文學大師，究竟是因為「雅」還是因為「俗」，或者「雅俗」並重？我們的研究究竟是更應該注重「雅」還是更應該注重「俗」，

---

[23]　嚴家炎：〈一場靜悄悄的文學革命〉，《金庸小說論稿》，北京大學出版社，1999 年版，第 211、213 頁。

或者「雅俗」並重？嚴先生說：「中西古今的豐厚學養，使他的作品已突破了一般通俗文學水準而具有高雅文學的一些特質。」他列舉了五個方面：「第一，金庸小說從根本上跳出了傳統武俠小說那種著力編故事的創作路數，而把人物塑造、性格刻畫放在首位。」「第二，金庸小說的內在結構是《子夜》、《四世同堂》式的，或者準確一點說是西方近代式的。」「第三，金庸的語言是傳統小說和新文學的結合，兼融兩方面的長處，通俗而又洗練，傳神而又優美。」「第四，金庸小說有意境。」「最後，金庸小說具有開拓創新和嚴肅認真的創作態度，這也是和『五四』新文學家一脈相承的。」[24]雖然「具有高雅文學的一些特質」一語給「俗」留有一定餘地，但這五個方面的概括卻是堅定的純文學標準，並且是高要求的純文學標準。在語言上能夠達到兼融古今之長，在整個中國現當代文學史上，可以說很少有人能做到。寫小說而寫得有意境，這可以說是小說在藝術上達到了極致。我認為，這五個方面恰恰是金庸武俠小說的短處或者說弱項，如果用這五個標準來評價金庸，金庸根本就夠不上文學大師，甚至能否稱得上是「一流作家」都還要打一個問號。

　　這樣說，我並沒有否定金庸作為文學大師的意思，恰恰相反，我完全贊同嚴先生對金庸「傑出小說大師」的定位，我只是不同意他的論據或者說論證方向。我認為金庸在「雅」的方面也有貢獻，但其貢獻非常有限，他主要是在通俗文學的層面上是「傑出小說大師」。事實上，金庸並沒有從根本上跳出傳統武俠小說編故事的路數，恰恰相反，他把編故事的特長發揮得淋漓盡致，從而使編故事

---

[24]　嚴家炎：《金庸小說論稿》，北京大學出版社，1999 年版，第 182-183 頁。

在藝術上達到了一個新的高度，而人物性格塑造反而是他編故事的副產品。按照性格理論，金庸的人物性格根本就算不上非常成功，它與魯迅小說的人物性格相比，那實在是有很大的差距，魯迅用幾千字就能把一個人物寫活，寫得內涵豐富、意義深刻、意蘊深長，而金庸則要用上萬字甚至幾十萬字才能把一個人物寫好。金庸武俠小說的人物雖然性格鮮明，但大多數過於單調，王朔說的是對的，永遠沒有變化，缺乏內涵、複雜性、豐富性。一句話，刻畫性格並不是金庸的長處。

如果「五四」新文學的「嚴肅性」指的是啟蒙、療救社會、關注現實和人生，指的是文學研究會所說的「工作」，那麼，金庸武俠小說根本就不是這種「嚴肅性」，金庸多次說過，他寫小說不過是娛樂自己也娛樂讀者，而這恰恰是和新文學傳統相悖逆的。金庸武俠小說的確借鑒和吸收了新文學和西方文學的經驗，但也僅僅只是借鑒和吸收而已，它構不成主體，金庸武俠小說的主體還是傳統的通俗文學，武俠小說的故事性、娛樂性和消遣性才是金庸小說最突出的特徵。

我也非常贊同嚴先生的「革命說」，但需要補充的是，金庸的革命是另一種革命，它不同於「五四」新文學運動的「革命」，不是顛覆和破壞性的，而是補充、發現和開拓性意義上的。金庸把通俗文學提高到和純文學平起平坐的地位，把中國現代通俗文學的藝術價值發揚光大，使我們重新審視我們的文學觀念、重新審視通俗文學、重新檢視我們的文學史書寫，這就是一種「革命」。

很多人都認為金庸武俠小說具有豐富的文化內涵，並且以此為據來證明金庸的偉大。我不同意這種論證，通過從文化的角度來評

價金庸的武俠小說，不是金庸武俠小說研究的正確路徑。金庸雖然在他的小說中涉獵到了中國文化的方方面面，但很難說有什麼創造性，這和《紅樓夢》所表現出來的作者高度的中國文化修養有本質的不同。比如《射雕英雄傳》第三十回寫黃蓉與「書生」的「文鬥」，和「武鬥」是一個套路，並且相得益彰，非常精彩，其緊張與扣人心弦絲毫不亞於「武打」，也的確很好地表現了黃蓉的聰明與伶俐。但實際上，「鬥智」的四個故事（可以看作是四個「回合」）和最後黃蓉的「文功」展示，都是「借用」，都能夠從馮夢龍的《古今談概》中找到，巧解「七十二人」的故事出自「巧言部」《四書》語」條[25]；射謎出自「談資部」「辛未狀元謎」條；「風擺棕櫚」巧對出自「談資部」「仙對」條；「琴瑟琵琶」巧對出自「談資部」「唐狀元對」條；最後那首「黃藥師所作」的詩則出自「文戲部」「罵孟詩」條。這可以說是「偷巧」，對任何一個寫小說的人來說，這都是很容易就能做到的，並不能說明金庸的創造性。當然，這也不是否定金庸武俠小說的理由，作為通俗小說，這樣寫無可厚非，關鍵是我們應該正確地評價它。

　　當然，在金庸武俠小說中，「雅」和「俗」是很難絕然區分開來的，但我們也不能通過模糊二者之間的界線來模糊金庸武俠小說的根本屬性。金庸在一次答記者問中曾說：「通俗作家和所謂高雅作家其實是不應該分的。」「起初通俗的東西，總有一些士大夫不習慣接受。……小說《紅樓夢》、《水滸》、《三國演義》在當時的地

---

[25] 《古今談概》也是彙編性的，對於材料馮夢龍沒有注明來源。這個故事，我最早見於《太平廣記》第二百四十七卷「石動筒」條，文末注明出自《啟顏錄》。

位不高，是通俗作品，但到後來多數人都接受之後，相應的文學觀念也會改變的。」[26]這其實是一種論證策略，其基本的邏輯思路可以概括為一種「轉化理論」：即隨著時間的推移，隨著文學觀念的變化，通俗文學也可能轉化成純文學，也會被納入「正統」的範疇。元曲、宋詞、明清小說最初都是屬於通俗文學，但在今天，它們都是純文學、都是正統的文學，根本原因就在於我們的文學觀念與當時正統的文學觀念有了很大的不同。所以，「轉化」其實是放寬文學視野，具有策略性。但我認為，研究金庸武俠小說，我們沒有必要採取這種迂迴曲折、似是而非、不得要領的論證「策略」，金庸武俠小說就是通俗文學，通俗文學有它自己的價值標準、有它自己的藝術特色，通俗文學也能夠產生偉大的作家和作品，金庸和他的武俠小說就是例證。我們不應該從純文學的立場來研究金庸武俠小說。

　　　　本文原載《西南大學學報》2009年第1期。
《高校文科學術文摘》2009年第2期「學術卡片」摘錄。

---

[26] 李曉紅：〈金庸：我真正擅長的是做報紙〉，《文藝報》2004年12月18日。

後　記

　　任何有興趣的事情，如果你把它當作一種工作來做，就可能會索然無趣。玩遊戲是絕大多數人都很喜歡的活動，特別是電子遊戲，讓無數人沉迷，不能自拔，無數的孩子因為貪玩遊戲而耽誤了學習，但據說以玩遊戲為職業的人，他們的玩遊戲卻非常痛苦。

　　曾幾何時，讀文學就像現在的玩遊戲一樣吸引人。那個時候，沒有電視、沒有電腦，電影極少，飯店、茶館也極少，又不允許打牌、跳舞之類的，生活中幾乎沒有什麼娛樂消遣活動（即使有消費的地方也沒有錢去消費）。相對而言，文學是日常生活中最普及、花費成本最低、最高雅、最有益，最能夠為群眾所接受也能夠為政府所允許的活動。

　　我的家在湖北中部的農村，記得小時候家裏非常窮，父母親每天所愁眉苦臉的問題就是怎麼把一家人的肚子填飽，考慮得長遠一點就是明天、後天如何還有米下鍋。其實不只是我們家是這樣，整個村莊都是這樣。人就像動物一樣每天圍著生存轉，家庭「財富」基本上是生存性的，比如雞鴨豬羊、鍋碗瓢盆、糧食、衣服、棉被、坐臥工具，還有砍柴的鐮刀、耕地的犁耙等。但人畢竟不同於動物，總得有點精神性的東西，比如幹部家庭可能會有自行車或者手錶，雖然自行車是代步的工具、手錶是計時器，但那時它們更是身分和

地位的象徵，其精神意義大於使用價值。而普通家庭通常都會有幾本書，比如家家戶戶都有一套精美的紅色封面的四卷本的《毛澤東選集》，那是生產隊發的，用現在的話說就是「免費提供」的，我不知道這是否說明了國家對「讀書」的重視，或者說對精神生活的重視？

　　另外的書就是文學書籍，或者說我現在能記得的就是文學書籍，比如《閃閃的紅星》、《鋼鐵是怎樣煉成的》、《鐵道游擊隊》、《紅岩》、《平原游擊隊》，還有「小人書」《劉文學》、《張高謙》、《歐陽海之歌》等，這是青年人和孩子們的最愛，也是每個家庭裏的奢侈品。生活如此困難，很多家庭還想辦法給孩子們買點書看，這除了中國幾千年「讀書唯上」的傳統沿襲以外，我想恐怕還是出於「讓孩子們讀點書」這種極樸素的想法。孩子怎麼也應該讀點書，大人們沒有知識、沒有文化也就算了，但孩子們不能沒有文化和知識。用現在的話說就是：再苦不能苦教育，再窮不能窮孩子。所以說起來，我覺得我小時候還有一點文學的環境。記得那時看大哥哥、大姐姐們交換文學書籍，聽他們講小說中的故事和人物，還引用文學書籍中的語言來表達，我覺得能讀書真是了不起，對文學我真是羨慕死了，心想以後長大了也一定要像他們一樣讀文學。

　　後來我考取了大學，並且陰差陽錯讀了中文專業，終於圓了讀文學的夢。大學四年我幾乎都是在讀文學作品中度過的。那時大學和現在的大學完全不一樣，同學們娛樂性的聚會非常少，又不像現在可以上網玩遊戲、聊天，除了週末看一場電影以外，其他時間都無所事事，上課沒有什麼意思，於是大部分時間都是在圖書館、教室、寢室裏看書。把曾經讀過但沒有讀懂的《閃閃的紅岩》找來讀，

把大孩子們談得津津有味但卻輪不到我讀的《林海雪原》找來讀，把小說《鋼鐵是怎樣煉成的》找來讀（小時候只能看「連環畫」），但這些已經遠遠不能滿足我的閱讀胃口，我知道還有很多比這些更值得去閱讀的文學作品，於是我開始讀莎士比亞、托爾斯泰、卡夫卡、歌德、雨果這些世界上最偉大的作家的經典作品，讀《蒂博一家》、《阿爾特米奧·克羅斯之死》、《堂塞貢多·松布拉》、《漩渦》等這些其實是非常有名的作品，讀各種中短篇小說選本、各種詩歌選本、各種散文選本，還讀莫里哀、薩特、易卜生的戲劇，還讀普希金、郎費羅、葉芝、惠特曼等人的詩歌，當然讀得最多的還是小說，我當時認定它是第一大文體。

　　讀中文，那時就已經被認為「沒有用」，甚至被瞧不起。但就讀書本身來說，我覺得很幸福。那時我心裏其實有點瞧不起學歷史和哲學的，倒不是覺得歷史和哲學無用，恰恰相反，我認它們非常有用、非常深刻，並且我也常常讀一些歷史名著和哲學名著，把它作為讀文學的調劑，而是覺得歷史和哲學實在太枯燥、太無趣味。文學把我帶到一個新世界，或者恐怖的，或者哀傷的，或者優美的，或者奇異的。如果說從家鄉走出來進入現代都市是我第一次大開眼界的話，那麼讀書則是我第二次大開眼界，並且我可以選擇我想要看的世界。現在回想起來，真是幸運，我那時讀小說從來不把我從教材上所學到的文學理論知識運用到閱讀中去，我學的文學知識和我的文學閱讀是脫節的。我喜歡進入小說的世界，有時甚至沉迷於其中，我覺得我是在用心感受作家的敘述與描寫、用心感受小說人物的內心，那真是一個廣闊的世界。到大學快畢業的時候，我覺得我對小說已經有了非常好的感悟，沒有小說是我不能讀的，沒有小

說是我讀不懂的。我知道有的小說不能用傳統的「懂」去讀它，不要你「懂」就是它的特點，對於這種小說，分析解剖是無能為力的，唯有感受才能夠收服它。對於讀小說的感覺，我當時可以說非常自信，我覺得一部小說是好還是不好，我一讀就能知道。

大學畢業後，我被分配到一所師範專科學校去教書，教的是文學理論。這個時候我開始按照教科書上的方式去講文學、去表達文學、去研究文學，開始按照文學史上的排序來重新定位我所閱讀的作家與作品。開始講作品的意義，作品的主題或者中心、形象、內容與形式、典型、典型化、結構、創作方法、文體、共鳴、欣賞與批評，還有具體的技巧、手法，各種主義，作家的生平簡介以及創作談、寫作背景等。還真管用，過去我談文學，就是好與不好，好在什麼地方或者不好在什麼地方，說不到幾句話，或者乾脆失語，現在則可以滔滔不絕地說很多話，還似乎頭頭是道。我能夠把一部我不喜歡的小說比如巴金的《家》、高爾基《母親》之類的說得很好。過去寫文章不知從哪裏下筆、不知道應該說什麼，現在我像一個熟練的工匠，且下筆千言，邏輯嚴密，滿是文學理論與批評術語，用現在的話說叫做「很專業」。

我之所以要按照教科書來講課，一是教學大綱規定的，那時的大學講堂還不像現在這樣比較自由，當然可以講一些自己的觀念，但不能超出大綱太遠。二是我自己又沒有能力創造一套體系，或者另起爐灶再搞一套，而教科書則是現成的，既簡單又方便。開始到課堂上講文學理論時，我對我講的那些比如創作方法、文學的本質、文學與生活的關係等自己也不完全相信，但講多了我自己也相信了，久而久之似乎還成了我自己的觀念和想法。「謊話重複多遍

便成了真理」，不僅對別人是這樣，對自己也是這樣。說好聽點，這大概就是「學習」的本質。

　　我當然不是說當時的文學理論教科書上所講的就是「謊話」，就是現在來看，當時幾本流行的文學理論教科書還是非常不錯的，它是經過很多人反覆斟酌、討論，反覆修改，充分吸收當時的各種文學理論成果編纂而成的，體系具有創造性，態度也非常嚴肅，比現在的一些文學理論教材不論是質量上還是態度上都好多了。我的意思是說，教材上的文學理論和我的文學閱讀體驗有差距。面對衝突，我放棄了從前的自我，或者說部分放棄了從前的自我，最後投降了教科書、投降了學術界，於是我慢慢變成了一個學者，一個文學理論與批評「專家」。

　　不能說我開始按照文學理論來閱讀文學作品了，但可以肯定地說，文學理論深深地影響了我的閱讀，這種影響有時是無意識的。每當讀完一部作品，我會查找作者的資料，我會研究作品的寫作背景，我會看作家創作談，搞清楚作者究竟想表達什麼。我還會去看文學史關於該作者和作品的介紹（當然前提是該作家和作品進入了文學史）。我不再專注於文學作品的某一方面，而更強調它的整體性，考慮它的方方面面。面對新的作家和作品，我的腦海裏總是浮現出文學史中的作家和作品，也就是說，文學史已經成了我閱讀文學的座標，我實際上已經不自覺地在拿文學史的標準稱量我所閱讀的文學。鬼使神差，我似乎更看重文學的表達，而越來越輕視細節，我越來越把文學當成歷史和哲學了。我還能進入作品，但卻不能再沉迷其中了。從前讀文學，我和作品可以說相擁在一起，現在作品則始終坐在我的對面，用現在時髦的話

說叫「對話」，其實是隔膜。文學閱讀越來越成為了我的工作，因而也越來越覺得文學索然無味。

我還在大量地閱讀，我承認，我的閱讀也是有收穫的，從別人的文學批評中，我學到了很多很深刻的東西。我從來不否定文學理論，因為那畢竟是對人類幾千年文學閱讀經驗和批評經驗的總結，是被廣泛認同的東西，且在哲學的層面上也沒有太多的挑剔。對一些經典性的文學批評我可以說佩服得五體投地，我承認它們的深刻與睿智。我當然也不否定我自己的這種閱讀，這種新的閱讀同樣根基於我的人生經驗與感受。我只能說，我重新獲得了一種閱讀，而對於逝去的那種閱讀，我感到很傷感。還會有人對我說，你選擇研究文學這種職業真是幸福，每天都可以讀小說。我只有苦笑，但能夠理解。我們不妨想像一下，勞累了一天，晚上下班回家，吃過飯、洗完澡，一身輕鬆，躺在沙發上看自己喜歡看的小說，這是多麼的愜意。別人還以為我每天都是過這種愜意的生活呢。

我講這些旨在說明，在我的生命中，實際上經歷了兩個文學閱讀階段，也可以說是兩種文學閱讀：「感性的閱讀」與「理性的閱讀」。現在我認識到，這其實是兩種文學閱讀類型，前一種也可以稱之為「自發的閱讀」，從愛好而沉迷，再進一步就會拿起筆來寫作，所以堅持這種閱讀的人後來很多人都成了作家。後一種閱讀也可以稱之為「自覺的閱讀」，以學習的方式進入，文學知識越來越豐富、越淵博，進而走入研究，發展這種閱讀的人後來很多都成了文學理論家、文學批評家。

但有一天，我突然覺得似乎可以把這兩種閱讀方式結合起來。一旦這樣想，我便感到豁然，我感覺到我對文學的理解進入了一個

新的境界。這大概在是 2000 年前後。之後，我便有意識地以這種
「兩結合」的方法研究作家與作品，感覺的確有收穫，陸陸續續寫
了一些作家論與作品細讀的文章。收在這本集子中的文章就是這其
中的一部分。文章大部分都在學術雜誌（少量在報紙）上發表，我
都在文末做了注明。發表時因篇幅等原因，有些文章有所刪節，本
次結集則恢復原樣。在這裏，衷心地感謝編發我文章的雜誌和編
輯，謝謝他們的厚愛和提攜。

　　最後，衷心地感謝蔡登山先生，正是他的鼓勵和幫助，本書才
得以出版。對於蔡先生的為人與為學，我始終懷著深深的敬意。責
任編輯詹靚秋小姐在編輯此書的過程中付出了很大的辛勞，在此一
併表示感謝。

高玉
2009 年 4 月 17 日於浙江師範大學

國家圖書館出版品預行編目

中國現當代文學文本細讀與作家批評論集 / 高
玉著.-- 一版. -- 臺北市：秀威資訊科技,
2010.04
面； 公分. -- (語言文學類；AG0127)
BOD 版
ISBN 978-986-221-411-4(平裝)

1. 中國當代文學　2. 文學評論

820.908　　　　　　　　　　99002535

語言文學類　AG0127

中國現當代文學文本細讀
與作家批評論集

作　　者 / 高　玉
主　　編 / 蔡登山
發 行 人 / 宋政坤
執行編輯 / 詹靚秋
圖文排版 / 蘇書蓉
封面設計 / 陳佩蓉
數位轉譯 / 徐真玉　沈裕閔
圖書銷售 / 林怡君
法律顧問 / 毛國樑　律師
出版印製 / 秀威資訊科技股份有限公司
　　　　　　台北市內湖區瑞光路 583 巷 25 號 1 樓
　　　　　　電話：02-2657-9211　　　傳真：02-2657-9106
　　　　　　E-mail：service@showwe.com.tw
經 銷 商 / 紅螞蟻圖書有限公司
　　　　　　台北市內湖區舊宗路二段 121 巷 28、32 號 4 樓
　　　　　　電話：02-2795-3656　　　傳真：02-2795-4100
　　　　　　http://www.e-redant.com

2010 年 4 月 BOD 一版
定價：390 元

讀　者　回　函　卡

感謝您購買本書，為提升服務品質，煩請填寫以下問卷，收到您的寶貴意見後，我們會仔細收藏記錄並回贈紀念品，謝謝！

1.您購買的書名：＿＿＿＿＿＿＿＿＿＿＿＿＿＿＿

2.您從何得知本書的消息？

□網路書店　□部落格　□資料庫搜尋　□書訊　□電子報　□書店

□平面媒體　□ 朋友推薦　□網站推薦 □其他＿＿＿＿＿

3.您對本書的評價：(請填代號　1.非常滿意 2.滿意 3.尚可 4.再改進)

封面設計＿＿　版面編排＿＿　內容＿＿　文/譯筆＿＿　價格＿＿

4.讀完書後您覺得：

□很有收獲　□有收獲　□收獲不多　□沒收獲

5.您會推薦本書給朋友嗎？

□會　□不會，為什麼？＿＿＿＿＿＿＿＿＿＿＿＿＿＿

6.其他寶貴的意見：＿＿＿＿＿＿＿＿＿＿＿＿＿＿＿

＿＿＿＿＿＿＿＿＿＿＿＿＿＿＿＿＿＿＿＿＿＿＿

＿＿＿＿＿＿＿＿＿＿＿＿＿＿＿＿＿＿＿＿＿＿＿

＿＿＿＿＿＿＿＿＿＿＿＿＿＿＿＿＿＿＿＿＿＿＿

讀者基本資料

姓名：＿＿＿＿＿＿＿＿＿＿　年齡：＿＿＿＿　性別：□女 □男

聯絡電話：＿＿＿＿＿＿＿＿　E-mail：＿＿＿＿＿＿＿＿＿

地址：＿＿＿＿＿＿＿＿＿＿＿＿＿＿＿＿＿＿＿＿＿＿

學歷：□高中(含)以下　　□高中　　□專科學校　　□大學

　　　□研究所(含)以上 □其他＿＿＿＿＿＿＿＿

職業：□製造業 □金融業 □資訊業 □軍警 □傳播業 □自由業

　　　□服務業 □公務員 □教職　 □學生 □其他＿＿＿＿＿

（請沿線對摺寄回,謝謝!）

秀威與 BOD

BOD（Books On Demand）是數位出版的大趨勢，秀威資訊率先運用 POD 數位印刷設備來生產書籍，並提供作者全程數位出版服務，致使書籍產銷零庫存，知識傳承不絕版，目前已開闢以下書系：

一、BOD 學術著作—專業論述的閱讀延伸
二、BOD 個人著作—分享生命的心路歷程
三、BOD 旅遊著作—個人深度旅遊文學創作
四、BOD 大陸學者—大陸專業學者學術出版
五、POD 獨家經銷—數位產製的代發行書籍

BOD 秀威網路書店：www.showwe.com.tw
政府出版品網路書店：www.govbooks.com.tw

　　永不絕版的故事・自己寫・永不休止的音符・自己唱